オオルリ流星群

伊与原 新

角川文庫
24199

目次

序　晩秋――彗子

吐く息が白い。

今夜はこの秋一番の冷え込みらしい。

開いたスリットから、きんと締まった山の空気が天体観測ドームの中にしみ込んでくる。目立った雲はなく、湿度も低い。観測には申し分のない条件だ。

東の空では、二つの一等星、オリオン座のベテルギウスとぎょしゃ座のカペラがひときわ明るく輝いている。牡牛《おうし》座のアルデバランとプレアデス星団も美しい。けれど、今望遠鏡を向けているのはそうした名のある天体ではない。ちょうど牡牛座と双子座の間、黄道と天の川が交差する領域だ。口径二十八センチの反射鏡が、天の川銀河に浮かぶ幾千もの恒星を視野に収めている。

ただし、目的の天体は――どこにあるのかわからない。わからないまま、星々から届くすべての光をとらえ続けている。

そして、待っているのだ。どこかで星が翳《かげ》る瞬間を。

いや、待っているという言い方も、少し違うのかもしれない。星には星の時間があり、人間には人間の時間がある。例えば、今観測している天の川銀河の光は、数千年、数万年前に放たれたものだ。天頂付近に見える、隣りのアンドロメダ銀河にいたっては、二三〇万年前。

そんな遥《はる》かに隔たる時空が、偶然に重なる一瞬。その光景を見逃すまいとして、自分は生きている。

風の音さえしない、名も無い山の上に、たった一人。

それでも孤独を感じることはない。

彗子《けいこ》にとって、ここはそういう場所だ。

I　四月──久志

幸せの総量には、上限がある。

店の待合スペース用に毎月とっている雑誌で、そんな記事を読んだ。

喜び、怒り、悲しみ。驚き、不安、嫉妬《しっと》。名前こそ様々についてはいるが、感情と呼ばれるものの正体は所詮《しょせん》、脳の中で起きる化学反応だ。

幸福感についても同じこと。セロトニン、オキシトシン、ドーパミンといった、脳内で合成される神経伝達物質を介した電気信号のやり取りに過ぎない。

これら〝幸せホルモン〟の分泌量は常に増減しているが、その範囲には個人差がある。つまり、生まれつきよく出る人と出ない人がいるわけだ。したがって、ある人にとっての最大レベルで幸せホルモンが分泌され続けると仮定し、一生分の総量を求めると、それがその人の人生における幸福の上限値ということになる。

これでも薬剤師だ。こういう考え方には馴染《なじ》みがあるし、納得できる部分もある。

ただ同時に、上限があるから何なんだ、とも思う。

幸せホルモンを目いっぱい出し続けて生きていける者などいない。人間は、幸せにも慣れてしまうからだ。

宝くじに大当たりしたり、思わぬところから遺産が転がり込んできたりして突然大金持ちになったとしても、そのときの天にものぼるような多幸感はさほど長続きしない。数段ランクアップした生活も、何年かすればただの日常になる。

人間の体には、恒常性というものがあるのだ。大きく振れたメーターも、振り切れたままではいられない。必ずいつもの位置に戻るようにできている。幸せホルモンが分泌される頻度と量はいずれ、庶民的な暮らしをしていた頃と同程度にまで低下するだろう——。

「ねえ、はやくトランク開けてよ」

子どもの声で、久志《ひさし》は我に返った。

考えごとをしながら公園の駐車場に車を停め、そのままぼんやり運転席に座っていたのだ。全開にした窓のすぐ外で、次男の篤人《あつと》が口をとがらせている。駐車場の端には、サッカーボールを蹴《け》りながら公園に入っていく長男の悠人《ゆうと》が見えた。

「ああ、何か出すんだっけ」

「だから、ブレイブボードだって」

車を降り、ロックを解除してバックドアを開けてやる。篤人が取り出したのは、子どもたちに人気の、真ん中が細くくびれたスケートボードだ。地面を蹴らなくても、体をくねらせるように体重移動することで前に進む。

「広場まで行ってからだぞ。ほら、ヘルメットも」

篤人はボードとヘルメットを抱え、兄を追って走り出す。その背中を見つめながら、久志はバックドアを閉めた。その拍子に、窓枠に溜《た》まった砂ぼこりが舞う。

大金持ちになるのとはレベルの違う話だが、三年前、ずっと欲しかったこの八人乗りのミニバンを新車で買ったときも、そうだった。六年前、一階が店舗の自宅を思い切ってリフォームしたときも。

車や住宅のテレビCMには、いかにも幸せそうな家族の画《え》がつきものだ。この車を買って、さあ出かけよう。家族の絆《きずな》がもっと深まるはず。こんな家を建てて、本物のくつろぎを味わおう。うちに帰るのが楽しみでたまらなくなるはず。

まやかしだとまでは言わない。そういう瞬間は、自分にも確かにあったと思う。だがその魔法は、驚くほど早く解けてしまった。

妻の和美《かずみ》と熟考を重ねてリフォームした自宅には今や不満だらけだし、あんなに大事に乗っていたこのミニバンも久しく洗車さえしていない。家や車のおかげで家族に対する態度が根本から変わったということも、もちろんない。

きっと自分の脳の特性もあるのだろう。認めたくはないが、残念ながら生まれつき幸せホルモンに恵まれていないに違いない。その証拠に、子どもの頃から何をしていても、なぜか「つまらなそうだね」と言われることが多かった。不機嫌なわけではないが、楽しい気分でもない。そんな心の状態が、いつもそのまま表情に表れていたのだ――。

気がつけば広場まで来ていた。

普段の日曜よりも父親と子どもの組み合わせが多い気がする。春休みも今日で終わり。考えることは皆同じだ。最後にどこかへ連れて行けとごねる子どもたちを、父親たちが近場でごまかすとすれば、ここカルチャーパークぐらいしかない。

秦野《はだの》市の中心部にある公園としては、一番大きい。球技場や図書館もある広い敷地が、水無川《みずなしがわ》に沿って細長くのびている。公園と川とを隔てるのは背の低い植え込みと二車線の道路だけなので、土手に続く桜並木までよく見通せる。花は先週の春の嵐でほとんど散ってしまい、花見の客はもういない。

ヘルメットをかぶった篤人が、ブレイブボードの練習を始めていた。危なっかしいが、何とか一、二メートルは進めるようになっている。明日から二年生だというのに、まだまだ甘えん坊だ。転んですり傷でも作ったら、またべそをかいて「もう帰る」と言い出すかもしれない。

悠人はその向こう、遊具が並ぶエリアの手前で一人リフティングをしている。五年生からは地域のサッカークラブでも高学年チームに入ることになる。「レギュラーになりたいのなら少しは自主練でもしろよ」という久志の言葉が少しは響いたのか、最近はどこへでもサッカーボールを携えていく。

今のところは二人とも、いい子に育ってくれている。ただしそれは、学校生活や友人関係で問題を起こしたりしない、という意味でだ。家の中ではだらしないし、わがままも言う。放っておけば宿題もせず、ゲームばかりしている。兄弟げんかは毎日だ。勉強やスポーツが目立ってできるわけではない。リーダーシップを発揮したり、クラスで笑いをとって人気者になったりするタイプでもない。親の欲目で見ても、平凡な子どもたちだ。

両親が平凡なのだから仕方がないとは思う。それでも和美と時どき話すのは、平凡な子たちだからこそ、何か特別な習い事でもやらせたほうがいいのではないか、ということだ。だが、やりたいことがないか本人たちに訊《たず》ねても、「別に」と答えるだけだし、親は親で我が子のどこを磨けば光るのかがわからない。結局、日々の慌ただしさを言い訳に、二人の環境を何も変えてやれずにいる。

考えてみれば、幸せホルモンは子どもたちのことについても同じように作用しているのだろう。

彼らが生まれたときは、とにかく健康に育ってくれさえすればいいと心から願っていた。とくに次男の篤人は早産で生まれ、肺や腸の異常で一歳にならないうちに二度も入院した。その小さな体にメスを入れると聞いたときは、最悪の想像ばかりが頭をよぎり、どうか命だけはと神にも祈るような気持ちになったものだ。

幸い篤人も今は健康そのものだが、そのありがたさを嚙《か》みしめることは、もはやない。幸福とは関係のない当然の事実として家族の中にあるだけだ。そればかりか自分たち親は、我が子に光るものが見当たらないなどと、厚かましいことを憂えている。

だが、そもそも。久志は小さく息をつき、道路側のベンチに近づいた。川のほうを向いて腰を下ろす。

この先、自分たち親か子どもたち本人が、これはと思うものを見つけたとして。そのための教室や学校に通わせてやれるかどうかは、わからない。店の経営状態がこのまま悪化の一途をたどるようであれば——。

一台の軽自動車が目の前を通り過ぎ、短くクラクションを鳴らした。そのままスピードを落とし、二十メートルほど先で路肩に停まる。

見覚えのある車だと思っていたら、運転席から出てきたのはやはり勢田修《せたおさむ》だった。最近一段と出てきた腹が、いつものカーキのナイロンパーカー越しにもよくわかる。薄緑色のレジ袋を下げ、こちらにやってくる。

「どこのじいさんかと思ったぞ。背中丸めやがって」

修はからかうように言って、隣りに座った。久志はむっとして背筋を伸ばす。修はがっちりしているが上背がないので、頭半分ほどこちらの目線が高くなる。

「白髪もまた増えたか？」修が側頭部を凝視してきた。

四十を過ぎた頃から白髪には悩まされている。市販の白髪染めを使っていたこともあるのだが、今はほったらかしだ。

「お前こそ、ひげぐらい剃《そ》れよ」修の無精ひげを見て言い返した。

「いいんだよ、これは。闘ってる証《あかし》だ」

誇らしげにあごを撫《な》でる修から目をそらし、ため息まじりに言う。

「くたびれもするって。今日まで春休みだったんだぞ。子どもたちがずっと家にいるって状況を想像してみろよ。暇だ暇だとうるさいし、仕事の邪魔はしにくるし」

「家族持ちは大変だな」

修はそう言って、レジ袋から缶コーヒーとペットボトルのカルピスを二本ずつ取り出した。袋の店名を横目で確かめると、思ったとおり白抜きの文字で〈マルミドラッグ〉とある。

缶コーヒーを一つ久志に握らせながら、修が広場を見回す。「カルピスは子どもたちに。二人とも来てるんだろ」

「ああ、悪いな」

「あの店、飲み物も安いんだな」修はジーンズに包んだ短い脚を組み、コーヒーをひと口飲んだ。「言っとくけど、薬は買ってないぞ。トイレットペーパーと、お袋に頼まれたお徳用のせんべいだけだ」

「いちいち言わなくていいよ、そんなこと。俺たちだって、行くことあるんだ」

「ま、あれば行くよな。駐車場も広いし」修は悪びれもせず言うと、軽い調子で訊《き》いてくる。「で、どうなんだよ、三代目。『種村《たねむら》薬局』の調子は」

「別に変わんないよ」投げやりに言った。

「売り上げキープしてるってことか」

「違う。相変わらずじわじわ悪くなってる。何も変えてないんだから、当たり前だ」

「当たり前ってお前、他人事《ひとごと》みたいに言うなよ」

種村薬局は、祖父が開業した。駅前の薬店でもなければ、大きな病院のそばで処方箋《せん》を受け付ける〝門前薬局〟でもない。住宅地の中にあって、調剤と市販薬の販売の両方をおこなう、昔ながらの町の薬屋だ。

その店が今、創業以来の危機に瀕《ひん》している。すぐ近くの県道沿いに、神奈川県内に広く展開しているチェーンのドラッグストア、「マルミドラッグ」秦野店がオープンしたのだ。種村薬局からは直線距離で百メートルも離れていない。日用雑貨から食料品まで扱う大きな店舗で、調剤室も併設していた。

薬を処方してもらっている間に買い物を、と考える客たちがそちらに流れるのは当然だろう。種村薬局の売り上げは目に見えて落ち始め、先月はついに、前年の六割を割り込んでしまった。

久志は短く息をつき、修に問い返す。

「そっちこそどうなんだよ。のんびり買い物なんかしてていいのか。試験、もうすぐだろ」

「来月。正直、今回は厳しい。ま、腕試しだな」

試験というのは、司法試験のことだ。三年前、修は勤めていた東京の番組制作会社を辞め、弁護士を目指して法科大学院に入学した。この三月、無事に修了して秦野の実家に戻り、司法試験に向けて勉強を続けている。

「あんまりプレッシャーは感じてないみたいだな」

「ねえよ、そんなの」修は口角を上げた。「むしろ、わくわくしてる。この先何が待ち受けてるんだろうって。そういう気分がもう一回味わえるのも、『四十五歳定年制』の醍醐味《だいごみ》だぜ」

「またその話か」

それは修の持論だった。二十歳前後で社会に出た人間は全員、四十五歳で一度定年し、職を変えなければならないという主張だ。一つの仕事を一生続けるなどというのは、人生九十年時代、百年時代にそぐわない。ある業種で経験を積んだ人々が、まったく別の様々な業界に流れていくことで、社会全体が活性化し、生産性も上がる——ということらしい。

うんざりした顔の久志を見て、修が「そうだ」と話を変えた。

「おいタネ、お前、知ってたか」

「何を」

「あのときのメンツ、今みんなこっちにいるみたいだぜ」

「みんなって、六人とも？」

「五人だ」修が眉《まゆ》を寄せて訂正する。

「ああ……そっか。お前が先月帰ってきて、四人だろ。あと一人って——」驚いて修の目をのぞき込む。「まさか、スイ子か？　なんでまた？」

「わからん。俺も本人に会ったわけじゃない。千佳《ちか》が見かけたんだってよ」

伊東《いとう》千佳。同じ秦野で暮らしていながら、彼女にもずいぶん会っていない。メールのやり取りならたまにあるが、顔を合わせたのは一昨年の同窓会が最後だろう。

「二、三日前、千佳からメールが来てな」修が続ける。「車で子どもを塾に送ってたら、渋沢《しぶさわ》駅の近くをスイ子が一人で歩いてたんだってよ。慌てて声をかけようとしたらしいが、車を停めるのにもたついて、見失ったんだと」

「んなの、人違いだろ。スイ子が今さら秦野に何の用があるんだよ。帰ってくるところもないのに」

スイ子こと、山際彗子《やまぎわけいこ》。彼女は高校卒業後、秦野を離れて東京の大学に進んだ。以来一度も会っておらず、今は電話番号もわからない。両親も、一人娘の上京と同時に生まれ故郷の島根に帰ったと聞いた。五人のうち音信不通になってしまったのは、彗子だけだった。

「千佳は自信満々だったぞ。あれは絶対スイ子だって」修は缶コーヒーを飲み干した。

「もしそうなら、顔ぐらい見てやりたい」

「──まあな」久志はぼそりと言った。

家に入るなり、悠人と篤人はリビングに飛び込んだ。母親が用意していたチョコレート菓子をそれぞれつかみ、もう片方の手にカルピスのペットボトルを握って、二階の子供部屋に駆け上がっていく。

久志がソファにへたり込むと、キッチンから和美が険のある声で訊いてきた。

「あのカルピス、あなたが買ってやったの？」

「買ってない。修がくれたんだ」見たくもないテレビをつけながら、結局開けなかった缶コーヒーを見せる。「公園でたまたま会って」

「勢田さん、出歩いてていいの？　試験、もうすぐじゃなかった？」

「来月。でも、半分あきらめてるみたいだな。一回目だし、腕試しだとか何とか言ってたよ」

「そんなんじゃ一生受からないんじゃない？」和美は冷たく言う。「そんなこと言ってるうちに、五十になるよ。法科大学院でもクラスで最年長だったんでしょ？」

「五十になったっていいんだよ、あいつは」

「奥さんの立場だったら、たまったもんじゃないわ」

「独り者なんだから、好きにすりゃいいだろ」うんざりして雑に言い放つ。

正確には修はバツイチだが、子どもはいない。

和美は呆《あき》れ果てたように息を漏らすと、ダイニングテーブルから一枚の紙を取り、ソファのほうへやってきた。それを久志の面前に突きつけて言う。

「こういうのやってるところもあるんだって」

何の話かは見当がつく。仏頂面のまま受け取ると、案の定、医薬品関係者向け情報サイトの記事を印刷したものだった。〈最新リポート・薬局の現場から④〉とある。成功した薬局の事例を紹介しているらしい。

「ここ、うちと似たような個人経営の店なんだけど」和美が早口で続ける。「ＯＴＣの品揃えをとにかく増やして、それをアピールしたの。どうやったかというと、チェーンのドラッグストアを真似て、商品の空き箱をたくさん積んでディスプレイしたんだって。町の薬局からイメチェンして、小さいながらも〝ドラッグストア感〟を出したわけ」

「要は、見た目を変えただけか」

「大事なことでしょう？　ばかにしたように言わないでよ。現に、うまくいってるっていうんだから。あなたみたいに、毎日ため息ついてるだけの人より、ずっと立派だよ。この店、他にもいろいろやってるの。例えば――」

「わかった」さえぎって腰を上げる。「読んどくから」

「ねえ、ほんとにどうするつもりなの？」和美が声をとがらせる。「ちゃんと考えてよ」

「考えてるよ」

妻の顔を見ず言い捨てて、リビングを出た。短い廊下のつきあたりの引き戸を開け、二段下りると店のバックヤードだ。サンダルをつっかけ、その四畳ほどのスペースに出る。おもてのシャッターは下りているし、ここには小窓が一つあるだけなので、うす暗い。

段ボール箱に囲まれるようにして、壁際に古い事務机が置いてある。そこは家の中で唯一、久志が一人になれる場所だ。

リフォームの際、建て増しをした二階に小さな書斎でも持てないか考えはしたが、子供部屋を将来二つに仕切れるよう広くとると、とても無理だった。

座面の破れた椅子に腰を下ろし、背もたれをきしらせる。缶コーヒーのタブを開け、ひと息に喉《のど》に流し込んだ。

店のことで和美になじられるたびに、ここへ逃げ込んでいる。大学時代に出会った和美も、薬剤師だ。結婚後はずっと仕事をしていなかったが、父が事実上引退してからは、毎日ほぼフルタイムで店に出てもらっている。悪化する一方の経営状況を肌で感じている和美が、毎日のように久志を責めるのは当然だ。

薬といえば種村さん。父の代には町内でそう言われていた。父は、久志がその血を引いているとは思えないほど快活で話好き。体の悩みから家族の愚痴まで何でも親身になって聞くので、得意客が多くいた。近所の開業医たちとの付き合いも怠らず、処方箋も多く持ち込まれた。

薬科大学を卒業した久志がここで働き始めると、後継ぎとしてすぐに認知はされた。だからといって、接客にせよ営業活動にせよ、父と同じようにできるものではない。それでも父が店主として奥に構えているうちは、経営もまずまず堅調だった。

状況が大きく変わったのは、二年前。年明け早々、持病の狭心症による心筋梗塞《こうそく》で、母が急死したのだ。見る間に老け込んだ父は体にも不調をきたし、加齢黄斑変性を発症。視力が極端に低下して、薬剤師としての仕事ができなくなってしまった。今は、昔からの馴染み客が訪ねてきたとき以外、店に出てくることはない。

そして去年の秋、追い討ちをかけるように襲来したのが、「マルミドラッグ」秦野店だった。

何か手を打たなければならないことは、久志が誰よりわかっている。わかってはいるのだが、気力が湧いてこない。必死に考えることができない。考えようとしても、いつの間にか頭の中は別の思いにとらわれている。

一九七二年生まれの、四十五歳。もう人生の折り返し地点を過ぎただろう。

久志にとって、この店と家とに区別はない。ずっとここで育ち、働いてきた。自身との一体感のようなものを愛着と呼ぶのならば、それは確かにある。ただ、愛着が日常と直結したものである以上、それは幸福感とは関係がない気もする。

人間は、貧しい暮らしや不自由な生活にも、愛着を感じ得る。それが日常となれば、ことさら不幸だとは感じないのかもしれない。そして、些細《ささい》な幸運にも幸せホルモンがたっぷり出るだろう。その分泌量の日々の平均値は、裕福な人々と果たして大きく違うかどうか――。

いや、幸せホルモンのことはもういい。

とにかく自分は、わからなくなっているのだ。この先、どう生きていきたいのか。

どう頑張ったところで、この店が先細りだということに変わりはない。町の薬局として何とか生き残るために、どんな籠城戦《ろうじょうせん》をやっていくかという話だ。あるいは、撤退戦と呼ぶべきかもしれない。

果たして自分は、そんなことがしたいのだろうか。そんなことに残りの人生を費やして、本当にいいのだろうか。

こんな話を和美にすれば、ただの現実逃避だと一蹴《いっしゅう》されるだろう。だが、今回の危機はたぶん、きっかけに過ぎない。店を守るために自分が変わることを強いられたせいで、何年も心の底に積もり続けていた迷いが、不安と焦りが、喉もとまでせり上がってきたのだ。

飲み干したコーヒーの缶をしばらくぼんやり見つめ、机に置いた。黄ばんだ電気スタンドを点《つ》け、机の袖《そで》の一番下の引き出しを開ける。

もう何年も聴いていないCDや年賀状の束が放り込んである。その下に埋もれていたクッキーの缶を引っ張り出し、ふたを開ける。入っているのは学生時代の写真だ。高校時代のものを一つかみ抜き取って、順にめくっていく。北海道への修学旅行。軟式テニス部の団体戦。教室での何気ないスナップ。そして、体育祭のクラス写真の下に、それはあった。

校舎の壁に屋上から吊《つ》り下げられた、巨大なタペストリー。幅十メートル、高さは八メートルあって、グラウンドに面した四階建ての壁を二階の窓の上まで覆っている。

真ん中に大きく描かれているのは、一羽の青い鳥。秦野の山々と相模湾《さがみ》を遠景に、大空を羽ばたいている。市の北部、丹沢《たんざわ》のほうへ行けば見られるという、オオルリだ。

実はこのタペストリーは、空き缶でできている。三五〇ミリリットル缶の底に穴を開け、飲み口から太い針金を通してビーズのように編んであるのだ。絵柄はもちろん、缶の色を使って描いている。要した空き缶の数は、ざっと一万個にのぼる。

実際に吊り下げてみるまで、完成したタペストリーの出来栄えはよくわからなかった。だから、屋上でその作業が終わるや否や、校舎の階段を駆け下りた。息を切らし、グラウンドから初めて仰ぎ見たオオルリの姿が、今もはっきり目に浮かぶ。西日を受けてきらきら輝く青い翼を瞬《まばた》きも忘れて見つめていると、自分の体まで空へ浮き上がっていくように感じた。

これを作ったのは、高校三年の夏。九月の文化祭に出展した、三年D組の作品ということになっている。だがもちろん、クラスの全員が関わったわけではない。何らかの形で協力してくれたのは、せいぜい半数程度だろう。

秦野西高校は、名門でも何でもない県立高校だが、生徒の大半は大学に進学する。部活を引退した三年生は受験モードに入っているし、夏の大会を最後にという生徒たちは当然ながら練習しか頭にない。文化祭など三年生には無関係という空気が常識のように存在したし、実際、クラスとして文化祭に何かを出したのは、学年でD組だけだった。

久志自身はこの空き缶タペストリーを、六人で作り上げたと思っている。

六月に計画を立て始めたときは、十人ほどの有志が話し合いに加わっていた。だが、作業の大変さがわかってくると一人、二人と消えていき、一学期が終わる頃にはさらに減って、ついには久志を含む六人だけになった。六人は結局、高校最後の夏休みを丸ごと全部、一万個の空き缶に捧《ささ》げることになったのだ。

あれはまさに、特別な夏だった。この歳になっても一つ一つのシーンを鮮やかに思い出すことができる、濃密で長い夏。受験勉強から逃げている自分を心のどこかで責めながらも、十八歳の体にこもった逃げ場のない熱が、一瞬の光として放たれたような夏。

投げ出したくなるような苦労もあったが、言葉にできないほどの感動も味わった。あのとき自分の頭の中で、どんな脳内物質がどれだけ分泌されていたかは知らない。ただ、あんなに激しく感情が揺さぶられる季節は、この先自分には二度と訪れてくれないだろう。

久志は写真の上の端に視線を移した。あのときの仲間たちが、タペストリーを吊り下げた屋上に並んで写っている。どの顔も日焼けして真っ黒だ。手すりに身を乗り出し、カメラに向かって思い思いのポーズを取っている。

真ん中で拳《こぶし》を天に突き上げているのが、勢田修。それをはさんで、丸顔にいつもの笑みをたたえてピースサインをしている伊東千佳と、誇らしげにタペストリーを指差している梅野《うめの》和也《かずや》――梅ちゃんだ。久志は左端で手すりに両腕をのせている。

そして、右端に少し離れて突っ立っている眼鏡の女子生徒が、スイ子――山際彗子。このときは確か、「わたしはいい、写真は好きじゃない」と拒む彼女を、修と千佳で無理やり引っ張ってきたのだ。

写っているのは、その五人。本当は、ここにもう一人いるはずだった。

槙恵介《まきけいすけ》。空き缶タペストリーを作ろうと言い出した張本人だ。恵介のリーダーシップと行動力がなければ、この作品はきっと企画倒れになっていただろう。

恵介のことを思い出すたび、久志の気持ちは沈む。三十年近く経っても整理のつかない思いが、ため息になって漏れる。

この写真の中で彗子と久志だけが、笑顔を見せていない。彗子がこのとき何を思っていたのかは知らないが、自分についてはよく覚えている。ふと恵介のことを考えてしまって、笑えなかったのだ。

恵介が写っていない理由は単純だ。彼はここにいなかった。結局、文化祭には一度も顔を見せなかったと思う。

恵介は、タペストリーが完成する前に、仲間を抜けていた。制作も大詰めの八月下旬になって、突然に。

本当の理由はわからない。これからも決してわからないだろう。恵介はこの一年後、十九歳の夏に死んだからだ。

＊

「そういうのを、ミドルエイジ・クライシスってんだよ」

ナイフを握った修が、日替わりランチの照り焼きチキンを切りながら言った。

久志は味噌汁《みそしる》をひと口すすり、「何だよそれ」と訊き返す。

「〝中年の危機〟。仕事、家庭と忙しくやってきて、気づけば四十代。それまでの生き方を振り返ったり、人生の後半戦について考えたりするだろ？　そしたら急に、『俺の人生、このままでいいのかな』と不安になったり、うつっぽくなったりするやつが出てくるわけよ。ちょうど、悩みの多いお年頃なんだな。思春期ならぬ、思秋期ともいうらしいぞ」

「おい、あんまりでかい声で言うな」まわりの席に目をやって、声をひそめる。「お年頃とか思秋期とか、いいオヤジがみっともないだろ」

「タネが相談してきたんだろうが」

「別に相談はしてない。そっちが訊いてきたんだ」仕事の調子はどうだとまた訊かれたので、最近の自分の心理状態をありのまま伝えただけだ。

日曜の午後一時半。国道沿いのファミレスは満席だ。久志たちもこのテーブルに案内されるまでに、十分ほど待たされた。

「だからずっと言ってんじゃん」修はチキンを噛みながら言う。「そんな危機に陥らないためにも、俺の――」

「四十五歳定年制の話なら、もういいぞ」

「まあ聞けよ」修はナイフを振った。「それが当たり前の世の中になったら、いいことしかない。お前みたいな悩みを抱くやつもいなくなる。誰もそのままじゃいられないんだからな。全部吹っ切って新しい世界でリスタートすりゃいい。精神的にも若返るぜ、きっと」

「そんなの人によるだろ。転職で環境が変わることがストレスになる人間だっている」

「環境の変化なら、子どもの頃から何回も経験してるだろうが。小学校に入る、中学に上がる、高校、大学、就職。そのたびに不安もあったけど、希望のほうがでかかっただろ？　四十五になってもそれは同じだ。現に今の俺がそうだからな」

修は、平塚《ひらつか》にキャンパスがあるマンモス私大を卒業したあと、東京の小さな番組制作会社に就職した。もともと正義感の強いところはあったが、大学でジャーナリズムに目覚めたらしい。報道に強いという理由でその会社を選んだと言っていた。アシスタントディレクターとして修業を始め、五年目にディレクターになった。仕事の大半は大手制作会社の下請けだったようだが、修が企画段階から携わった社会派ドキュメンタリーもいくつか実現させていた。

久志が三十一歳で結婚した翌年、修も同僚の女性と結婚した。修は式を挙げなかったこともあり、久志は結局その女性と一度しか会っていない。夫婦とも仕事が忙しく、しばらく子どもは作らないと決めていたそうだが、三年ほどすると相手の女性が、アメリカで映像制作の勉強をしたいと言い出した。修も強くは反対しなかったらしい。「あいつの人生だからな」と淡泊に言っていたところをみると、その頃にはもう二人の関係は、ただの同居人程度のものになってしまっていたのかもしれない。彼女が手始めに半年間の語学留学を決めたのを機に、離婚した。

修は大学二年のときに父親を病気で亡くしている。母親が一人で暮らす実家には、就職して都内で生活を始めてからも毎月のように帰ってきていた。ついでに久志に連絡を寄越《よこ》し、二人で飲みに出ることもよくあったので、疎遠になることはなかった。

四十になると、肩書きがプロデューサーになった。酒の席でも仕事の愚痴は漏らさなかったし、大きな番組を手がけたときは必ず「見てくれよ」と放送日時を伝えてくれていただけに、会社を辞めて弁護士を目指すと聞いたときは驚いた。本人は「一回目の定年だよ」としか言わないので、なぜ弁護士なのかはわからない。

「とくに俺たちロスジェネは」修はフォークでトマトを突き刺した。「みんな納得のいく就職なんかできなかった。タネも言ってたよな。大学の同期の就職先は、チェーンのドラッグストアばっかりだって」

「まあ確かに、そういうやつも多かったな」

バブル経済が崩壊し、就職氷河期が始まったのは、久志たちの大学在学中だ。二流私立薬科大の学生では、医薬品メーカーはおろか、病院に就職することさえ難しかった。

「そういう連中、今どうしてるよ？　店長か調剤部門の責任者にでもなってるんだろうが、どうせ青息吐息で働いてるんだろ？　本社から売り上げのことをやいのやいの言われて、胃薬飲みながら長時間労働させせられてるんだろ？」

「やけに詳しいじゃん。知り合いでもいんのか」

「前に、ドラッグストアの舞台裏を取材したことあるんだよ。俺たちと同世代の店長が、そんな感じだった」

「ドラッグストア、給料は悪くないみたいだけどな」

久志の言葉は意に介さず、修はフォークを振る。

「とにかく俺たちの世代には、非人間的な働き方をさせられてるやつや、非正規の職を転々とさせられてるやつがわんさかいる。そういう連中こそ、思い切って新しい道へ打って出るべきなんだよ。どうせ失うものなんてないんだからさ」

「簡単に言うなよ。みんながみんな――」と言いかけたとき、出入り口に近い仕切りの上に、千佳の丸い顔がのぞいた。背が低いので背伸びをして店内を見回している。こちらに気づくと、肉づきのいい腕を振って足早にやってくる。

「ほんとにごめん。あたしから呼び出しておいて」

申し訳なさそうに眉尻《まゆじり》を下げても、ベースにあるのはいつもあの写真の笑顔だ。十五分ほど遅れると連絡があったのだが、約束の時間からもう三十分近く経っている。千佳はハンカチで汗を押さえ、修の隣りに腰を下ろした。

「悪いけど、先に食べちゃってるよ」久志はメニューを千佳の前に置いてやる。

「ううん、全然。タネ、久しぶりだね。同窓会以来？」

「だな」

グレーのジャケットに紺のパンツという堅めの服装なのに、かばんはパンダが大きくプリントされたトートバッグ。昔から千佳は、何か一つは動物のグッズを身につけている。

「修も、ごめんね、試験前なのに」

「どのみちメシは食うんだからさ。そっちこそ大丈夫なの？　お義母《かあ》さんがどうとかって」

「うん。朝から急に、補聴器の調子が悪いって言い出してね。どうしても今日中に修理に出すって言うもんだから、一緒にお店まで行ってたの。思ったより時間かかっちゃって」

「大変だな」

「まあねえ」と言いながら、表情はむしろ明るくする。そこも昔から変わらない。

「夫がいればよかったんだけど、今日は部活の練習試合で」

千佳は公立中学校で理科の教師をしている。夫も同じく中学の英語教師。秦野に建て売りを買ったときに、夫が自分の両親を足柄《あしがら》の山間《やまあい》の集落から呼び寄せたと聞いている。子どもは二人。長女はもう高校生、長男は中学生になっているはずだ。

パスタランチを注文して水をひと口飲み、千佳が訊いた。

「二人とも真面目な顔して、何の話してたの？」

「四十五歳定年制の素晴らしさについてだよ」修が言った。

「四十五歳？　どういうこと？」

修がかいつまんで説明すると、千佳は微妙な顔で言った。

「まあ、わからなくはないけどねえ。あたしだって、もう辞めたいもう辞めたいって思いながら、二十何年だもん」

「そういう後ろ向きな話じゃなくてさ」修が顔をしかめて言う。「挑戦なんだよ。ステイ・ドリームなんだよ」

「何それ、また長渕《ながぶち》？」千佳が笑う。下手くそなギターをかき鳴らして歌う修の長渕剛《つよし》は、久志も放課後の教室でよく聴かされた。

「でもやっぱり、あたしなんかには現実的じゃないよ」千佳が力なくかぶりを振った。「お金のこと考えるとね。子どもたち、まだ毎年のように受験が続くし」

「ま、そういうことだ」久志もうなずいて見せる。「お前と違って、俺たちには守るべきものがある」

「何カッコつけてんだよ、思秋期まっただ中のおっさんが」修が声を高くして言う。

「だから、声がデケえって」

くだらない言い争いをしているうちに、千佳の食事が運ばれてきた。それをきっかけに、本題に入るよう修がうながす。

「で、スイ子の話なんだろ。連絡ついたのか」

「まだ。でもね」千佳がフォークにのばした手を止める。「彼女のことで、ちょっと妙な話を聞いたんだよ。うちのクラスに、加藤小百合《かとうさゆり》ちゃんっていたじゃない？」

「ああ、バレー部の」修が言った。

「小百合ちゃんの娘さんとうちの息子が塾が一緒で、送り迎えのときに時どき会うんだけどね。スイ子と親しかったってことはもちろんないんだけど、一応訊いてみたの。山際彗子ちゃんの連絡先なんて、知らないよねって。そしたら彼女、『山際さん、やっぱりこっちに帰ってきてるんだ』って言うんだよ」

「やっぱりって、加藤もスイ子を見かけたってこと？」久志が確かめる。

「小百合ちゃんじゃないの。彼女とバレー部で一緒だった子が、秦野駅の駅前で不動産屋をやってる人と結婚しててね。今月の初めかな、そのお店にスイ子がふらっと入ってきたんだって」

千佳の話によると、対応したのは夫のほうだったが、元バレー部の妻も店の奥から顔を見たらしい。あとで来店受付カードの名前を確認して、三年D組にいた人じゃないかと加藤小百合に訊ねてきたそうだ。

「スイ子のことなんて、よく覚えてたな」修が首をかしげた。「いつも一人で勉強ばっかしてるようなやつだったのに」

「だからでしょ」千佳がパスタを巻きながら言う。「東都工科大なんかに入ったの、うちの学年でスイ子だけだもん。意外と有名人なんだよ」

「あいつ、部屋でもさがしてたの？」久志は訊いた。

「それならまだ話はわかるんだけど、違うんだよ。スイ子、その不動産屋さんで、

『山の取り扱いはありますか』って訊いたんだって」

「山？」思わず訊き返した。

「そう。丹沢のほうに買ったり借りたりできる土地はないかってことだったみたい」

「なんでまた山なんか」修が眉を寄せる。

「わかんない。町の普通の不動産屋は、やっぱり山なんか扱わないらしいの。専門の業者に頼むか、最近は山林売買の仲介サイトがあるからそれを使ってみる。あるいは地主さんと直接交渉するしかありませんねってことで、話はすぐ終わったらしいんだけど」

思わず修と顔を見合わせたところに、千佳が続けて訊いてくる。

「どう思う？　スイ子と山っていうのが、どうしても結びつかないんだよね。何しようとしてるんだろう」

「林業。キャンプ場経営。きのこ栽培。確かにあり得んな」修が口の端をゆがめる。

「でも、人間嫌いの気があったし。東京の生活に疲れて山にこもりたくなったとかなら、あるかもしれん」

「そうだよ、仕事はどうしたんだよ。天文台は」久志は千佳に向かって言った。

「あたしもそれが気になって、国立天文台のホームページを調べてみたの。でも、どの部署のスタッフ一覧にも名前がなかった。何年か前に見たときは、ナントカ研究部ってところに載ってたんだよ。確か〈特任研究員〉みたいな肩書きで。それが消えちゃったってことは、もしかしたら――」

「辞めたってこと？」久志が先に口に出した。

「よそへ移ったんじゃねえの？　大学とか」修も横から言う。

「あたしもそう思って、〈山際彗子〉の名前で検索してみたんだけど、今の所属先っぽい情報が一つも出てこないんだよね」

「もしかして、あのスィ子が結婚したとか」修がにやりとする。「苗字《みょうじ》が変わって検索に引っかからない。それを機に退職した可能性だってある」

「不動産屋さんで書いた苗字は、〈山際〉だったんだよ」

あっさり否定した千佳は、久志と修の顔を交互に見て続ける。

「だいたい、スィ子が研究をやめるなんて、信じられないよ。でしょ？」

「まあな」修が無精《ぶしょう》ひげのあごに手をやる。

「だから、余計に心配でさ」

山際彗子は本来、久志たちの仲間に加わるような生徒ではなかった。教室では誰とも一切コミュニケーションを取らず、いつも一人。授業中は教科書の横に見たことのない参考書を開いて勉強しているが、教師に指されればすらすらと答える。もちろん部活もやらず、放課後は一番に姿を消す。空き缶タペストリー作りがなければ、久志とはひと言も言葉を交わすことなく卒業していただろう。

そもそも、彗子がなぜ秦野西高校を選んだのかも、よくわからない。あれだけ優秀なら、近隣の市の有名進学校に難なく入れたはずだ。久志たちの学年はD組とE組が理系クラスだったが、彗子の成績――とくに数学と物理は二クラスの中でもずば抜けていた。苦手だという英語も、たまたま見てしまった二学期の実力テストの点数は、五十点そこそこだった久志より四十点も上だった。

夏休みの間、あれだけ久志たちに付き合ったにもかかわらず、彗子は現役で国立理工系大学の最難関、東都工科大学の天文学科に合格した。そこで大学院の博士課程まで進み、三鷹《みたか》にある国立天文台の研究員になった。

高校卒業後、久志は彗子と一度も連絡を取っていない。修や和也もそうだ。大学以降のことは、彗子と年賀状のやり取りだけ続けていた千佳から聞いた。毎年、〈春から大学院です〉というふうに、最低限の近況が添えられていたらしい。だがその唯一のつながりも、彗子が国立天文台に入った年を最後に途絶えてしまった。翌年出した年賀状は、宛先不明で戻ってきてしまったそうだ。

だから、彗子がこれまでどんな研究に携わってきたのかは、まったく知らない。ただ、彼女にとって天文学がそう簡単に手放すことのできない世界だということは、久志にもわかる。天文学者になることは、彗子の幼い頃からの夢だった。それを叶《かな》えるためだけに、孤独な勉強にひたすら励んでいたのだ。

それを知っているのは、同級生の中で久志たちだけだろう。それまで自分のことをまったく話さなかった彗子が、あの夏のある日、帰り道に訥々《とつとつ》と語ったからだ。流れ星が流れた、宵の空を眺めながら──。

「そういうことならなおさら、本人に話を聞かないとな」修が言った。「その不動産屋に訊けば、連絡先わかるんじゃないのか。来店カードに記入したんだろ」

「お前さ、それでも弁護士志望？」久志は呆れ顔を作る。「客の個人情報だぞ。いくら昔の同級生だからって、教えてくれるわけない」

「遵法意識の乏しい店なんだよ。現に、スイ子が何しに店に来たか、加藤小百合にぺらぺらしゃべったじゃねえか」

「それだって正直あり得ないよ。うちでそんなことしたら、大問題だ」

「そりゃそうだ」修が鼻息を漏らす。「そんな薬局、おちおち痔《じ》の薬も買いにいけねえ」

「あたしたちが連絡を取りたがってるって、不動産屋さんからスイ子に伝えてもらうのはどう？」千佳が真顔で言った。「小百合ちゃんを通じてお願いするんだよ」

「そんなことまでしてくれるかな」久志は首をかしげた。「一回相談に来たきりの客と、よく知りもしない俺たちのために」

「でも、やってくれたらそれが一番確実じゃんか」修は口をとがらせて言った。

話が一段落して、ようやく千佳がパスタを食べ始めた。すでに食事を終えている修に、申し訳なさそうに言う。

「ごめん、時間もったいないよね。もう帰って勉強して」

修は「んなこと、いいんだよ」と言ってメニューを開いた。店員を呼び止めてミニチョコパフェを追加で注文すると、頭の横を指でつつく。

「勉強の前に、脳にたっぷり糖分入れとかないとな」

「そんだけ食えるってことは、プレッシャーはあまり感じてないみたいだな」

からかうように久志が言うと、修は「わかってねえな」とかぶりを振った。

「中年の受験勉強は、一に睡眠、二に食事だぜ？　若い頃みたいに無理はきかないんだ。規則正しい健康的な生活があって初めて、勉強が続けられる」

「食って寝てるだけじゃないだろうな」

「真面目な話、仕事だってそうだろ。タネは、ちゃんと食って寝てるか」

「食ってるけど、眠りは浅いな。年々浅くなる気がする」

「わかる」千佳が口もとを手で隠して言う。「明け方に目が覚めちゃったりしたら、最悪だよね。もう一回寝ようとしても寝られない」

「気をつけろよ」修が神妙な面持ちで見つめてくる。「メンタルがやられることで体

がおかしくなるんじゃないんだ。過労やなんかで知らず知らずのうちに体が弱ってい
て、それがメンタルを蝕《むしば》むんだ」
「そうかもな」久志は素直に言った。
「心がぶっ壊れるまでやらなきゃならないことなんて、この世にない」
吐き捨てるように言った修に、千佳が確かめる。
「それ、梅ちゃんのこと言ってるの？」
「ああ。どっちかっていうと、あいつのほうが心配だよ」修は眉間《みけん》にしわを寄せる。
「こないだあいつの実家に電話して、お母さんと少し話したんだ。俺も秦野に帰って
きてるってことだけ伝えてくれって言っといた。状況は何も変わってないみたいだな」
梅野和也は今実家で暮らしている。だが、彼のスマホはもうずっと電源が切られた
ままで、メールや留守番電話への反応も一切ない。
千佳がうなずく。「うち、梅ちゃん家《ち》のすぐ近くじゃない。もちろん本人は見かけ
ないんだけど、お母さんとは時どき道で会うのね。やっぱり見るからにやつれてるし、
気の毒になっちゃう」
久しぶりに三人で顔を合わせたというのに、明るい話題が出てこない。アルコール
でも入れれば、昔話に花が咲くのかもしれないが。
束の間の沈黙のあと、久志はコップの水をひと口含み、ため息まじりに言った。

「いろいろあるよな。この歳になると」

＊

「で、こっちがご主人のほう。前回と同じ、血液をさらさらにするお薬ですね。それから、血圧の薬と、胃薬」

安村《やすむら》家の玄関の上がり框《がまち》に浅く腰掛けて、処方箋と照らし合わせながら袋から薬を出していく。居間のほうから夫がかすれた声で何か訴えているが、久志には聞き取れない。夫人も「はいはい」といい加減に返している。

「胃薬、前と違うのね」正座をした夫人が、どこかうつろな目で言った。

「いえ、いつものですよ。あと、今回はマイスリーという睡眠薬が出てますけど――眠れないことがあるんですか」

「いいえ、よく眠れるわよ」

「いや、ご主人です」

「ああ、主人。まあ、時どきね」

この安村夫妻は、父が長年親しくしていたお客さんだ。夫のほうは七、八年前に脳梗塞を起こし、右半身が不自由になった。夫人も以前から脚が悪く、思うように出歩けない。

彼らのように高齢になって来店が難しくなった客のために、父は定期的に自宅まで薬を配達していた。数多くは回れないので、昔からの得意客に限ってのサービスだ。父が店に出なくなった今は、久志がそれを引き継いでいる。

町の薬局として意義のある仕事だと思うし、父も継続を望んでいる。だが正直、負担は大きい。久志が外回りに出てしまうと、まだ調剤の手際がいいとはいえない和美が一人で店を切り回すことになる。

服用上の注意を説明していると、夫人が唐突に訊いてきた。

「お父さんは、お変わりない？」

「え？　ええ、まあ何とか。調子がいいとは言えませんけど」

「そう。でも、こんな立派な跡取りもいるし、安心ね。あなた、結婚は？」

またいつもの質問だ。小さく息をつき、無理やり口角を上げる。

「ええ、もう小学生の子どもが二人」

「そう。大変だろうけど、今が一番いいときよ」

毎回毎回、同じ質問と、同じ話。苛立《いらだ》ちを隠し、続きをさえぎるように薬の説明に戻る。最後までひと息に終わらせると、「わからないことがあったら、お電話ください。また来ますね。お大事に」と早口に告げて、そそくさと玄関を出た。

路上に停めた車に乗り込み、深く息をつく。これが父なら、もっと穏やかに気長に話に付き合って、勧められればお茶の一杯も飲んで帰ったのだろう。すべてにおいて余裕のない自分が、心底情けなくなる。

エンジンをかけ、Uターンしようとハンドルを切りかけて、ふと手を止めた。正面に続く緩やかな上り坂は、先のほうで大きく左にカーブしている。そのままさらに一キロほど行けば、梅野和也の実家だ。

ファミレスでの会話を思い出す。修は和也の実家に電話をしたと言っていた。千佳も道端で彼の母親と時どき言葉を交わしている。それにひきかえ、久志はここ数ヵ月、和也のために何もしてやっていない。直接実家を訪ねたのは、一年以上前だ。忘れていたわけではもちろんないが、正直、人のことまで思い悩むだけの心のキャパシティがなかった。

腕時計に目をやる。午後二時五分。近辺の医院やクリニックはだいたいどこも、午後の診療を三時から始めるので、この時間帯はあまり処方箋が持ち込まれない。

とりあえず家まで行って、インターホンを押してみよう。親が出てきたら、玄関先で和也の様子を訊ねてみればいい。大した意味はないかもしれないが、何もしないよりましだ。少なくとも、昔の仲間が皆心配しているということは、本人にも家族にも伝わる。十五分もかからない。和美も文句は言わないだろう。

そんな言い訳めいたことばかり考えながら、アクセルを踏み込んだ。

坂の上に見える家並みの向こうには、もう山裾《やますそ》が迫っている。秦野市は大雑把にいうと、南半分が盆地状の市街地、北半分が表丹沢の山地だ。田畑も多く残るこの地区は、市街地の北の端に近い。

高校生の頃、修と連れだって和也の家へ行くときは、いつも自転車だった。当時はひどく長く感じたこの坂も、車を使えばあっという間だ。

和也が実家にひきこもるようになって、もう三年になる。その間久志たちは、彼の声さえ聞いていない。

久志が和也と親しくなったのは、彼が修と中学からの友人同士だったからだ。とはいえその性格は、修と正反対に近い。穏やかで口下手だが、やるべきことはきちんとやる。久志も修も、定期テストは和也のノート頼みだった。誰も真面目にやらない教室の掃除でさえ、決して手を抜かない。空き缶タペストリー制作の際も、意見はほとんど口にせず、自分で仕事を見つけては黙々とこなしていた。

仲間のうち、現役で大学に受かったのは彗子の他に和也だけ。進学したのは横浜《よこはま》にある私立大学の工学部だった。そこで機械工学を学び、川崎《かわさき》の産業用機械メーカーに入社した。ポンプやコンプレッサーが主力商品の会社なので、世間一般にその名が知られているわけではない。だが、大手メーカーなどには目もくれず、地味でも堅実な企業に絞って就職活動をしていたのは、いかにも和也らしいと思ったものだ。配属されたのは、当初から希望していた開発部。作業着姿で機械油にまみれる仕事にも、独身寮と会社を往復するだけの毎日にも、和也は満足しているようだった。職場に未婚の女性はほとんどおらず、外に出会いを求めにいくようなタイプでもない。修が紹介した女性としばらく付き合っていたこともあるが、結局うまくいかなかったらしい。その後は趣味のオーディオに好きなだけ金を使いながら、気楽な独身生活を続けていた。

久志が和也と最後に会ったのは、四年前の夏。修と三人、横浜のビアガーデンでやった暑気払いだ。そのとき本人から、新技術を使ったコンプレッサーの開発チームに配置換えになったという話を聞いた。サブリーダーを任されたんだと張り切っていたので、まさかその数カ月後に休職することになるとは想像もしていなかった。

異変を感じたのは、その年の暮れあたりだったと記憶している。和也が電話にもメールにも一切応答しなくなったのだ。春になる頃には、久志たちの知らないうちに実家に戻ってきていた。うつ病と診断されたと彼の母親からは聞いたが、発症の原因は今もわからない。詳しい事情は家族にも話さないらしい。

修は、プレッシャーと過労によるものだろうと言った。手を抜くということを知らない和也の性格からして、それが一番ありそうなことだと久志も思う。だが、どれだけ体を休めても、和也の心は元どおりにならなかった。三カ月、半年と休職期間はのびていき、とうとう退職せざるを得なくなった。

　そしてそのまま、三年間。和也は自室からほとんど出ることなく、母親が朝晩部屋の前に置いていく食事をとって生きている。抗うつ薬はもう飲んでいないそうなので、もしかしたら、うつ状態はすでに脱しているのかもしれない。

　うつ病などの精神疾患からひきこもりに移行するケースは多い。それを知識として知ってはいても、経験者でもない久志には、閉ざされたままの和也の心を推し量ることなど到底無理な話だった。

　和也の部屋の様子は、今もはっきり思い出すことができる。二階の六畳間で、壁は板張り、床は深緑のカーペットだった。整頓《せいとん》された学習机に、ベッドと本棚。そして何より目を引くのが、部屋の奥に鎮座するオーディオだ。

　当時は若者の間で「コンポ」がブームだったのだが、久志のような普通の高校生にはなかなか手が届かなかった。ところが和也は、名機と呼ばれる高級機器ばかりの一式を持っていたのだ。アンプはサンスイ、スピーカーはヤマハ、カセットデッキはナカミチ。すべて、筋金入りのオーディオマニアだという従兄弟《いとこ》から譲り受けたものだった。

　オーディオが本格的だからといって、クラシックやジャズに凝っていたわけではない。それも従兄弟の影響らしいが、「シュガー・ベイブ」や「はっぴいえんど」、「荒《あら》井由実《ゆみ》」といった、久志たちにとってはひと世代前のポップスやロックを好んで聴いていた。「ナイアガラ・トライアングル」のLPを繰り返し聴かされ、長渕ファンの修が「いい加減にしてくれよ!」と怒って帰ってしまったこともあった。

あるとき、面白いものを従兄弟がくれたと言うので、修と二人で見にいった。細長い電球のようなものが並んだその機器は、真空管アンプ。あちこち壊れていて電源も入らないが、これからいろいろ勉強して自分で修理するつもりだと言っていた。使えるようになったかどうかは、結局聞かずじまいだ。

あのオーディオや真空管アンプは、まだあるのだろうか。西日のまぶしいあの部屋で、和也は一人何を思い、どう過ごしているのだろう——。

カーブを曲がり切ったあとしばらく平坦《へいたん》だった道が、再び緩やかな上りになる。山裾を切り開いて建てられた家々の間を進み、坂を上り切った高台で車を停めた。

道路の北側に面しているのが、梅野家だ。背後はすぐ山の斜面で、このあたりでは一番高い場所に建っている。ブロック塀に囲まれた、青い瓦《かわら》の二階建て。白い壁は昔からすすけていたので、外観の印象はさほど変わらない。

車を降り、まず二階を見上げる。南西の角が和也の部屋だ。ここから見えるのは南側の窓だけだが、前回訪ねたときと同様、カーテンどころか雨戸まで閉まっていた。

門扉へ近づこうとしたとき、視界の隅で何かが動いた気がした。反射的に顔を上げ、二階に視線を走らせる。するとそのさらに上、切妻屋根のてっぺんに、人影がぬっと現れた。こちらを見下ろしたその男と、目が合う。

「――梅ちゃん」

髪もひげものび放題だが、間違いない。部屋着とおぼしきスウェット姿のまま、瓦の上で膝立《ひざだ》ちになっているようだ。

「梅ちゃん!」思わず叫んだ。「おい、何やってんだ! 危ないって!」

和也はうろたえて顔をそむけた。唇こそ半開きにしているものの、言葉は発しない。まさか――。背筋に冷たいものが走る。飛び降りても簡単には死なないだろうが、落ち方によっては大怪我をしかねない。

「待て! 動くな!」怒鳴りながら、押し留《とど》めるように両手を上げる。「すぐ行くからそのまま! 絶対動くなよ!」

門扉を乱暴に開き、玄関のドアに飛びついたが、鍵《かぎ》がかかっている。ドアを叩《たた》きながら、「すいません! 誰か!」と大声で何度も呼ぶ。誰も出てくる気配はない。

もう一度道路まで出て、屋根の上の様子を確かめる。和也の姿が見えない。「おーい! どこだ!」と叫ぶと、返事のかわりに、瓦がずれるような音がかすかに聞こえた。屋根の反対側からだ。慌ててまた門の中へ駆け込み、植木鉢や雨ざらしの不用品を飛び越えながら、家の裏手に走る。

せまい裏庭に出て見上げると、二階のベランダから屋根にかけられたはしごを、和也が下りてきていた。

「おい、梅ちゃん！」

ほっとして呼びかける久志には目もくれず、和也は逃げ込むようにベランダから家の中に入り、ガラス戸とカーテンを閉めてしまった。

＊

「屋根の上？」電話の向こうで、修が訊き返した。「そんなとこで何してたんだ？」

「わかんないよ。訊いても答えないんだから」

バックヤードの床に散らばる空き箱を足でどけながら、スマホを片手に奥の事務机まで進む。椅子を引いて腰掛けた。

「まさか」低い声で修が言った。「変な気起こしたんじゃねーだろうな」

「俺も一瞬そう思って、焦ってさ。二階の屋根からだって、打ちどころによっちゃ死ぬし。結局、すぐ下りてきたからよかったんだけど、俺のことは完全に無視で、ベランダから家に入っちまった」

「じゃあ、何も話せずじまいか」

「うん。だからその夜、実家のほうに電話して、お母さんに伝えたわけよ。お母さん、『またですか』ってため息ついててさ。何週間か前にも上ってたらしいんだよ。お母さんが見つけて悲鳴上げたら、おとなしく下りてきたみたいだけど」

「今回は、家族が留守の隙に上ったわけだな」

「たびたび屋根に上るなんて、普通じゃないだろ。昨日、このこと千佳に話したら、あいつも心配してさ。『あたしも気にかけるようにするから』なんて言ってたけど、俺たちでずっと見張ってられるわけでもないし。どうしたもんかと――」

そのとき背後から、「ねえ」と和美が声をかけてきた。しかめた顔を店のほうからのぞかせている。久志は修に断りを入れ、〈保留〉をタップした。

「誰と話してるの?」

「修。向こうからかかってきたんだよ」迷惑そうな顔を作って言ったが、電話をくれと昨夜修の留守番電話にメッセージを残したのは、久志のほうだった。

「仕事の電話じゃないんなら、お店にいてくれない?」和美はとげとげしく言って、調剤室のほうにあごをしゃくる。「わたし、井上《いのうえ》さんの軟膏《なんこう》作っときたいから。分量あるのよ」

「わかった。すぐ行くから」

和美が消えるのを待って、通話に戻る。

「悪い。だからさ、お前も勉強忙しいだろうけど、もし梅ちゃん家の近くを——」

「あのさ」修がさえぎった。「今思い出したんだけど、俺も昔、あいつの家の屋根に上ったことあるわ」

「は？　なんで？」

「中学のときの話なんだけどさ。梅ちゃんが持ってたオーディオって、全部従兄弟のお古じゃん？　最初にもらったのが、確かチューナーなんだよ。あいつ、ＦＭ好きだったろ」

「ああ、エアチェックな」

当時は、安価に利用できる音源がレンタルレコードかラジオしかなく、若者たちはそれをカセットテープに録音して楽しんでいた。「エアチェック」というのは、ＦＭで流れている曲をカセットに録《と》ること。そのための番組表などを載せたＦＭ情報誌も人気だった。

「そうそう」修が懐かしそうに言う。「あいつ、なるべくいい音で録りたいからって、ＦＭアンテナも一緒にもらってきててさ。テレビのアンテナみたいな、棒が何本も出てる本格的なやつ。それを屋根に取り付けるって言うんで、手伝ったんだよ」

「へえ、そうなんだ」

「でも、ど素人の中坊二人でやることだろ。やたら苦労した覚えがあるよ。途中、配線がわかんなくなって、従兄弟に電話で訊いたりしてさ。あのアンテナ、まだ立ってんのかな」

「んなこと知らないけど、今回のこととは関係ないだろ」

「まあ、そりゃそうだけど。ラジオもネットで聴く時代だしな」

「そういう問題かよ」

調剤室のドアが開く音とともに、和美の声が響いた。

「ねえ、ちょっと！　ご来店よ！」

久志は「悪い、お客さんだ。じゃあそういうことで」と早口で告げて、電話を切った。急ぎ足で店に戻る。

「いらっしゃいませ」と言いながらカウンターに入り、固まった。

商品棚の前に立っていたのは、彗子だった。

首をこちらに回し、にこりともせず指の背で眼鏡を軽く持ち上げる。

「スイ子――」

「お店、きれいになった」彗子のひと言目は、そんな素っ気ない言葉だった。

「ああ……リフォームしてさ。店舗のほうも、内装だけ」

肩までの黒髪に、高校時代にもかけていた縁なし眼鏡。化粧はしていたとしても、ごく薄い。痩《や》せすぎなほどの体形だけでなく、声もしゃべり方も、怖いぐらいにあの頃と変わらない。

そして、言葉を交わしたときに受ける、この独特な感覚。彗子は昔から、会話に余計な言葉を費やさない。

勝手に時間が巻き戻されていくことに動揺しながら、まず確かめた。

「もしかして、不動産屋さんから話聞いた?」

「うん。電話がかかってきて」

元同級生の加藤小百合を通じて、秦野駅前の不動産屋に彗子への伝言を頼んだということは、千佳から聞いていた。だが、まさか直接訪ねてくるとは思っていなかった。しかも、自分のところに。そんな疑問を察したかのように、彗子が続ける。

「種村薬局、ネットで調べたらまだあったから。ここへ来るのが手っ取り早いと思って」

自分がずっとこの街にへばりついていることを見透かされていたように感じて、背中に汗がにじむ。無理に口角を上げて言った。

「ほんとに帰ってきてたんだな。いつからこっちにいるんだよ」

「今月の頭」

「連絡くれればいいのに。千佳の実家の番号ぐらいなら、知ってるだろ」

「ああ、だね」

「今、みんなこっちにいるんだぜ。修も……梅ちゃんも」

「そうなんだ」彗子はそう言ったきり、二人について何も訊こうとしない。

「どこに住んでんの？　実家、もう秦野にないんだよな？」

「松原町《まつばらちょう》にアパート借りた」

「松原町……ああ、渋沢駅の近くか」

調剤室から和美が出てきた。軟膏の容器を三つ抱えたまま、不思議そうな顔で初対面の客に会釈する。久志は慌てて彗子を紹介した。

「こちら、山際さん。高校の同級生。ほら、例の空き缶タペストリーのときの仲間」

「ああ」和美はすぐによそいきの笑顔を作った。「いつも主人がお世話になっております」

「初めまして。山際彗子です」彗子が神妙な表情で頭を下げる。

「今日は何か、お求めに？」和美が久志に訊く。

「いや……」

肝心なことを、まだ訊いていない。山の土地をさがしている理由も、天文台の仕事についても。だがどちらの質問も、彗子の今の人生に深く踏み込むものであることは間違いないだろう。妻の前でそんな話をさせるわけにはいかない。何より、自分一人でそれを受け止める自信がなかった。

続きを言い淀《よど》んでいると、彗子が商品棚に手をのばした。目薬の箱を一つ取って、カウンターに持ってくる。

「これください」彗子は財布を開きながら、通りすがりの客のように言った。

＊

「そしたらスイ子、何て言ったと思う？」

国道沿いのチェーンの珈琲《コーヒー》店で、久志は向かいの千佳に訊いた。

「行けたら行くよ、とか？」

「いや。『みんなで集まって、昔話でもするわけ』だって」

「うわ。相変わらずだねー、スイ子」千佳は苦笑いを浮かべる。

「でも、そう言いながら来るんだから、そこも変わんないよ」

二年ほど前にオープンした純喫茶風のこの店は今も人気で、広い店内にずらりと並ぶボックス席はほとんど埋まっている。よほど忙しいのか、なかなか注文を取りに来ない。

「忘れられてんのかな。もう一回押すか」

久志が呼び出しボタンに手を伸ばそうとすると、千佳がかぶりを振る。

「スイ子が来てからでいいよ。昔のままなら、時間ピッタリに来るはずだし」

久志は腕時計に目を落とした。あと一分で、約束の二時だ。「修はちょっと遅れるかもって言ってた」

「いいのかな、修」千佳が小首をかしげる。「試験前にたびたび呼び出して」

「いいんじゃない。あいつのことだから、息抜きの口実さがしてると思うよ」

「あ！」千佳が腰を浮かせて、出入り口のほうに手を振った。「来たよ！」

彗子は千佳に気づくと、手を上げるでもなく、ただ軽く眼鏡を持ち上げた。あの頃と同じ無表情で、こちらにやってくる。

「久しぶりぃ」千佳は彗子を隣りに座らせながら、嬉《うれ》しそうに声を弾ませる。「やっぱりスイ子だ。ほんとにスイ子だ」

「人を幽霊みたいに」

「だって、二十八年ぶりだよ？　ぜんっぜん変わんないねー、ほんとに変わんない」

「だから、人を幽霊みたいに」彗子は真顔で返しながら、呼び出しボタンを押した。

近況を交えたとりとめのない雑談をしているうちに飲み物が運ばれてきて、同時に修もやってきた。何年ぶりだの、変わらないだの、変わっただのとひとくさり繰り返したあと、彗子が誰にともなく訊いた。

「今日は、梅野君は?」

「ああ……梅ちゃんは――」久志が言葉を選びながら答える。「来れない。不調でさ、メンタルのほうの」

「あいつ、それでこっちに帰ってきたんだ」修が言った。「結局、会社も辞めちまって。もう三年になる」

「そうなんだ」彗子が初めて表情を変えた。うすい眉を寄せて言う。「心配だね」

「まあ、その件はおいおい、ね」千佳がつとめて声を明るくする。「修が今こっちで何をしてるかってことも」

「んな話は今度でいい」修が手を顔の前で振った。

千佳がうなずき、真顔になって隣りの彗子に体ごと向ける。

「今日はやっぱり、スイ子の話。あたしたち、心配してるんだ。スイ子、なんで秦野に帰ってきたのかなって。天文台の仕事は、どうしたのかなって」

彗子はコーヒーをひと口飲んでから、口を開いた。

「国立天文台には、もういられなくなった」

「クビってことか?」修が言った。

「まあ、そうだね」彗子はカップを持ったまま、淡々と応じる。「大学院を出てから、二年とか三年の任期付き研究員をずっと続けてきたんだけど、この三月を最後にとうとうその口が無くなったってこと。もともと、若手向きに用意されてるポストだし。あそこでわたしが常勤の研究職に就ける目は、もうない」

「スイ子みたいに優秀でも？」千佳が目を瞬かせる。

「わたし程度の業績の人は、いくらでもいる」

「大学の教員なんかにはなれないのか」修が訊いた。

「天文学科を置いてる大学なんて、ごくわずかだから。ポストは少なく、競争率は高い。よほど抜きん出たものがないと、助教や准教授にはなれない」

「厳しい世界なんだな」久志は小さく言った。

民間は、と続けかけてやめる。この歳まで天文学しかやってこなかった人間を歓迎する企業があるとも思えない。それ以前に、会社員として働く彗子の姿が想像できなかった。

「じゃあ……これから、どうするの？」千佳がおずおずと訊ねる。「研究は――」

「続けるよ」彗子はさも当然とばかりに言った。

「え、秦野で？」

「こんなとこ、大学も何もないぞ」修も言い添える。

「そんなのなくたって、やれることはある」

彗子はカップを置くと、顔を上げて言った。

「天文台を、作るつもりなんだ」

「作る?」千佳と修が同時に声を上げる。

「いや、そんなの、どうやって？」久志もつまりながら訊いた。

「どうにかして、だよ。小さいのでいい」

「あ」と千佳が目を見開いた。「もしかして、天文台を建てるために、山の土地をさがしてるの？」

「なんでそのこと――」一瞬眉を動かした彗子が、すぐに理解してあごを引いた。

「ああ、あの不動産屋に聞いたのか」

「ちょっと待ってくれ」修が両手を上げた。「昔、野辺山《のべやま》の天文台に取材に行ったことがある。八ヶ《やつが》岳《たけ》のふもとだ」

「野辺山宇宙電波観測所だね」彗子が補足する。

「ものすごい施設だったぞ。広大な敷地に、バカでかい電波望遠鏡がずらっと並んでて。直径十メートルだとか、五十メートルだとかの」

「一番大きいのは、直径四十五メートル。十メートルのアンテナは、ミリ波干渉計」

「そうか。まあとにかく、今の天文台ってのは、ああいう設備のことをいうんだろうが」

「でも、小ぢんまりしたところだってあるじゃない」今度は千佳が言う。「何年か前に、教員向けの研修で秩父《ちちぶ》のほうまで行ったんだけど、帰りに近くの山の天文台を見学したよ。小さな二階建てで、半球のドームが一つあって。部屋はせまいけど、宿泊や研修ができるようになってるの。何てとこだっけな」

「秩父なら、たぶん堂平《どうだいら》天文台」彗子がまたコーヒーをすする。「九十センチぐらいの反射望遠鏡があったはず。もう研究施設としては使われてないけどね」

「だろ？」したり顔の修が、彗子と千佳を交互に見る。「そういう小さな天文台は、もはやただのアミューズメント施設なんだよ。一般市民向けにイベントやるだけの」

「そうかもしれないけど……」千佳は彗子の表情をうかがった。

「実際、スイ子だって」修が続けて質《ただ》す。「今までは、野辺山にあるような大規模な設備を使って研究してきたんだろ？」

「野辺山には縁がうすかったけど、すばる望遠鏡とかだね」

「すばるって、ハワイの？」理科教師の千佳が確かめる。「すごい。あの望遠鏡、世界最大級なんでしょ？」

「そんな最先端の研究をしてた人間が、丹沢に建てた手作りの天文台で何するんだ？」修の勢いは止まらない。「子どもたち集めて、星空観察会でもすんのかよ？」

「それもいいかもね」彗子が冷たく言う。

「本気で言ってんの？」久志は思わず口をはさんだ。

「待ってよ」千佳が眉をひそめ、修と久志を見る。「スイ子は専門家だよ。何か考えがあるに決まってるじゃん。でしょ？」

「考えなしに始めるわけないよ」

彗子は落ち着いた口調で返すと、またカップに口をつけた。それ以上説明しそうにない様子を見て、千佳がどこかあきらめたように微笑む。

「だよね。あたしたちじゃないんだから」

千佳の言葉の意味はもちろんわかったが、久志は笑えなかった。修も苦い顔のままだ。

「山というか、建てる場所の目星はついてんの？」久志は質問を変えた。

「まだ。全部これから」

彗子はカップをそっと皿に戻し、目を伏せたまま続ける。

「大丈夫。みんなに心配してもらわなくても、わたしは大丈夫だから」

「うん。でもさ――」

千佳が言いかけると、彗子が何か思いついたように顔を上げた。

「今、一つだけ困ってることがあって。わたし、車がないんだ」

リビングのソファでタブレットを開いていると、髪を濡《ぬ》らした長男の悠人がパジャマのボタンを留めながらやってきた。脱衣所のほうから母親を呼ぶ篤人の声が聞こえる。

「お母さんが、早くお風呂《ふろ》入ってって」

「ああ――うん」

生返事をしていると、悠人が「あ、それ」と言ってタブレットをのぞき込んできた。

「すばる望遠鏡じゃん」

「知ってんのか」久志が見ていたのは、国立天文台の公式サイトだった。

超遠方宇宙に巨大ブラックホールを発見。一二六億光年の彼方《かなた》で成長中の銀河。すばる望遠鏡が描き出すダークマターの地図。そんな途方もない用語と美しい画像であふれたページだ。その直径八・二メートルの巨大望遠鏡がハワイのマウナケア山頂にあるということも、初めて知った。

「理科の授業でいろいろ見たよ。宇宙の画像とか」

「へえ。今どきは、最新のことまで習うんだな」

「なんでそんなの見てんの？　夏休み、ハワイ行くの？」悠人が目を輝かせる。

「行くわけないだろ。今年も伊豆《いず》だよ、伊豆」

「えー、たまには沖縄とか行きたい」

口をとがらせる悠人の手にタブレットを預けて、風呂場に向かった。

浴槽に体を沈め、たるんだ腰まわりをさする。ここ十年ほどで溜まったその贅肉《ぜいにく》が、自分が暮らす世界の卑小さを表しているように感じる。

生まれ育った街で家業の小さな薬局を継いだ自分にとって、天文学などというのはあまりに遠くまばゆい世界だった。すばる望遠鏡で遥《はる》か宇宙を見つめてきた彗子自身が、まるで宇宙人のような存在に思える。

だよね。あたしたちじゃないんだから――。

今日の珈琲店で、千佳はそう言った。彗子の「考えなしに始めるわけないよ」という言葉を受けての台詞《せりふ》だ。

そう。昔も今も、彗子は自分たちとは違う。久志にはとても考えが及ばないところまで、彼女はいつも見通している。

それを初めて思い知ったのは、あの夏――二十八年前の七月上旬。確か、期末テストが終わってすぐの頃だったと思う。

空き缶タペストリーの企画が持ち上がっても、当然ながら彗子はそれに興味があるような素振りを微塵《みじん》も見せなかった。だから、こちらから有志に誘ったり、協力を頼んだりしたこともない。それどころか久志は、進んで孤独でいる彗子のことを、クラスの一員としてカウントすることさえしていなかった。

その日、久志たち有志はいつものように放課後の教室に残り、制作の相談をしていた。修、千佳、和也に加えて、あのときはまだ他にも一人か二人いたかもしれない。

中心にいたのは、もちろん槙恵介だ。

当時の久志にとって、恵介は完璧《かんぺき》な高校生だった。元バスケ部のエースで、長身かつ顔もよく、明るい性格。かといって、騒がしくはしゃいだり、悪ノリしたりすることはなく、言動にどこか余裕がある。勉強のほうはそこそこだが、読書家で話題も豊富。誰にでも分け隔てなく接するので、常に同級生たちに囲まれている。当然、モテないわけがない。その頃は誰とも付き合っていなかったはずだが、女子に手紙やチョコレートを渡されているところを目撃したのは一度や二度ではなかった。

タペストリーの図柄はオオルリに決まり、絵の得意な千佳が色鉛筆できれいな原画を描き上げてきていた。それを囲んでの話し合いはたびたび脱線し、バカ話になった。そのときもきっと、修のくだらない冗談で盛り上がっていたのだろう。

「ねえ、ちょっと」いつの間にいたのか、教室の後ろで彗子が言った。「これ、どけてほしいんだけど」

彗子が仏頂面で指差していたのは、箱詰めの状態で積み上げられた空き缶の山。すでにクラスに呼びかけて回収を始めていて、その時点でおそらく千個以上あったと思う。それが彗子のロッカーの前をふさいでいたのだ。

「ああ、わりい」恵介はいつもの朗らかな声で応じると、座っていた机から飛び降りて、和也と一緒にすぐ箱をどけた。

そこで終わると思っていたやり取りが、意外なことにまだ続いた。

「空き缶、何個必要なの」彗子がぼそりと訊いたのだ。

「目標は、一万個かな」恵介は気安く答えた。「山際さんも、家で集めといてよ」

「とくに何色？」

「色？　ああ……何色だろ。一番使いそうなのは、たぶん、青系かな」

「たぶん？」彗子は眉をひそめ、空き缶の山を見上げた。「もしかして、何も考えずに集めてるの？　設計図は？」

「設計図かあ。やっぱいるよな、そういうの」恵介は苦笑いを浮かべて言った。「今はまだ、原画しかなくてさ」

恵介が彗子を久志たちのほうへ連れてきて、千佳の絵を見せた。

「どんな空き缶をどう並べて、この図柄にしていくわけ？」彗子は縁なし眼鏡を持ち上げて、恵介に訊いた。

「まだちゃんと考えてないんだけど……とりあえずこの絵を拡大コピーして、格子状に線を引いて――」

「効率が悪すぎる」彗子は冷たくさえぎり、机の上の絵を手に取った。「これ、二、三日借りていい？」

そして、三日後。彗子が持ってきたものを見て、有志みんなで仰天した。

まず、細かな長方形のピクセル一万個で描かれた、海と山を眼下に羽ばたくオオルリ。千佳の原画をパソコンを使って再現したものだった。当然ながら、個々のピクセルの縦横比は空き缶と同じ比率になっている。彗子が作成した画像を、父親の会社のカラープリンターで出力してもらったという。

その下の紙束には、〈1水水白白白銀銀……〉というふうな文字の羅列が延々と印字されていた。これは、「第一列は上から水色、水色、白色、白色……」の順で空き缶を並べるという意味だ。この表さえあれば、空き缶を針金でつないでいく際、原画や図面にあたることなく誰でも機械的に作業ができる。そして、一万個分の表の最後には、何色の缶が何個必要かというデータがまとめられていた。

久志が一番驚いたのは、彗子がこれらすべてを、自宅のパソコンで自らプログラムを組んでおこなったということだ。しかも、たった三日間で。プログラミングはおろか、当時はパソコンに触れたことさえほとんどなかった久志には、それが同級生の技術だとはとても信じられなかった。

恵介の感激ぶりは相当なもので、その場で「頼む、俺たちの顧問になってくれ」と彗子に頭を下げた。彗子が何と答えたかは覚えていないが、そのときから彼女が仲間の一員になったのは確かだ。

荷重に耐えられる針金の太さを計算したのも、タペストリーを屋上の手すりに固定する方法を考案したのも、それに必要な木材の部品を設計したのも、彗子だった。恵介に求められると翌日には回答を提示したので、おそらく彗子の頭の中ではほぼ完璧な設計図がとうに出来上がっていたのだろう。

彗子が担ったのは、あくまでブレーンとしての役割だ。炎天下での空き缶集めやその洗浄、穴あけや編み込みなどの作業には加わらず、夏休みは毎日学校の図書室で受験勉強に勤《いそ》しんでいた。その行き帰りには時どき様子を見にきたし、必要となれば制作現場で指示も出したが、勉強第一という自分のペースを崩すことはなかった——。

額をつたってきた汗が、目に入った。浴槽の湯を手ですくい、顔を洗う。

彗子がいなければ、タペストリーは完成しなかった。修も千佳も、ことあるごとにそう言う。そのとおりだと久志も思うし、感謝もしている。ただ——。心の片隅に、ずっと何かが引っかかっている。感謝していることそれ自体に、かすかな違和感を覚えてしまうのだ。

修や千佳、和也に久志が抱いている感情は、感謝ではない。あの夏、ともに汗と涙を流した戦友への思いを表すのに、感謝という言葉がふさわしいとは思えない。

感謝はときに上下関係を形づくるからだ。すべてを見通していた彗子に対する感謝の念は、ともすると自分が見下されているという感覚を呼び起こす。その感覚の根っここにあるのは結局のところ、嫉妬と羨望《せんぼう》なのだろう。彗子の非凡さに対する嫉妬。明確な夢を持ち、それを才能と努力で実現させていく姿への羨望。

子どもたち集めて、星空観察会でもすんのかよ――。

昼間、修は彗子にそう言った。いかにも修らしい心配の仕方だと思う。その言葉の裏にあるのは、「そんなんで終わるスイ子じゃねえだろ」という激励だ。

だが久志は、修の言葉を聞きながら、終わりであってほしいと心のどこかで思っていた。彗子が人生につまずくところを見てみたいという自分がいるのを、うっすら感じていた。

幸せホルモンの出が悪いと、人の不幸まで願うようになるのか――。

自己嫌悪を振り払うように、勢いよく湯から上がる。洗い場の椅子に腰かけてシャワーを出し、まだ冷たいまま頭に浴びた。

II　五月——千佳

カーナビに表示された時刻を確かめて、千佳はハンドルを左に切った。少しぐらい回り道をしても、約束の一時には間に合うだろう。古めかしい家と新築が交互に並ぶ坂道を、ゆっくり上っていく。

目的地と逆の方向へ進んでいるのは、和也の家の前を通っていくためだ。自宅から車でたった一分の距離なので、急いでいないときは最近必ずそうしている。意味などほとんどないことはわかっているが、何もしないでいるのは落ち着かなかった。

坂のつきあたりで右に折れる。前方左手に、もう梅野家が見えている。青い瓦《かわら》屋根に目をやるが、和也の姿などない。

そのままゆっくり通り過ぎようとしたとき、門の中に和也の母親の姿が見えた。反射的にブレーキを踏むと、向こうもこちらに顔を向けた。植木に水をやっていたらしく、じょうろを持っている。

助手席側の窓を下ろし、首をのばして「こんにちは」と声をかけた。

「あら……」うつろだった母親の瞳《ひとみ》が、徐々に焦点を結ぶ。「伊東さん。こんにちは」

彼女は昔と変わらず、いつも旧姓で呼んでくれる。この世代の女性にそう呼ばれると、ふと肩が軽くなる気がするから不思議だ。

「お変わりありませんか」千佳はなるべくやわらかく訊《たず》ねた。道端で出会ったときも、もうずっとこの訊《き》き方しかできないでいる。和也の様子だけでなく、彼女のことも気づかっているつもりだった。

「ええ、まあね」母親は力なく微笑む。「あれからおかしなことはしでかしてないから、それだけは幸い」

「そうですか。よかった」

ジャケット姿の千佳を見て、母親が訊いてくる。

「これからお仕事？」

「いえ、ちょっと友人と」

「ああ……世間は連休だわね」

今初めて気づいたかのようにつぶやく母親にどこか申し訳ない気持ちを抱いたまま、いとまを告げた。

しばらく直進してカーブを右に曲がると、坂の下に秦野の市街地が広がる。それを見下ろしながら、南に下っていく。

母親の言葉を聞いて、ひとまずほっとしていた。飛び降りなどという話をそこまで深刻にとらえていたわけではないが、理由もわからないまま二度も屋根に上っていたというのは、久志の言うとおりやはり普通のことではない。

昔の友人に過ぎない自分でもここまで心配になるのだ。母親にしてみれば、息子がいつか妙な気を起こしはしないかと、心労の絶えない毎日だろう。

坂を下り切り、畑と住宅の間を抜けて、葛葉川《くずはがわ》を渡る。しばらく行くと急に視界が開け、道幅も広くなる。工業団地を貫いて走る県道だ。

建ち並ぶ工場の一つに、製菓会社のロゴが見えた。ここを通りかかるたび、胸の奥を誰かにぎゅっとつかまれたような痛みを覚える。あの工場で一時期、恵介の母親が働いていたのだ。いつのことだったかは忘れたが、千佳がそこのチョコレートを食べているのを見て、恵介がぽつりとそう言った。

中学の卒業式で一度だけ、その母親を見たことがある。息子と同じですらっと背の高い、きれいな人だった。ずんぐりした自分の母親と見比べて、恵介をうらやましく思ったのを覚えている。

彼女は今、どこでどんな暮らしをしているのだろう。子どもを若くして亡くした母親の心の内は察するに余りあるが、そうした母親が浮かべる表情だけは想像がついた。時おり優しく微笑むことはあっても、その優しさが彼女自身に向けられることは決してない。自分の幸せなどとうに考えなくなったという空気を絶えずまとっている。

こんなことが言えるのは、自分の母親を見てきたからだ。彼女もまた、子を失った母親だった。

千佳には、彰洋《あきひろ》という兄がいた。歳は四つ違い。小学一年生のとき交通事故に遭い、亡くなってしまった。下校途中、同級生たちと追いかけっこをしていて道路に飛び出し、大型バイクにはねられたと聞いている。

まだ二歳だった千佳に、当時の記憶はない。兄のことも、何も覚えていない。かろうじて思い出せるのは、母がよく一人で泣いていたということだ。記憶の中では、三歳か四歳の自分が「泣かないで、大丈夫だよ」と母を慰めているのだが、本当にそんなことを言ったのかどうか、定かではない。

家の中に悲しみが充満していることを、幼心にも感じ取っていたのだろう。千佳はあえて、どうでもいいことでよく笑った。自分が大笑いすると母もつられてにっこりしてくれることを知っていたからだ。

ハムスターをねだったのも、生き物が好きだったからだけではない。家族が増えればにぎやかになると思ったのだ。その後も実家では、インコ、カメ、ウサギなど、常に数種類の小動物を飼い、千佳が世話をしていた。

小学校に上がる頃には、家の雰囲気も少しは明るくなっていたように思う。ただ、入学式に出た母は、最後には保護者席にいられなくなるほどに、ぼろぼろ泣いていた。卒業式でも、中学の入学式でもそうだ。成長した娘の姿に感極まったのではない。亡き息子を思って泣いていたのだ。母が涙の向こうに見ていたのは、新品のセーラー服に身を包んだ自分ではなく、着ることのなかった詰め襟姿の兄だった。

寂しいと感じなかったといえば、嘘になる。そういうことがあるたびに、ここにわたしがいるのにと、悲しくなった。わたしでは両親を幸せな気分にできないのだと、落ち込んだ。

そして、なお辛《つら》いことに、そんな気持ちをストレートにぶつけるには母の悲しみの深さがわかりすぎていた。死んだ兄がいる以上、自分は絶対に両親にとっての一番になれないのだということも。境遇がそうさせた面はあるだろうが、自分の子どもたちと比べるとずいぶん早熟だったと我ながら思う。

だから結局、千佳にできたのは、両親の前で笑顔を絶やさずにいることだけだった。

それがすっかり板についてしまったらしい。いつもにこにこ。あっけらかん。十代の頃から今までずっと、人からはそう見られてきた。それを嫌だとは思わなかったが、周囲を騙《だま》しているという気持ちもどこかにあった。本当の自分はそんな陽性の人間ではない。笑顔の裏にあるのはいつも、無力感とあきらめだ。

そんな胸の奥の翳《かげ》りを感じ取ってくれた人物が一人だけいた。恵介だ。

恵介と初めて出会ったのは、中学一年で入ったバスケットボール部。毎日のように隣り合うコートで練習するうちに、言葉を交わすようになった。

小学生の頃から地元のクラブでバスケをやっていたという恵介は、入部時から別格の存在で、一年生の冬にはスタメンで公式戦に出ていた。片や千佳は、三年生までずっと声出し要員。背が低く、運動神経も人並み以下なのだから仕方がない。一度は球技に挑戦してみたくて入った部活なので、それで満足だった。

恵介はその当時から、本当の人気者だった。いつもさわやか。完璧《かんぺき》な男子。誰もが彼をそう評した。だが千佳は、ある日を境に、恵介がそれだけの人間ではないと思うようになった。少なくとも自分だけはそのことを知っている、と。

中学三年になる前の春休みのことだ。練習のあと、忘れ物をしたことに気づいて体育館に戻ると、恵介が一人でシュート練習をしていた。「頑張ってるね」と声をかけると、恵介は強いパスを寄越《よこ》し、「やるなら教えてやるよ」と言った。

「いいよ今さら。試合に出られるわけでもないし」千佳はそう言ってボールを返した。

「あきらめが早くね？」

「そ。基本何でもあきらめてんの。実はネクラだし」茶化すように言った。「たぶんみんな勘違いしてるけど」

「俺はしてないよ」

「えーー」思わず真顔になった。

「わかる。俺も同じようなもんだから」

「同じって……嘘でしょ」

「うわべを繕うしかないじゃんね」恵介がフリースローラインから放ったボールが、ネットを揺らした。「みんなそこしか見てないんだからさ」

そのあと一緒に帰った道すがら、千佳は死んだ兄のことを話した。学校の友人に自らすすんでその話をしたのは、初めてだった。恵介のほうは自分のことをそれ以上語ってくれなかったが、千佳の話に静かに相づちを打つ横顔は、それまでよりずっと大人びて見えた。

今思えば些細《ささい》なその出来事が、十四歳の千佳には何か特別なことに思えた。あの恵介と、他の同級生たちより少し深いところでわかり合えたような気がしたのだ。

それだけに、恵介も秦野西高校を受けると知ったときは、自分でも驚くほど心がさざめいた。きっとその頃には、彼に憧《あこが》れ以上の感情を抱いていたのだろう。千佳はもう何も部活をやらなかったが、恵介は高校のバスケ部でもすぐにエースになった。中学時代のチームメイトが女子バスケ部にいたので、彼女にくっついてよく試合を観に行った。フォワードの選手として次々と華麗に得点を決める恵介は、本当にまぶしかった。

彼が練習中に怪我を負ったのは、二年生の冬。膝《ひざ》前十字靱帯《じんたい》断裂の重傷だった。手術を受けて、リハビリ。激しい運動ができるようになるまで八ヵ月はかかると医者に言われたらしい。結局、そのまま部活は引退ということになった。松葉杖《まつばづえ》で一人放課後の廊下を歩く後ろ姿が今も目に焼き付いている。千佳は声もかけられなかった。

三年生で同じクラスになったことは、やはり嬉《うれ》しかった。気持ちを切り替えようとしていたのか、恵介の表情もずいぶん明るくなっていたと思う。

六月に入り、空き缶タペストリーを文化祭に出展しようと彼が言い出したときは、なんでこの時期に、とさすがに呆《あき》れた。だが、教壇から皆に訴えかける恵介の真剣な眼差《まなざ》しを見ているうちに、今しかないのかもしれない、と思い直した。このまま卒業すれば、恵介の高校時代は二年の冬で止まったままになる。彼にとってはこの夏が、ここで三年間走り切ったと思えるようになる最後のチャンスなのだ、と。

ならば一緒に走りたいと思った。恵介と何かをやり遂げるのは、千佳にとっても最初で最後の機会だった。下心だと言われたら、そうかもしれない。ただ、一つはっきり言えるのは、自分の想いを恵介に伝えるつもりは微塵《みじん》もなかったということだ。恵介のような人の一番に、自分がなれるわけがない。あきらめる以前の問題だった。

普段どおりの笑顔で、男女問わず気安く話せる女子の役に徹していれば、誰も自分の想いになど気づかない。誰が見ても恵介とは釣り合わない自分がいくら彼と親しくしたところで、やっかむ女子もいない。実際、本人はもちろん、修たちや女子の友人にも卒業までまったく勘づかれなかったはずだ。

一回目か二回目の有志の集まりのあとだったと思う。みんなで学校を出たのだが、最後には千佳と恵介の二人になった。自転車を押して歩きながら、恵介が「タペストリーの絵、どんなのがいいと思う？」と訊いてきたのだ。

「そうだねえ」千佳は少し考えて、言った。「定番だけど、鳥とか」

「白いハトか？」

「ハトなんてダサいよ。もっとカッコよくて、地元感があって——あ！　オオルリは？　きれいな青い鳥。丹沢まで行けばいるんだよ」

「でかい鳥なの？」

「スズメよりちょっと大きいぐらい。頭から背中まで瑠璃《るり》色で、顔は黒くてお腹は白。春になると南から渡ってくんの。オオルリ、コルリ、ルリビタキ。その三つが日本の青い鳥御三家なんだって」

「へえ、さすが生物オタク」

「いやいや、そんなこと言ったら、本物のオタクに怒られるよ」

「青い鳥か。いいかもな。幸せの青い鳥」

「でもあたし、あの話はあんまり好きじゃないんだよね。チルチルとミチル。子どもの頃読んでさ、ちょっと辛かったよ」

「兄と妹の話だからか」

「そう」千佳はあえておどけた。「うち、チルチル死んじゃってるじゃん！　その時点で幸せさがし無理じゃん！　あーあ……って」

「千佳らしいな」恵介は小さく笑い、訊いた。「あの物語のラスト、どんなのか知ってる？」

「そりゃ知ってるよ。結局、兄妹《きょうだい》は青い鳥を捕まえられないまま、夢から覚めるでしょ。そしたら家の鳥かごに、青い鳥がいる。ああ、本当の幸せって、普段の生活の中にあったんだね。チャンチャン、でしょ」

「それが、ちげーんだって」恵介はにやりとした。「『青い鳥』の原作って、実は劇の脚本でさ、結構長い物語なんだよ。で、ラストにはまだ続きがある。夢から覚めたら、鳥かごに青い鳥がいるじゃん。それを隣りの家の脚の不自由な女の子に抱かせたら、脚がすぐに治るんだよ。兄妹で大喜びしてたら、ふとした拍子に鳥が逃げ出して、どこかに飛んでっちまう」

「え、マジ？　それでどうなるの？」

「どうにもなんない」恵介はかぶりを振った。「ミチルは泣き出す。チルチルは呆然《ぼうぜん》として、僕たちに青い鳥を返してください、みたいなことを叫ぶ。以上」

「以上？　切ない、切なすぎる」

「でも、なんかわかるじゃん、そのラスト。俺はそっちのほうが好きだよ。千佳もだろ」

「ああ……そうかも」

翌日、『青い鳥』の原作を読んでみたくて学校の図書室に行ったが、そこにはなかった。市の図書館でさがしてみようと思っているうちに、タペストリー作りが忙しくなった。文化祭が終わり、受験勉強に本腰を入れるようになってからも時どきは思い出したが、後回しでいいと思っていた。

恵介とまた『青い鳥』の話をする機会ぐらいこの先いくらでもあると、当たり前のように信じていたのだ――。

いつの間にか、カルチャーパークの脇を通り過ぎていた。

つきあたった国道を、渋沢駅のほうへ進む。駅前に続く通りの手前で右に折れ、すぐ左手にあるコンビニの駐車場に入る。

端のスペースに停め、そのまま車の中で待っていると、通りに彗子の姿が見えた。やはり、一時ぴったりだった。

彗子を助手席に乗せて、国道を東に向かう。

彼女に頼まれたのは、丹沢のほうまで車で連れて行ってほしいということだった。目的はもちろん、天文台の候補地さがし。いい場所があれば、そこの地主を調べて直接交渉してみるつもりだそうだ。

面倒だとはまったく思わなかった。あの夏のことを彗子に何も返せないまま、二十八年もの月日が流れてしまったのだ。やっと再会できた彗子の力に少しでもなれることが、ただただ嬉しかった。

今日は、東丹沢を南北に縦断する県道七〇号を走ることになっている。重点的に回るのは、ヤビツ峠周辺。丹沢表尾根の東の端にあたり、登山口がある。

彗子は、膝に置いたタブレットにその周辺の地形図を表示させていた。彼女のことだから、見るべきポイントはしっかり決めてきているはずだ。

「免許はいつ頃取れそう?」千佳は訊いた。こっちに越してきて以来、彗子は毎日のように教習所に通っているらしい。

「あとひと月ぐらいかかるかも」彗子は真顔のまま言う。「昨日、仮免落ちたし」

「あたしも一回落ちたよ。仮免さえ通ったら、すぐだって」

水無川を渡り、大きな工場の敷地にさしかかる。平たい建物に目をやった彗子が、

「懐かしい」とつぶやく。

「そっか、ここだったよね。お父さんの会社」

「あの工場の奥が、研究所だった。もう移転したらしいけど」

彗子の父親は、大手化学メーカーの研究所で働いていた。博士号を持つ幹部研究者だったというから、エリートだったのだろう。自分たちの高校卒業と同時に定年を迎えたはずなので、彗子は父親が四十を過ぎてから生まれた子ということになる。健在だろうかと気になって、話をそちらに振ってみる。

「島根にはちょくちょく帰ってるの？　帰るって言い方も変だけど」

彗子が生まれ育ったのはここ秦野だが、両親はともに出雲《いずも》の出身。父親の退職後すぐ、夫婦で秦野を離れ、故郷へ帰っていた。

「お盆と正月はね。あと、父の法要があれば」

「あ……お亡くなりに――」

「五年前」

「じゃあ、今はお母さん一人なんだ」

「うん。でも母はまだ元気だし、すぐ近所に親戚《しんせき》も大勢いるし。意外とにぎやかにやってる」

「そっか」千佳はそこで声のトーンを少し上げた。「あたし、山陰って行ったことないんだ。ちょっと神秘的だよね、出雲大社とか」

「神秘的かどうかはわからないけど、静かないいところではある」

その言葉を聞いて、ふと思う。

「例えばだけど、天文台、島根に作ろうと思ったりはしなかったの？　きっと、星だってすごくきれいでしょ」

「冬場の天気が悪いんだよ。日本海側だから」

「ああ、なるほど。その点、こっちの冬はたいてい晴れてるもんね。だけど――」

今向かっているヤビツ峠や、西丹沢の丹沢湖などは、関東の星空の名所に挙げられていると聞いたことがある。だが、例えばヤビツ峠は夜景スポットとしても有名な場所だ。秦野市街から湘南《しょうなん》にかけての街明かりがそれなりにあるので、天体観測にも影響するのではないか。

そんな千佳の疑問を察したのか、彗子は小さくうなずいて言った。

「観測の条件だけを考えたら、もっといい場所は他にいくらでもある。長野とか沖縄の離島とか。いずれはそういう場所にも拠点が作れたらいいなとは思う。でも――」

彗子は首を左に回し、窓の外に目をやる。

「ここで始めたかったんだよ。もう一度」

珍しく彗子の言葉に感情がにじんだ気がして、彼女のほうを横目でうかがった。だが、その表情がガラスに映ったのはほんの一瞬だけで、何も読み取ることはできなかった。

ガソリンスタンドのところで左に折れ、県道七〇号に入る。ここからはひたすら緩やかな上り。道の左右に続く家々の向こうに、見る間に山が迫ってくる。

住宅がまばらになるにつれ、緑が濃くなっていく。山裾《やますそ》の畑や林の中に、遅咲きの八重桜がその濃いピンク色を際立たせている。

〈丹沢大山《おおやま》国定公園〉と彫られた石銘板の先で小さな橋を渡ると、いよいよ山の中だ。杉林の間を縫うようにして、急勾配《きゅうこうばい》のカーブが続く峠道を上っていく。

「久しぶりだな、この道走るの」ハンドルをしっかり握って言った。

「家族で遊びに来たりしないの？」彗子が訊く。

「丹沢湖のほうなら、キャンプとかバーベキューとか、たまに行ったけどね。こっち方面はあんまり。若い頃は、ヤビツ峠で夜景見たりしたけどさ。ほら、この辺の若者はみんな、免許取ったらとりあえず行くじゃん」

「そうなんだ」彗子にはピンとこないらしい。

「スイ子は昔、よく来たの？　家族で山登りとか？」

「父とは山も登った。でも、しょっちゅう来たのは、天体観測」

「へえ、やっぱり小さい頃から好きだったんだ」

「天体観測は、もともと父の趣味でね。物心つく頃には、わたしもついて行くようになってた。晴れた週末の夜は、望遠鏡を車に積んで、この道をヤビツ峠のあたりまで」

「お母さんは？」

「来ない。夏は虫が出るから、冬は寒いから嫌だって」

「超インドア派なんだ」笑って言う。「でも、なんかいいね。父娘で同じものが好きなんて。スイ子が天文学者になって、お父さん嬉しかっただろうね」

「たぶん。わたしの名前が入った論文とか記事とか、全部ファイルしてたから。『あのグラフはどういう意味だ？』なんて、電話で質問までしてきて」

「さすが、親子の会話が高級」

南側に木々の切れ間があると、時折り視界が開ける。眼下に低い山並みが続き、その向こうにわずかに市街地がのぞく。

展望台があるヘアピンカーブを通り過ぎたとき、山を下ってくる自転車とまたすれ違った。さっきから四、五台は見ている。どれも高そうなロードバイクで、ぴったりとした派手なウェアに身を包んだ人たちがペダルを踏んでいた。

「自転車なんて、昔はほとんど見なかった気がするけど」彗子が言った。

「だよね。ヒルクライム？　とかって競技のトレーニングにここが人気なんだって。こんなところ、あたし電動自転車でも上ってけないよ」

山道に入って十五分ほどで、ヤビツ峠の駐車場に着いた。ゴールデンウィークの日曜だけあって、登山客の車が路肩まであふれている。売店やトイレのまわりにもザックを背負った男女の姿が何組も見えるが、この時間なら下山してきた人々だろう。

「こりゃとても停められないね。どうする？」地図を確かめている彗子に訊いた。

「登山口はもう少し先だから、とりあえずそこまで行ってみて」

数分走ると、県道から左に分かれる細い舗装路があった。角に標識があり、〈塔《とう》ノ岳《だけ》〉の文字が見える。丹沢表尾根の最高峰だ。彗子の指示でその道に入っていく。

しばらく坂を上ると、登山口らしき標識が右手に現れた。杉林の斜面に続く丸太の階段を、ストックを握った二人組が下りてきている。そこを通り過ぎてさらに数百メートル進むと、砂利の広場に出た。

ここも駐車場として使われているらしく、車でいっぱいだ。ちょうど一台出て行くところだったので、空いたスペースに停めて車を降りた。

「こういうさ」千佳は天を仰いだ。「空の開けた場所じゃないとダメだよねえ」

「もっと大事なのは、道」彗子がタブレットの地形図を見ながら言う。「車でそばまでアクセスできる土地でないと。森を何百メートルも切り開いて道から作るなんて、とても無理だから」

「そっか。だとしたら、候補地かなり絞られちゃうね」

「地図によると、この駐車場から道が三方向に出てるはずなんだけど――」

彗子のあとについて、そのうちの一本に向かう。近づくまでもなく、固くゲートが閉じられているのがわかった。〈車両通行止〉と大きく記されている。あとの二本の道についても、同じだった。

「やっぱりね」錠のかかったゲートの前で、彗子が小さく嘆息した。「一般車両は通れないとネットにも書いてあった」

「国だか県だかにきっちり管理されてるみたいだね」

仕方なく車に戻り、来た道を県道まで出る。そのままさらに北へと進んだ。谷に沿って道路はどんどん峠を下っていくが、脇道のようなものは見当たらない。

しばらく走り、宿泊施設のようなところを通り過ぎた。

「もうずいぶん下りてきちゃったね」千佳は言った。

「一キロぐらい先にキャンプ場があるみたい」彗子が地図に人差し指を置く。「そこまで行ったら、引き返そう」

石造りのベンチに彗子と並んで座った。天気がよければ秦野市街から相模湾まで一望できるのだが、今日はあいにくの薄曇りで、遠くまでは見通せない。

すぐ後ろに建っている木製の展望台から、親子の笑い声が聞こえてくる。あと数時間もすれば、そこも夜景目当てのカップルでいっぱいになるはずだ。

「結局、ただのドライブにしかならなかったねえ」千佳はそう言って、ペットボトルの緑茶をひと口飲んだ。

「だいたいの様子はわかったから、無駄じゃなかったよ」彗子も紅茶のふたをひねる。

帰りにヤビツ峠の自動販売機で飲み物を買ったのだが、どうせなら景色のいいところでひと休みしていこうということになり、ヘアピンカーブの角にある、ここ「菜《な》の花台《はなだい》展望台」までやってきた。

「今度は、もう少し西から上ってみようと思う」彗子が右のほうを指差して言った。

「大倉《おおくら》のほう？」そこも表丹沢への代表的な登山口だ。

「うん。あとは、松田町《まつだまち》側。鍋割山《なべわりやま》のふもとまで道が続いてるはずだから」

「週末でよかったら、いつでも乗せてくよ」

「たびたび家族をほったらかしにさせられないよ」

「下の子ももう中二だもん。休日にあたしがいないと、これ幸いとばかりにゴロゴロしてるよ。娘は友だちと出かけるのに忙しいし、夫はたいてい部活があるし」

「千佳は、部活の顧問やってないの？」

「副顧問をやってるけど、科学部だからね。土日は基本、活動なし。主顧問の先生がすごく熱心にやってくれてるから、あたしは気楽な幽霊顧問。だから、遠慮しないで」

「――ありがとう。助かる」

西から薄日が差し込んできて、伊豆半島の輪郭を浮かび上がらせた。真鶴《まなづる》半島の影の、さらに向こうだ。視線をそちらに向けた彗子が、ぽつりと漏らす。

「丹沢は、日本のヒマラヤ」

「え、それはさすがに大げさじゃない？」

「昔、槙君がそう言ってた」

「——そうなんだ」突然出てきた名前に、胸がつかえる。

「伊豆半島は大昔、太平洋に浮かぶ火山島だった。プレートの移動によって、それが本州に衝突。本州のへりが大きく盛り上がって、丹沢山地になった。ヒマラヤ山脈も、かつては独立した大陸だったインドが、ユーラシア大陸に衝突してできた。規模は違うけど、でき方は同じだって」

「そういえば恵介も、地学とか地理とか、好きだったね。大学でもそういう勉強がしたいのかと思ってたのに」

それなのに、受験したのは首都圏の大学の経済学部や法学部だった。結局、どこにも受からず浪人が決まり、十九歳の誕生日を迎えたばかりの夏——。

「わたし、行っておきたいところがもう一カ所あるんだ」彗子が市街地を見下ろす。

「槙君のお墓」

「そっか。行ってないよね」

「近くなのかな」

「市内だから、今度連れてくよ。あたしもずいぶん行ってない。以前は時どきお参りしてたんだけどね。タネと梅ちゃんと声かけあって、三人で」

「勢田君は？」

「修は来たことない」かぶりを振って答える。「恵介のこと、『裏切り者』ってずっと言ってたでしょ。死んじゃったあとも、あたしたちが恵介の名前を出すだけで不機嫌になって、『やつの話はいい』って」

修はがさつなところはあるが、まっすぐな人間だ。それだけに、恵介に裏切られたことで受けたショックも、人一倍大きかったのかもしれない。

もちろん千佳も、言葉にならないほどのショックを受けた。ただそれは、恵介が突然タペストリー作りを抜けたからではない。その日を境に恵介が変わってしまったからだ。中学生の頃からずっと見てきた恵介が、まるで知らない人間のように。

あれは、八月二十日頃のことだったと思う。空き缶の底に錐《きり》で穴を開け、彗子の設計表どおりに針金を通していく工程が始まっていた。朝、作業場になっていた校舎の屋上に行くと、修、久志、和也の三人が無言で地べたに座り込んでいた。「どうしちゃったの？」と訝《いぶか》しむ千佳に、久志が暗い声で告げた。

「恵介が、来ない」

「風邪でもひいたって？」

「ちげーよ」今度は修が吐き捨てる。「やつはもう来ない。抜けるんだってよ」

「抜ける？　なんで？　だって――」

「わかんねえよ！」修は怒鳴るようにさえぎった。目が真っ赤だった。

「昨日の夜、俺んちに電話かけてきてさ」久志が言った。『明日からは行けない』って。いくら理由を訊いても、謝るばっかりで、答えない」

千佳は立ちつくしたまま、三人の顔を順に見た。最後に和也と目が合うと、彼はただ悲しそうにかぶりを振った。

心当たりも前触れも、まったくなかった。前日もいつものように冗談を言いながら作業に励んでいたし、夕方「また明日」と言って別れたのだ。

当時はまだ携帯電話など普及していない。その夜帰宅してから恵介の自宅に電話をかけたが、本人は電話口に出てこなかった。次の日も、その次の日も。

リーダーがいなくなったからといって、制作を中断するわけにはいかない。作業は大幅に遅れていて、二学期の最初の週末に催される文化祭までもう時間がなかった。皆、恵介に対する「なぜ」を胸に抱えたまま、手を動かし続けていたのだと思う。

やっと恵介の顔を見ることができたのは、始業式。終礼が終わるとすぐ、帰り支度をしていた彼のもとへ行った。久志と和也もやってきたが、修は一人さっさと屋上に向かった。彗子は自分の席から、じっとこっちを見ていた。千佳は緊張しながら口角だけを上げ、「理由ぐらい言ってよ。心配じゃん」と話しかけた。恵介は目も合わそうとせず席を立ち、「悪い。どうしても無理なんだ」とだけ言い残して教室を出て行った。

懸命の制作はまだ続いていた。担任に頼み込んで連日遅くまで学校に残り、一万個の空き缶をようやくつなぎ終えたのは、文化祭前々日の木曜日。翌金曜の午後、グラウンドのステージで前夜祭が始まる音を聞きながら、屋上で設置作業を始めた。協力してくれた十数人の同級生たちに号令をかける修の後ろで、吊《つ》り下げ方法を考案した彗子が逐一指示を出してくれた。

校舎の壁に巨大なオオルリの絵が現れると、グラウンドのほうからざわざわと声が響いてきた。ステージ前に集まっていた全校生徒が、皆こちらを見上げていたのだ。どよめきはやがて、大きな拍手に変わった。思わぬことに、五人で顔を見合わせた。涙があふれた。

恵介は結局、文化祭にも現れなかった。完成したタペストリーはその目で一度も見ていないはずだ。

文化祭が終わっても、千佳たちにはまだ仕事が残っていた。一万個の空き缶の後始末だ。タペストリーを分解し、リサイクル業者に引き渡すためにアルミ缶とスチール缶に仕分ける作業に、一週間ほどかかったと思う。

そのために屋上へ上がったとき、ちょうど校舎を出てきた恵介の姿が見えたことがある。次々と声をかけてくる男子たちを冷たくあしらい、足早に自転車置き場のほうへ消えていく彼の様子に、何とも言えない寂しさを感じたのをよく覚えている。

その頃にはもう、恵介がタペストリー作りを離れて何をしていたか、わかっていた。猛然と受験勉強を始めていたのだ。昼休みはもちろん、授業の合間の五分間さえ参考書や問題集を開いていた。遅刻や早退が増え、受験と関係のない科目のときは、よく机に突っ伏して眠っていた。そこを睡眠時間に当て、毎日ほぼ徹夜で勉強していたらしい。

恵介は、勉強以外のものすべてを遠ざけた。徹底的に、ときに身勝手に。すっかり変わってしまった彼に話しかけようとする者は、やがていなくなった。それから卒業までの間、彼の笑顔を見たことはおろか、声を聞いた覚えさえない。なぜ突然受験に必死になったのかということも、最後までわからなかった。

年が明けると恵介は学校に来なくなり、卒業式にも出席しなかった。浪人することになったと知ったのは、母を通じてだ。同じく受験に失敗した千佳は厚木《あつぎ》の予備校に通い始めていたが、恵介は自宅で勉強を続けているとのことだった。

実は一度だけ、恵介の家に電話をかけたことがある。七月二十六日――彼の誕生日の翌日だ。一日ずらしたのは、もちろんわざと。もし電話に出てくれたら、「調子はどう?」と少しばかり互いの近況報告をして、「そういえば昨日、誕生日だったんじゃん? おめでとう」と、思い出したように伝えるつもりだった。

だが恵介は、自宅にいなかった。二日前から東京にいるという。都内の親戚の家を宿にして、二週間ほど大手予備校の夏期講習に通うと聞かされた。

そして、その五日後。夜だったので、自分の部屋で勉強していたと思う。家の電話が鳴り、すぐさま母が部屋に飛び込んできた。

恵介君が、亡くなったって――。

そのあと母が何をどう説明してくれたのか、まったく記憶にない。あまりの衝撃に、頭が真っ白になってしまったのだ。

事情は今もよくわからないところがある。七月三十一日の深夜零時前、JR飯田橋《いいだばし》駅。目撃者の話によれば、泥酔した様子でよろよろとホームの端に近づいていったかと思うと、そのまま線路に転落。直後に入ってきた電車にはねられた。

目撃者の言葉どおり、大量に飲酒した形跡が認められ、事故として処理された。なぜかその日は予備校の講習に出ず、世話になっていた親戚に連絡も入れないまま、一人どこかで飲んでいたらしい。前日まで勉強に励んでいたのに、なぜ突然そんな真似をしたのか、家族にも心当たりはなかったそうだ。

恵介の死を他の四人に伝えたのは、千佳だった。誰もがまず、絶句した。修はそのあとひと言、「葬式には行かねえから」と言った。実際は、行きたくても行けなかった。亡くなり方のせいもあるのだろうが、葬儀は親族だけでひっそりいとなまれたからだ。

久志は「なんでだよ……」とうめくように言ったきり、声をつまらせた。すぐに電話を切ったのは、嗚咽《おえつ》を聞かれたくなかったからだろう。

東京の彗子のアパートにも電話をかけた。彗子は「え――」と漏らして黙り込み、千佳の涙声の説明を聞いていた。感情を露《あら》わにすることはやはりなかったが、少し頭と心を整理したい、というふうなことを言って電話を切ったと思う。

和也の言葉は一番印象的だった。「それって、単なる事故とは言えないよね」と言ったのだ。千佳自身、同じことを感じていた。自殺だったとまでは言わない。だが、もしかしたら死んでもいいと考えていたのではないかと疑いたくなるほど、自暴自棄な行動に思えた――。

「そろそろ行こうか」彗子がペットボトルのふたをしめた。

「――うん」と答えたものの、頭が体を縛りつけて動けない。

西の空の薄雲が、ピンク色に染まり始めていた。その光景が、記憶をさらに呼び起こす。

「あのさ、たぶんスイ子は知らないと思うんだけど」遠くを見つめたまま言った。

「あの夏、屋上でこっそりビール飲んだことがあるんだよね。スイ子以外の五人で」

「それは初耳」

「空き缶集めが終わったときだから、八月の中頃かな。あらためて数えたら、銀色の缶が三つだけ足りないことがわかってさ。修が『缶ビール買ってこよう』って言い出したの」

「勢田君らしい」

「だよね。あの頃はまだ、お酒を売ってる自販機があったじゃない? 修とタネがひと気のない自販機でスーパードライを五本調達してきて、屋上で車座になって乾杯。『一万個達成、おめでとう!』とか言っちゃって。あたしそれまでビールなんて苦いだけと思ってたけど、一日働いて汗かいたあとだったから、すっごく美味《おい》しかった。ほろ酔いで見た夕焼けも、すっごくきれいで」

「そう」

「でも恵介は、ひと口かふた口飲んだだけで、もう顔真っ赤。気持ち悪いとか頭痛いとか言い出してさ。親も一滴も飲めない、アルコールを受けつけない家系なんだって言ってた。それなのに……なんであんなにお酒飲んだんだろう」

「――うん」

「まあ、それ言い出したら、恵介については全部が『なんで』だけどさ」力なく笑みを浮かべる。「なんで自分で言い出したタペストリー作りを突然やめちゃったの？　なんで理由を言ってくれなかったの？　なんで人が変わったみたいに受験勉強始めたの？　なんで……なんで死んじゃったの」

　最後は声が震えそうになった。言葉にするとまだこんなに感情が揺さぶられるのかと、自分でも驚く。それをごまかすように、無理に明るく付け足す。

「まだ言ってんのって感じだよね。自分でも呆れる」

　彗子は正面を向いたまま、そんなことないとでも言うように、小さくかぶりを振った。

　その様子を見て、ふと思う。彗子は本当に、何も知らないのだろうか。

　恵介は彗子に絶大な信頼を寄せていた。ことあるごとに「スイ子はすごい」と言っていたし、制作の合間にはよく彗子と二人だけで話し込んでいた。あるとき、そこへ千佳が近づくと、恵介の口から「大学」という言葉が聞こえたことがある。もしかしたら彼は、進学や将来のことも彗子に相談していたのではないか――。

　視線に気づいたらしく、彗子がこちらに目を向けた。

「どうかした？」

「ああ……ううん」いつの間にか、彗子の横顔に見入っていた。「なんか、スイ子といると、あの頃のことどんどん思い出しちゃう。ほんとに変わんないんだもん」

彗子はしばらくこちらを見つめ、ゆっくり首を横に振った。「二十八年も経って、変わらない人間なんていないよ」

「そりゃそうかもしんないけど。でもほんと、肌も髪も、きれいなままだなあって。どこもかしこもボロボロのあたしとは、大違い」

「もう行こう」彗子が腕時計に目を落とし、立ち上がる。「遅くならないほうがいい」

「そうだね」勢いをつけて、腰を上げた。

＊

久志がひしゃくで墓石に水をかける横で、千佳は汚れのたまった花立てをきれいにすすぐ。荒れているというほどではもちろんないが、しばらく誰も参っていないのは明らかだった。

恵介が亡くなったあと、家族は秦野を離れたらしい。恵介には当時まだ小学生だった弟がいて、その同級生だったという人から以前そんな話を聞いた。だが、それ以上詳しいことはわからない。

左右の花立てに五輪ずつ花を挿し入れる。ここへ来る途中に買ってきた、三色の小菊とカーネーションだ。

彗子がリュックからペットボトルを一本取り出し、供物台にそっと置く。見たことのない緑色のソフトドリンクだ。

「お、チェリオじゃん」久志がラベルを見て眉《まゆ》を上げる。「何だよ、ペットボトルになっちゃったのか」

「ああ、あの瓶入りの炭酸か」その名を聞いて千佳も思い出した。「みんなよく飲んでたよね。学校帰りにオバで」

「オバ」というのは、高校の近くにあった駄菓子屋のことだ。正式な店名は誰も知らない。当時六十前後の女性が一人で営んでいたので、「おばちゃんの店」と呼ばれるようになり、それがいつしか「オバ」になった。

「缶ジュースより安かったからな。その場で飲んで瓶を返したら、十円戻ってくるんだよ」久志が懐かしそうに言う。「こんなの、よく見つけたな」

「うちの近くの激安スーパーで、たまたま」彗子は真顔で応じた。

「次はメロンじゃなくて、グレープにしてやってよ」久志が〈槙家之《の》墓〉と彫られたあたりを見つめ、目を細める。「恵介は、グレープが一番好きだった」

「その味しかなかったんだよ」

線香をあげ、まず彗子から正面で膝を折った。今まで来なかったことを詫《わ》びているのか、二十八年分の出来事を報告しているのかはわからないが、軽く頭を垂れ、たっぷり時間を取って合掌する。合理性の塊のような彗子のそんな姿が、千佳にはどこか新鮮に映った。

続いて千佳が手を合わせた。心の中で、今みんな秦野にいるんだよ、と伝えてやる。最後に拝んだ久志が、立ち上がって似たようなことを口にした。

「命日には、五人で来てやれたらいいんだけど」

「ほんとにね」千佳は小さくうなずいた。

手桶《ておけ》とひしゃくを返しに、お寺の本堂へ向かう。

この寺は小高い丘のふもとにあり、本堂の裏の斜面が段々畑のような墓地になっている。今日は何でもない日曜日なので、墓参りをする人の姿は他に見当たらない。

石の階段を下りていきながら、先頭の久志が彗子に訊いた。

「どうなの？　土地さがしの調子は」

「まだまだ、だね」彗子が答える。「売りに出てる土地は二、三見つけたけど、アクセスが悪かったり、谷間の土地だったり。そもそも、高すぎて手が出ない」

「今日も午後から現地調査に行くんだよ。今度は大倉のほうからドライブ」千佳も後ろから明るく言った。

「やっぱ、気になるから訊くけどさ」久志が歩みを緩め、彗子の横に来る。「資金のほうは、問題ないの？　全体でいくらぐらいかかるものなのか、見当もつかないけど」

「お金は十分じゃない」彗子は平然と言った。「今用意できるのは、父がわたしにと遺《のこ》してくれた三百万と、自分の貯金二百五十万」

「五百五十か。うちのリフォームにだってもっとかかったぜ？」

「その予算で土地と建物をなんとかしたい。土地は、小さい区画を安く分けてもらえるなら買ってもいいけど、できれば借りたい。建物も、まだ完全でなくていいから、ひとまず天文台のベースになるようなものができれば」

「金ができたら設備を付け足していくってこと？」久志が難しい顔で確かめる。

「まあ、そうだね。DIYでこつこつ作っていくつもり」

「でも、その五百五十万だって、使い切っちゃったらまずいでしょ」たまらず千佳も口をはさむ。「車も買わなきゃなんないし、当座の生活費だって」

「半年暮らせるぐらいのお金は、別に取ってある」

「そっか、ならいいのかな……」不安は拭《ぬぐ》えない。何せ彗子は、無職なのだ。

本堂の脇の手桶置き場に借りた物を戻し、境内を門のほうへと向かう。久志は詰問口調で彗子に質《ただ》し続けている。

「ちょっとした建物ができたとして、肝心の観測装置はどうすんのよ。よくわかんないけど、望遠鏡やら何やら、それこそ桁違《けたちが》いの金がかかるんじゃないの？」

「望遠鏡なら、一つ持ってる」

「持ってるって、天文台にあるようなでかい望遠鏡じゃないだろ？」

「口径二十八センチの市販品だね」

「え、そんなので大丈夫なの？」千佳は驚いて声を高くした。

どんな研究をするかについては考えがあると言っていたが、アマチュアが趣味で使うような望遠鏡で一線級の研究ができるとはとても思えない。

「小よく大を制す、だよ」彗子は眼鏡を持ち上げた。「お金もモノもないのなら、ないなりの闘い方がある」

「どういう闘い方？」すぐさま久志が訊く。

「うん、あたしも聞きたい」理科教師としても、興味を引かれた。

「そのうち、ちゃんと説明する」

「えー、もったいつけないでよ」

千佳は口をとがらせたが、彗子は「画像とか図を見ながらのほうがいいから」と言って取り合わなかった。

寺の門を出て、通りを渡ったところが駐車場だ。その入り口で久志に訊ねる。

「あたしたち、どこかでお昼食べてから行くんだけど、食事だけでも一緒にどう？」

「ごめん。一時から上の子のサッカーでさ。今日は俺が送ってかなきゃなんないんだ」

「そっか。ちょっと話しておきたいことがあったんだけど」

「何の話？」

「梅ちゃんのこと」久志と彗子を交互に見て言う。

「そりゃ聞いといたほうがいいな」久志は腕時計を確かめる。「立ち話でいい？」

彗子もこっちを見てうなずいた。この話はまだ彼女にもしていない。ただ、和也が実家に引きこもるに至った経緯は、ヤビツ峠からの帰り道に車内で伝えてあった。

「じゃあ、手短にすませるね。実はこないだ、あたしも梅ちゃん見かけたんだ」

「まさか、屋根の上でか？」久志が目をむいた。

「違うの──」

それは四日前、水曜の夜のことだった。

もう十二時近かったと思う。仕舞い風呂《ぶろ》から上がり、何か飲もうと冷蔵庫を開けたとき、卵と食パンが切れていることを思い出した。義両親を含め、家族は全員、朝はパンだ。たまにはご飯でも文句は言わないかもしれないが、卵は子どもたちの弁当にも要る。仕方なく、近くのコンビニまで車で買いに出た。

その帰り道のこと。角を曲がり、自宅のある通りへ入ったとき、向こうから一台の自転車がのろのろと走ってきた。こちらのヘッドライトを反射して、前のカゴから突き出た細い棒のようなものが光った。よく見れば、アンテナを伸ばしたラジカセをカゴに突っ込んでいる。

乗っているのは黒いパーカーの男だった。深くかぶったフードの下に、大きなヘッドホン。うつむいた顔の下半分はひげで覆われているように見えた。その怪しさに目が離せないでいると、すれ違いざまに思わず声を上げてしまった。和也だったのだ。

「一瞬目が合ったんだよ」千佳は早口で言った。「向こうも驚いた顔をしたから、あたしだってわかったと思う」

「声はかけたの？」久志が訊く。

「かけられなかった。慌ててブレーキ踏んで窓開けようとしたんだけど、急にスピード上げて走って行っちゃって」

「あいつ、外に出ることもあるんだな」

「深夜だけかもしれないけどね。それにしても、なんで今どきラジカセ？　と思ってさ」

「昔のカセットでも聴きながら走ってたんじゃねーの？　梅ちゃん、そういうの大量に持ってたし」

「アンテナを伸ばしてたって言ったよね」彗子が言った。

「ああ、うん」

「だったら、ラジオだよ」彗子は断言する。

「ラジオ？　そっか、確かに。でもさ」千佳は首をかしげた。「わざわざラジカセなんか持ち出さなくても、今はスマホで聴けるじゃん」

「ちょい待ち」久志が何か思い出したように言った。「似たような話、最近修としたぞ」

「どんな話？」

「梅ちゃんを屋根の上で見たってことを伝えたとき、修が言ってたんだよ。中学のとき、梅ちゃん家《ち》の屋根に二人で上がって、ＦＭアンテナを立てたことがあるんだって」

二階の寝室に入ると、ベッドで本を開いていた夫の典明《のりあき》が顔を上げた。今年から使い始めた老眼鏡を下げて言う。

「さっきおふくろに、最近千佳さんは週末も学校が忙しいのかって訊かれたぞ。今日何しに出かけるか、言わなかったのか？」

「言ったよ。ちゃんと聞こえなかったのかな」義母は少し耳が遠い。

「これからも、週末ちょくちょく行くんだろ？　その、誰だ、天文学者の――」

「山際彗子ちゃんだよ。そうだね、あと二、三回あるかも」

結局、今日の現地調査もほぼ徒労に終わった。大倉から丹沢に入っていったのだが、水無川沿いの道からは尾根のほうまで上がって行けず、三《さん》ノ塔《とう》尾根へ向かう道は途中で通行止めになっていた。

「だったらさ」典明が顔をしかめる。「次からおふくろには、仕事で学校に行くってことにしてくれよ」

「なんで？」

「お前だって嫌だろ？　主婦が毎週末遊び呆《ほう》けて、とか嫌味言われたら」典明はそう言うと、眼鏡を上げて本に目を戻した。

千佳本人にしてみれば、嫌味ぐらいどうということはない。そういう言葉を受け流すのも、笑顔同様、昔から得意だった。嫁と姑《しゅうとめ》の間に緊張が生じることに一番ストレスを感じているのは、典明なのだ。だから今の台詞《せりふ》も、千佳を思いやってのものではない。俺に余計なストレスを与えるな、と言っているに過ぎない。

夫はこの春から三年の学年主任を任されている。職場で毎日大変な思いをしているのだから、せめて家庭は平穏であってほしいと願う気持ちはわからないでもない。だが夫の場合、家の中で実際に問題が起きたとしても、ただ解決を願っているだけ。せいぜい、うんざりした顔でその場しのぎのことを言うだけだ。

その態度の根底には、千佳に対する甘えがある。両親のことも、子どもたちのことも、最後には千佳が何とかするだろう。口には出さずとも、心の奥底でそう決めてかかっている。そして、人間というのは、甘えている相手のことを親身になって考えたりはしない。

たいていの夫婦はそんなものだろうという思いも、一方である。そもそも最初から、相手にそれほど多くを期待していなかった。それもまた、一種のあきらめかもしれない。

千佳は寝室の奥まで行き、押入れを開けた。下の段に積んだ段ボール箱からファイルケースを取り出し、中の書類をあらためていく。

「何だよ、こんな時間に」典明が眉をひそめる。

「明日、教育実習生が事前打ち合わせに来るんだよ。一人受け持つことになってて。前回作った説明資料、パソコンに残ってなくてさ。紙で取っておいたんじゃないかなと」

「仕事なら下でやってくれよ。そろそろ電気消したい」

「わかってる。あ、これだ」

クリップで留めた書類を抜き取り、中身を確かめる。するとそこに、写真が一枚はさんであった。前回――三年前に担当した実習生と一緒に撮った写真だ。

実習生は女子学生だった。スーツに身を包んだその姿が、記憶を刺激する。三年前ではなく、二十八年前の記憶。ある教育実習生との思い出だ。

無性に当時の写真が見たくなり、もう一度押入れに頭を突っ込んだ。奥から古いアルバムを引っ張り出す。高校時代の一冊とさっきの書類を持って、寝室を出た。

義両親はもう床に就いている。子どもたちもそれぞれの部屋だ。ダイニングの明かりだけを点《つ》け、食卓でアルバムを開いた。ページを後ろからめくっていくと、目当ての写真はすぐに見つかった。透明のポケットからその一枚を抜き取る。

益井《ますい》園子《そのこ》。高校三年の六月、D組にやってきた教育実習生だ。この写真は、実習の最終日に二人で撮ってもらった。制服姿の千佳はいつもの笑顔でピースサイン。パンツスーツの益井は切れ長の目を細め、小さな花束を抱えて千佳に寄り添うように立っている。当時はずいぶん大人っぽいと感じていたが、今見るとその初々しい表情はごく普通の大学生のものだ。

彼女が受け持った教科は古文。確か「更級《さらしな》日記」を読んだと思う。本当に古典が好きな様子で、平安貴族の生活ぶりを冗談をまじえて語る授業はとても面白かった。

彼女と過ごした三週間がこれほどまで深く心に残っているのは、学校の大人たちの中で彼女が誰より空き缶タペストリーを応援してくれたからだ。

あの企画が持ち上がったとき、実は一部の教師たちから反対の声が出た。強い風が吹けば、当然タペストリーは揺れる。校舎の壁に傷がついたり、窓が割れたりするかもしれない。万が一落下でもすれば、大きな事故になりかねない、というのだ。

担任が難色を示し始めると、益井は千佳たちと一緒に校長に直談判《じかだんぱん》までしてくれた。事情がわからず戸惑う校長を前に、「問題があるのなら、やめさせるのではなく、それをクリアさせるのが教育ではないでしょうか」と言い放ったのだ。教員になった身からすれば、いきなり校長室へ押しかけるなんて無茶は勘弁してほしいが、そんな彼女の分別を超えた若さと熱が、当時の千佳を惹《ひ》きつけたのだろう。

実習期間が終わり、夏休みに入ってからも、何度か差し入れを持って陣中見舞いに来てくれた。丸一日、空き缶洗いを一緒にやってくれたこともある。もちろん文化祭にも招待し、完成したタペストリーを見てもらった。「すごいね、ほんとにすごいよ」と涙ぐんだ彼女の顔は、今も忘れられない。

益井園子と出会わなければ、千佳は教師の道を選んでいない。それは確かだ。

けれど一番の夢は、他にあった。獣医になること。そして、動物園や水族館で働くことだ。小学生のとき、具合が悪くなったウサギを近所の動物病院で診てもらったのをきっかけに抱いた夢だった。

私立大学の獣医学部に進めるほどの経済的余裕はなく、学力的には厳しい国立大学に二度挑戦したものの、やはり不合格。さすがに二浪はできず、県内の大学の教育学部に進んだ。

自分なりに希望をふくらませて教職に就いたつもりだったのに、それはあっという間に小さくしぼんでしまった。公立中学という現場では、明るく気さくなだけの教師に居場所はない。生徒が何か問題を起こしたとき、そこに躊躇《ちゅうちょ》なく踏み込んでいく覚悟と情熱。自分にはそれがまったく足りないことを、一年目に思い知ったのだ。

授業をこなすだけならいいが、生徒の相手をするのは今や苦痛だ。反抗的な彼らを前にするたび、動物たちにならもっと純粋な気持ちで尽くせるのに、などと思ってしまう。その中途半端さを生徒たちにも見抜かれているのだろう。接しやすい教師だとは思われているかもしれないが、心の内まで明かしてくれる生徒はいない。

典明は、最初の赴任先の先輩教師だった。生徒指導や部活に熱心で、新米の千佳にもよくアドバイスをくれた。「結局はそれが生徒のためになる」というのが口ぐせだが、今はそれがただの独りよがりに聞こえることもある。生徒の気持ちを想像して寄り添うというよりは、言いたいことは何でも言い合おうというタイプの教師だ。そういう意味では、恵介と正反対の性格かもしれない。

異性として意識したことはなかったので、映画に誘われたときは驚いた。けれど、当時は彼に頼もしさを感じていたし、何より、こんな自分でいいと言ってくれるのだから、それで十分だと思った。二十六歳のときに付き合い始め、二年後に結婚した。

妊娠するたびに「退職」の二文字が浮かんだが、経済的なことを考えると踏み切れなかった。以来、辞めるきっかけをつかめないまま、ほとんど惰性で教壇に立ち続けている——。

千佳は小さく息をつき、益井の写真をアルバムのポケットに戻した。

彼女が今の自分を見たら、どう思うだろう。文化祭に来てもらったのを最後に、彼女とは一度も会っていない。千佳が教師になったことも、当然知らない。連絡先も聞かずに別れてしまったことは、今も後悔している。

だが、今もし彼女に会えたとして、いったい何が言えるというのか。こんなはずではなかったと泣くのも、夢をあきらめなければよかったと嘆くのも、これからどうするべきかと訊ねるのも、違う気がする。

なぜなら、十八歳の頃にはもう、よく知っていたからだ。

幸せの青い鳥が自分のもとへ羽を休めにくるようなことは、間違っても起こらない。自分という女はきっと、一番欲しいものは何一つ得られない人生を送るのだ——。

ふと、夫の顔が浮かんだ。

二十年近く一緒にいながら、あの人はこういう自分を知らない。恵介が感じ取ってくれた翳りにも気づかない。でもそれは、夫のせいばかりだとは言えない。たぶん、自分自身がそう望んでいるのだ。

最低。猛烈な自己嫌悪に襲われて、アルバムを閉じた。

＊

今日から中間テストなので、校内はいつもより静かだった。昼休みの職員室に慌ただしく出入りする生徒の姿もない。

弁当をつつきながら採点をしていると、石本《いしもと》が席までやってきた。科学部の主顧問だ。まだ三十そこそこだが、生命科学で修士号を取ったというだけあって、今着ているだぶついたジャケットよりも白衣のほうが似合う。

「科学部の校外研修なんですけど」石本はいつもの澄まし顔でカラー印刷の紙を数枚差し出した。「今年はここなんかどうでしょうかね」

「海洋生態研究センター」その公式ウェブサイトをプリントしたものだった。「ああ、明洋《めいよう》大の――」

「沼津《ぬまづ》にある海洋学部の附属研究所ですね。僕の大学院時代の先輩の友人が准教授をやってるんです」石本の口ぶりはどこか自慢げだ。「一、二時間の講義と施設見学、ちょっとした実習ぐらいなら引き受けてくれるんじゃないかって」

校外研修は、科学部にとって夏休みの恒例行事となっている。日帰りで行ける範囲の科学館、博物館、研究施設を訪れて、研究者の講義を聞いたり、実験室の様子を見せてもらったりするのだ。幽霊顧問の千佳も、これには引率者として参加している。

「へえ、いいじゃないですか。沼津なら電車で一時間ちょっとだし」千佳は紙をめくりながら言う。「あ、水族館も併設されてるんだ」

「水族館のほうでも、クラゲの生殖とか、熱帯魚の寄生虫とか、いろいろ研究してるみたいです」

「クラゲかあ。もっと大物はいないんですかね。ジンベエザメとか」

「いません」

石本が冷たく答えたとき、机の上のスマホが振動音を立てた。それを見た石本が「資料、読んでおいてください」と言い残してその場を離れたので、スマホを手に取る。彗子からの着信。メールやメッセージではなく、電話をかけてきたのは初めてかもしれない。

「あ、山際です」やはり慣れないのか、彗子の口調はどこかぎこちない。「今、大丈夫？」

「うん。お弁当食べてたところ」

「食事中なら、またかけ直す」

「いいって。まだ時間あるし。どうしたの？」

「ちょっと思い出したことがあって。こないだの、梅野君の話」

「ああ」と応じながら、足早に廊下に出る。

「空き缶タペストリーで、彼、木材の部品を担当してたでしょ」

「うん。一番手先が器用だったからね」

「時どき、図書館のわたしのところまで、設計図持って加工の仕方を質問に来てたんだ。工作の話から、オーディオの話になったことがあって。そのとき、『最近、ミニFMを聴くのに凝ってるんだ』って言ってた」

「ミニFM？　何それ」

「そのまんま、ごく小規模なFM放送。電波が届く範囲は、送信場所からせいぜい百メートルぐらいまで。それなら免許が要らないから、個人が趣味でやるのが八〇年代に流行《はや》ってたらしい。まあ、当時は違法に強い電波を出してる局が多かったみたいだけど」

「へえ、全然知らなかった。それって、普通に曲を流すの？」

「好きな音楽を流すことが多かったみたいだね。人によっては、DJの真似事をしたり、ファックスなんかでリクエストを受け付けたり」

「え、そんなにリスナーがいたの？」

「聴く側にもマニアがいてね。大きなアンテナを自作したりして、いろんなミニFMの電波を拾って喜んでたらしい」

「梅ちゃん、今もそういうのを聴いてるんじゃないかってこと？」

「わからないけど、一つの思いつき。ミニFMみたいなものなら、ネットでは絶対に聴けないから。こないだ屋根に上ってたっていうのも、アンテナをいじってたんだとすれば――」

「なるほど。確かにいろいろ説明がつくね」

もしそうなら、飛び降り云々《うんぬん》を心配する必要はないということになる。マニアックなラジオが今の和也の心の拠《よ》りどころなのだとしても、そこまで不健全ではないだろう。

問題は、ブームがとっくに去った今も、そのミニFMなるものが本当に流れているのかということだが――。

片付けの終わった食卓に非常用ラジオを置き、アンテナを目いっぱい伸ばした。防災リュックの中から引っ張り出してきたものだ。スイッチを〈FM〉に入れると、スピーカーからかすかなノイズが漏れてくる。

直線距離にすると、この家と梅野家はちょうど百メートルほどしか離れていない。もし和也が本当にミニFMのようなものを聴いているのだとすれば、ここでも同じ放送が聴けるのではないかと思った。

普段ラジオなど聴かないので、どのあたりの周波数に合わせればいいのかわからない。とりあえず選局ダイヤルをゆっくり右に回していくと、すぐに音楽が流れ出した。曲が終わり、パーソナリティがしゃべり始める。しばらく聴いていると、NHKだということがわかった。

もう少し周波数を上げてみる。はきはきした女性の声が聴こえてきた。いかにもプロの達者な語り。CMに入る前のジングルに、「FMヨコハマ」という言葉があった。

さらにダイヤルを回す。ノイズの中、一瞬かすかに歌声が聴こえたので、手を止めた。周波数を微調整するが、なかなかクリアにならない。

「お風呂出たよ」長女の佑香《ゆか》がダイニングにやってきた。パジャマ姿で頭にタオルを巻いている。「どうしたの？　ラジオなんか」

「ちょっと調べごと。佑香、ミニFMって知ってる？」

「知らない。FMって何だっけ」

「え、そこから？」

昼間彗子から教えてもらったばかりのミニFMについて、そのまま娘に説明した。聞き終えた佑香は、さして新味もないという顔で、「ふうん」と言った。

「それって、今でいうユーチューバーだよね」

「ユーチューバー？」

「そのラジオ版。誰が何人聴いてるかわかんなくても、とにかく何か発信したくて、やってるわけでしょ」

「なるほどねえ。ほんとそうかも」若者ならではの着眼点に、感心してしまった。

「でも、なんでそんなの聴きたいの？　授業で使うの？」

「まあ……そんなところ」言葉を濁しつつ、ダイヤルをひねる。「今もやってる人がいるのかどうか、確かめたくって。ちゃんとした局以外にも、たまに何か聴こえはするんだけど、雑音ばっかでよくわかんない」

「じゃあ、車で聴いてみたら？」

「え、なんで？」

「そっちのほうがよく聴こえるらしいよ。クラスの子が、好きな声優さんのラジオを毎週聴いてるんだけどさ。家の中だと雑音がひどいらしくて、お父さんに車の鍵《かぎ》借りて、カーラジオで聴くんだって」

確かに車なら、金属のボディに取り付けたアンテナを屋外に置いていることになる。遮蔽物《しゃへいぶつ》だらけの家の中よりはいいかもしれない。

早速玄関を出て、自分の車に向かう。ガレージではなく、屋根だけのカーポートに置いてあるので、電波環境は悪くないはずだ。

運転席に座り、エンジンはかけずにカーナビの電源を入れた。オーディオの画面でFMラジオを選ぶ。手動で周波数が合わせられるモードに変更するのに少し手間取った。

NHK―FMから〇・一メガヘルツずつ周波数を上げていく。FMヨコハマまでの間に、入ってくる放送はない。さらに上げると、流行りのK―POPが流れ出した。たぶんさっきの局だが、今度はかなり明瞭《めいりょう》に聴こえる。

スマホを取り出し、その周波数の値と〈FM〉というワードで検索をかけてみると、正体はすぐにわかった。「秦野シティFM」。地域密着型の局で放送エリアはほぼ秦野市内に限定されているものの、免許を与えられたれっきとしたラジオ局だ。少し調べてみると、こうした放送局はコミュニティFMと呼ばれ、多くの市町村にあるらしい。

カーナビの画面をタップし続け、さらに周波数を上げていくが、何の電波もとらえない。もっと低い周波数のほうを調べてみるか。そう思って指を離しかけたとき、不意に男性のやわらかな歌声が耳に飛び込んできた。

よく知っている曲だ。大滝詠一《おおたきえいいち》の「恋するカレン」。懐かしさに、つい最後まで聴き入ってしまう。曲が終わるとすぐ次のイントロが始まった。パーソナリティのおしゃべりはおろか、曲紹介さえない。

それでもすぐにわかった。大貫妙子《おおぬきたえこ》の「都会」だ。透明感のある歌声が、千佳を十代の終わりに引き戻す。その当時ヒットしていたということではない。どちらの曲も、もっと幼い頃に出たはずだ。

この二曲が入ったカセットテープを持っていた。和也がくれたのだ。おすすめの曲をダビングしたオリジナルカセット。「シュガー・ベイブ」も「はっぴいえんど」も、和也に教わって初めて知った。ドリカムや米米CLUBぐらいしか聴いていなかった千佳には、とても新鮮に響いた。「すごくよかった」と感想を伝えると、和也はまた新しいテープを作ってきてくれた。結局、全部で四、五本になったと思う。

次に鳴り始めたイントロにも馴染《なじ》みがある。曲名は――そう、歌い出しの歌詞で思い出した。「風になれるなら」、伊藤銀次《いとうぎんじ》だ。

聴きながら、スマホの画面に数字を打ち込む。周波数、八八・四メガヘルツ。検索結果にFM局はいくつか出てきたが、どれも遠く離れた地方のものだった。

やはり、今このカーラジオがとらえている電波は、既存の放送局のものではない。このすぐ近所で誰かがひっそり流している、ミニFMだ。

そして、和也はこれを聴いている。というより――千佳の中には別の確信があった。これを放送しているのは、和也だ。

＊

三回目の現地調査には、久志が車を出してくれることになった。

提案してきたのは久志のほうだ。どうやら先日、修から「スイ子の土地さがしはどうなってる？」と訊かれ、何も手助けしていないことが急に気になり始めたらしい。

修の司法試験は先週から本番を迎えていて、今日が最終日。車内の会話もまずそこから始まり、やがて修の持論、「四十五歳定年制」の話になった。

ハンドルを握る久志の説明を聞いて、助手席の彗子が言う。

「四十五歳という数字の根拠がよくわからない」

「二十歳前後で社会に出て、七十まで現役だとするじゃん」

「現役っていうか」千佳は二列目のシートから茶々を入れた。「七十歳まで働かされるってことだよね」

「ま、そうとも言えるけど」久志が続ける。「とにかくそういう前提で、単純に中間地点を計算しただけだろ」

「そんなことはわかってる」彗子が素っ気なく言う。「真ん中で区切る意味がわからない」

「ああ……たぶん、数字にそこまで意味はないんじゃないの？　ただの目安というか。仕事という面で、人生を前半と後半に分ける」

「スイ子はきっと、そういう次元で生きてないよね」後ろから笑いかけた。「脇目もふらずに一本道を歩いてる」

「そうでもないよ」彗子が言った。「現に、この歳で国立天文台を離れてる」

「修の意見もわかるってこと？」意外な思いで確かめる。

「一般的な意味での勤労をした経験がないから、賛成とか反対とかはない。ただ、四十五歳に限らず、ある程度歳をとったからできるってことは、あると思う」

「そうか？」久志がややとがった声を出す。「できることなんて、なくなる一方だろ。自分のために使える金も時間も、歳とともに減ってくだけじゃん」

「体力と気力もね」千佳は苦笑して言い添えた。

「例えば」と彗子は構わず続ける。「もしわたしが大学院を出たばかりの二十代で、何のポストにも就けずに困っていたとしても、自分で天文台を作ろうとは考えなかったと思う」

「それは――お金がないから？」

「お金は今だってないよ。単に、そんなことができると思ってないだけ。そもそも、思いつきもしないはず」

「なんでだろ」

「無知だったからだよ」彗子はあっさり答えた。「無知だと、常識にしばられるしかない。若い頃は、研究者として生きるには大学なり研究機関なりに所属しなきゃならないって、当たり前のように思い込んでた。今は、物事にはいろんなやり方があるってことを知ってる。歳を重ねた分、知識もあるし、知恵もついたから」

「そっかあ……」漏れる息とともに言った。「でも、ちょっとわかるかも。今思えば、若い頃ってやっぱり視野がせまかったもんね。うちの生徒たちを見てても、意外と保守的っていうか、『こうでなきゃならない』って思いの強い子が多い気がするよ」

「多様性の教育はどうしたんだよ」久志がバックミラー越しに目を向けてくる。「みんな違ってみんないい、じゃなかったの？」

「そんなの、口で言うほど簡単じゃないって。今の子たちは、何もかも右肩下がりの時代に生まれたわけだし、明るい未来なんてそうそう描けないでしょ。よほど気の利いた子ならともかく、普通の子たちはみんな、無難が一番、レールからはずれたらヤバいって、本能的に感じてるよ」

訳知り顔で言ってから、恥ずかしくなる。そういう自分はどうなのだ。

教師として鬱屈《うっくつ》したものを抱えていながら、現状を変える一歩を踏み出そうともせず、ただ漫然と日々をやり過ごしている。大人の知恵を使ってしていることといえば、できない理由、動けない事情を挙げていくことだけ。

「ま、しょうがないかもな。子は親の鏡だ」久志も自嘲《じちょう》するように言った。「現状維持で精いっぱいの俺たちの情けない姿を、毎日見てるわけだから」

久志のミニバンはすでに市街地を離れ、県道七〇号に入っていた。最初の調査で走った、東丹沢を南北に縦断する道だ。前回はヤビツ峠の先のキャンプ場で引き返してきたが、今日はもう少し北まで行ってみることになっている。それでだめなら東隣りの伊勢原《いせはら》市に入り、ケーブルカーのある大山方面を回る予定だった。

今日は見事な五月晴《さつき》れで、車内は暑いほどだ。小さく窓を開けると、畑の土の匂いに草木の香りが混ざって入り込んでくる。

信号待ちの間に久志がカーナビを操作し、FMラジオをつけた。それをきっかけに、千佳は前列のほうへ身を乗り出す。

「こないだの、梅ちゃんのラジオの話なんだけどさ」二人を交互に見ながら切り出した。

「ああ、何かわかったの？」久志が前を向いたまま言う。

「うん、たぶんだけど。梅ちゃん、単にラジオを聴いてるんじゃなくて、自分の部屋から流してるんだと思う」

「流してる？」久志がすっとんきょうな声を上げた。「どういう意味？」

彗子と目が合ったので、小さくうなずきかける。

「もとはスイ子に聞いた話なんだけどね――」

ミニFMの説明から始め、先日それらしき放送をとらえたことを伝えると、久志が「思い出したよ」と割り込んできた。

「確かにあいつ、ミニFMがどうのって、時どき言ってたわ。センスのいい局を見つけたとか、リクエスト出してみたとか」言いながらカーナビに手を伸ばす。「聴いてみようぜ。周波数は覚えてる？」

「こんなところまで届かないって。それに、昼間はやってないよ。何度か聴いたけど、夜十一時から一時までの二時間だけみたい」

「そっか。でも、なんでそれがあいつの放送だってわかったのよ。あ、声か？」

千佳はかぶりを振った。「曲が流れるだけで、トークは一切なし。でもそれが、梅ちゃんが好きだって言ってたアーティストの曲ばっかりでさ。『シュガー・ベイブ』とか『はっぴいえんど』とか。それに、放送局の名前が『青い屋根ＦＭ』っていうんだよ。ウェブサイトを見つけたの」

「サイトまであんの？」

和也のラジオについてネットに何か情報が落ちていないか調べてみると、〈丹沢〉と〈ミニＦＭ〉というワードでそのサイトが検索に引っかかってきた。オンエア中の曲名と、その夜流した曲目が並んでいるだけのシンプルなページ。〈丹沢のふもとにあるミニＦＭ局です〉とひと言ある以外、放送者のことは何も載っていなかった。

「青い屋根っていうんなら、やっぱあいつん家だよな」久志は言った。

「ＦＭの受信用アンテナは、送信にも使えるはず」彗子もうなずく。「梅野君が何度も屋根に上ってたのは、アンテナを送信用に調整するためかもしれない。ラジカセを外に持ち出して聴いていたのは、電波が届く範囲を確かめるため」

「なるほど。全部説明がつくわけか」

いつの間にか、彗子が手もとのタブレットで「青い屋根FM」のサイトを開いていた。その画面を示して言う。「コメント欄がある」

「そうなの。誰も書き込んだ形跡はないけどね」

「サイト自体、千佳が最初の訪問者だろ」久志が鼻息を漏らす。

「で、二人に相談」千佳は二人に訊いた。「そこに何か書き込んでみるかどうか。どう思う？」

「メールにも返信がないんでしょ」彗子が言った。

「でも、コメント欄をつけてるってことは、リスナーとならコミュニケーションをとってもいいと思ってるんじゃないかな。だから例えば、あたしたちだって名乗らずに」

「他人になりすますってこと？」久志が眉を寄せる。「そんなやり取りに何の意味があるんだよ」

「梅ちゃんの様子がわかるかもしれないいじゃん。精神状態とか」

「下手なこと訊いたら、あいつすぐシャッター下ろしちゃうぜ？」

結論が出ないまま車は峠道を進み、ヤビツ峠の売店前を通り過ぎる。駐車場は今日も車であふれていたが、その先の登山口への分岐を越えると、行き交う車もぐっと減った。

両側に杉林を見ながら、峠を下っていく。カーブを曲がると、左前方の擁壁にロードバイクが立てかけられているのが見えた。そのそばで、水色のウェアを着た人が地べたに座り込んでいる。

「こんなに下りてきちゃったら、意味ないんじゃないの？」久志が言った。

「尾根のほうへ上がっていける道がないか、さがすんだよ」彗子がタブレットを見ながら答える。「地図によれば、この先に少なくとも二ヵ所――」

ロードバイクと男性の横を通り過ぎる。男性が抱えた片膝に、一瞬赤いものが見えた。

「ちょっと待って」千佳は鋭く言った。「今の人、怪我してなかった？」

「怪我？」久志がスピードを落とす。

「血が出てるように見えた。声かけてあげたほうがいいかも」

すぐ先で少し道幅が広くなったので、路肩に車を停めた。三人で車を降り、足早に男性のもとへと戻る。

近づいていくと、男性は座ったままこちらに会釈した。意外なことにかなり年配で、ヘルメットからのぞく髪も半分白い。左膝に当てた小さなタオルが、やはり血で赤黒く染まっている。

「大丈夫ですか」久志が薬剤師らしい顔つきになって声をかけた。

「いやあ、やっちまいましたよ」男性は面目なさそうに、立てかけた自転車のほうにあごをしゃくる。「ついよそ見して、ビニール袋を踏んじまいましてね」

よく見ると、後輪の軸にある歯車に白いレジ袋のようなものが絡まっている。

「ああ、巻き込んじゃったんですか」千佳は言った。

「急にペダルが動かなくなって、バランス崩して派手にコケちゃって」

「お怪我のほうは──」久志が膝を折り、男性の全身に目を走らせる。肘《ひじ》のあたりにもすり傷があった。「手脚の傷だけですか」

「傷は大したことありませんが、膝をしこたま打ちつけたせいか、曲げ伸ばしが辛くってね」相当痛むだろうに、男性は目尻《めじり》にしわを寄せて微笑む。

「早めに病院に行かれたほうがいいですね」久志が言った。「打撲で関節を傷めることもありますし、念のため骨も診てもらわないと」

「この山へは自転車で来られたんですか」千佳は訊いた。漕《こ》いで帰れるとは思えない。

「いやいや、家内と車で。連絡しようにも、携帯を車に置いてきちまってね」

「車はどこに？」久志が訊ねる。

「登山口のちょっと向こうです」

「だったらそこまで乗せていきましょう」久志が腰を上げた。「車回してきます」

男性は広瀬《ひろせ》と名乗った。自宅は秦野市内だという。久志が肩を貸して二列目のシートに座らせ、荷室に自転車を積み込んだ。その間広瀬はずっと、「まったく申し訳ありません」と繰り返していた。

車が動き出すと、千佳の隣りで広瀬が頭をかいた。

「また家内に怒られちまいますよ。若ぶって自転車なんかやるからだって」

「長いんですか、自転車歴は」

「三、四年ですか。足腰鍛え直そうと思って始めましてね。何とか峠は越えられるようになりましたが、運動神経は鈍ったままなんですなあ。情けない話ですよ」

登山口への分岐を過ぎてしばらく走ると、道路の右手に二階建てのプレハブが見えてきた。山の斜面が谷状にくぼんだところに建っている。それを指差して広瀬が言う。

「そこ、プレハブの脇から入っていってもらえますか」

「これは——」久志が確かめる。「林業関係の何かですか」

「ええ、知り合いの会社でね。しばらくの間ここに置かせてくれって頼まれたもんだから」

「頼まれた？」

訊き返しながら久志はハンドルを切り、プレハブの横を抜けて裏へ回る。駐車できるだけのスペースはあったが、車はない。その代わり、踏み倒された雑草の向こうに意外なものが見えた。千佳より先に、助手席の彗子が声を漏らす。

「――道だ」

錆《さ》びた鎖が渡された入り口から、砂利道が山の中へと続いていた。左右の木々が覆いかぶさっているせいで、トンネルのようにも感じられる。前回峠を走ったときもプレハブは見た覚えがあるが、まさかその奥に道が隠れているとは思わなかった。

「ここ、うちの山なんですわ」広瀬はこともなげに言った。

「そうなんですか？」思わず声を高くした。こちらに首を回した彗子も目を見開いている。

「車はてっぺんにあるんで、申し訳ないが上がっていってもらえますか。そこのチェーン、引っ掛けてあるだけですから」

彗子が車を降り、道の入り口の両脇に立つポールの一方から鎖を外した。戻ってきた彗子を乗せ、車はゆっくり砂利道を上っていく。路面は多少荒れているが、危険を感じるほどではない。それよりも、のび放題の木々の枝葉が屋根や窓をこするのが気になる。

斜面を大きく巻くようにして、高度を上げていく。のろのろ運転で三、四分走り、左カーブの急な坂を上り切ると、杉林を抜けた。

目の前に平地が開け、その真ん中に古びた建物が一棟ぽつんと建っていた。

どうやらここは、尾根筋にある高まりの頂上らしい。地ならしをしただけの敷地はテニスコート四、五面分ほどか。長らく手は入れられていないようで、雑草や幼木が生い茂っている。建物の前に見えるステーションワゴンが広瀬の車だろう。

轍《わだち》をなぞるようにして建物に近づく。家屋にしては簡素なつくり。赤い屋根の平屋で、床面積は千佳の自宅の一階よりまだ小さいかもしれない。何年も使われていないのは明らかだだ。ベージュの外壁には黒い染みの筋が目立ち、窓に打ちつけられた板も朽ちかけている。

「奥様は、この中に?」千佳は訊いた。

「ええ。ここの様子を見たいから連れていけと言われましてね。だったらその間、私も自転車でひとっ走りしようかと」

「以前はどなたかお住まいだったんですか」

「大昔に、私の祖父がね。それを改修して、家内が喫茶店にしたんですよ」

「なるほど、店だったのか」久志が納得したようにつぶやく。

「私は反対したんですが、どうしてもやってみたいと言い張りまして。登山客を当て込んだようですが、こんなところまでコーヒー飲みにくる人、いませんわねえ。だいたい――」広瀬はそこで声をひそめた。「ここだけの話、家内は客商売になんか向いてないんですわ」

「ああ……」どうやら広瀬はかなりの恐妻家らしい。

「いい季節だけ週に何回か開けるって形で、家内が一人で趣味程度に続けてたんですが、十年ほど前から閉めたっきりです。脚を悪くしましてね」

クラシックなフォルムのボルボが、ひさしのついた玄関ポーチの前に停まっていた。建物の、向かって左端だ。その後ろに久志が車をつける。

「奥様を呼んできますね」

千佳と同時に彗子も車を降りた。タブレットを手にしている。ほとんど全天に開けた空を見上げ、千佳は彗子の耳もとで「ねえ、ここ」とささやいた。もちろん、これ以上ない場所を見つけたと思ったからだ。

彗子はタブレットの画面を見つめたまま、「うん」とうなずいた。「あれが岳《たけ》ノ台《だい》だから――」などと独り言を言いながら、地形図とまわりの景色を見比べている。

そのとき、二段上がった玄関の木製ドアが開いた。白髪に紫色のメッシュを入れた年配の女性が顔をのぞかせる。

「何ごとなの？　大勢で」広瀬夫人は顔をしかめていきなり言った。花柄があしらわれた杖を使って、ゆっくりポーチに出てくる。「ここで騒がしくしないでほしいのよ」

「すみません」千佳は慌てて言った。「実はご主人が――」

車のほうに目を向けると、久志に腕を支えられて広瀬が降りてきた。痛みは引いてきたのか、左脚を引きずりながら一人で歩いてくる。

「何あなた。転んだの？」夫人は広瀬に言った。

「ちょっとしくじってな。この方たちがご親切にここまで送ってくださったんだ」

「バカね。若ぶって山で自転車なんか乗るからよ」

千佳たちには礼も言わない。広瀬は簡単に脚の状態を説明し、妻の顔色をうかがう。

「帰って手当てをしたいんだが……そっちはどうだ。もういいかい？」

「まあいいわよ。まだ来た気配はないし。中は空っぽ」夫人は杖を持ち上げ、その先端で玄関脇の壁にかかった郵便受けを指した。差入口が開いているだけのシンプルな木箱で、建物以上に年季が入っている。

こんな廃屋に郵便物が届くのだろうか。不思議に思っていると、広瀬がもっと妙なことを言った。

「やっぱりもう来ないんじゃないか。こないだそこの草むらで、ヤマカガシを見たろ。あんなのがうろうろしてたら、とても近寄れないよ」

「へビのヤマカガシですか」千佳はつい口をはさんでしまった。

「そう、でかいのがいたんですわ」広瀬が両手を広げる。

どうやら他人に言えないような話ではなさそうだ。思い切って訊いてみる。

「立ち入ったことをうかがうようですが、何が来るのをお待ちなんでしょうか」

「オオルリよ」夫人が言った。

「え？　オオルリって、あの青い鳥が来るんですか？　ここに？」

「来るだけじゃなくて、その郵便受けの中に巣を作るのよ。卵を生んで、ちゃんと雛《ひな》もかえすの」

信じられない。彗子と顔を見合わせた。久志もそばへ来て千佳に訊く。

「あの鳥、そんなツバメみたいなことすんの？」

「いや、あたしは聞いたことない」

オオルリも春になると日本へ渡ってくる夏鳥だが、ツバメのように人里で繁殖するわけではない。山間の渓流沿いなどを好み、営巣するのは崖《がけ》や岩のくぼみだと記憶している。

「初めて気がついたのは、確か五年前ですか」今度は広瀬が言った。「ちょうど今時分ですよ。たまたまここへ立ち寄ったとき、その郵便箱から青い鳥が飛び立つのを見たんですわ。なんでオオルリがと思って箱の中をのぞいてみたら、きれいに苔《こけ》が敷きつめられていましてね。ああ、こりゃ巣にしてるんだと、たまげました」

「それから毎年来てるんですか？」

「ええ。四年続けて巣を作ったんですが、去年は来なかった。さっきも言いましたが、ヘビに卵を狙われたりしたんじゃないかと私は思ってるんですがね。この様子じゃあ今年も——」

「まだわかんないわよ」夫人が怒ったようにさえぎった。オオルリが来るのを毎年楽しみにしているのは、どうやら彼女のほうらしい。

「まあ、そんなわけで」広瀬が苦笑いを浮かべる。「この店も、なかなか取り壊せんのですわ」

＊

「短答式はまあまあだと思うけど、論文式は案の定だ」電話の向こうで修が言った。

「あまり手応《てごた》えがなかったってこと？」左手のスマホを耳に当て、右手の布巾《ふきん》で食卓を拭《ふ》く。

さっきまでテレビを見ていた夫はいつの間にか二階の寝室へ上がったらしく、リビングもしんとしている。

「ヤマも見事にはずれたしな。ま、あと一、二年かけて合格するつもりでこっちに帰ってきたんだし、これからだよ」

「そっか。焦らずやるしかないね」

「ひと休みしたら、また助走からだ。その間は俺も、スイ子を手伝ってやれるからさ」修は声を明るくした。「タネに聞いたよ。こないだの日曜、いい場所を見つけたらしいじゃん」

「場所は最高だけど、こっちが勝手にそう思ってるだけだからね。交渉はまだこれから」

あれから数日後、彗子は広瀬にあらためて電話をかけ、あの山の上の土地を天文台のために使わせてもらえないかと伝えたらしい。

「今度、直接会って具体的な話をするんだって。でも、簡単にはいかないと思うよ」

千佳は続けた。「聞いたと思うけど、奥さんのほうが一筋縄じゃいかない感じ」

「オオルリの奥さんだろ」

「そう。まさかここであの鳥が出てくるとはね」

「でもさ、本当なのかよ。廃屋とはいえ、オオルリが人の家に巣を作るなんて」

「あたしもそう思ってちょっと調べてみたんだけどね、実は結構あるらしいの。家の軒下とか、公園の屋外トイレの壁とか」

人間が頻繁に出入りするような建物でも巣が見つかっているという。里山が減少しているためか、最近はそういう事例が増加傾向にあると述べている記事もあった。

「へえ。ヘビに比べりゃ人間は怖くないってことか」修は意外そうに言った。

少し雑談をしたあと、何か進捗《しんちょく》があれば連絡すると伝えて電話を切った。壁の時計に目をやると、もう十一時を回っていた。

リビングの明かりを消そうとして、サイドボードの上のアルバムに目が留まる。先日、益井の写真が見たくて押入れから引っ張り出し、そこへ置きっぱなしにしていた高校時代の一冊だ。ページをめくり、一枚の写真を抜き取った。オオルリを描いた空き缶タペストリーと、屋上で思い思いのポーズをとる五人。何度も抜き差しして見た写真なので、角が折れてしまっている。

その写真とタブレットを手にそっと玄関を出て、カーポートの自分の車に向かう。運転席に座り、カーナビの電源を入れてFMラジオをつける。周波数はこのところずっと八八・四メガヘルツのままだ。

知らない曲が流れていた。小気味よいリズムと切ないメロディに乗せて、男性が歌っている。タブレットで「青い屋根FM」のサイトを開くと、〈Now On Air〉の窓に、〈SUMMER BLUE／ブレッド＆バター〉とあった。

ページの下のコメント欄に、和也から返信が来ていた。

〈ミチルさんへ　そうですよ。「Y．M．O．」を作ったのは、坂本龍一《さかもとりゅういち》ではなく、細《ほそ》野《の》晴臣《はるおみ》なんです。「はっぴいえんど」時代とは音楽の感じがずいぶん違うと思われるかもしれませんが、そもそも細野は——〉

初めてここへ書き込みをしたのは、三日前のこと。久志には事前に伝えたが、ほとんど千佳の独断で、ミチルという男子高校生になりすました。

取ったとは、誰も思わないだろう。

〈秦野に住む高校三年生です。ラジオを聴きながら勉強をしていて、たまたま見つけました。知らない曲ばかりですけど、めっちゃいいですね！〉

そう送ってみると、翌日〈開局して初めてのコメント、ありがとうございます。昔の曲しか流せませんが、リクエストがあればどうぞ〉と返事が来て、やり取りが始まった。今のところ、ミチルが曲やアーティストについて質問し、和也がそれに答えているだけだ。

コメント欄での和也は意外なほど饒舌《じょうぜつ》だった。それは一つの安心材料ではあったが、彼の心の内を引き出すためにどんなボールを投げればいいのかは、まだわからない。

曲が終わると、よく知るさわやかなイントロが流れ出す。湘南のサーファーに想いを寄せる少女の気持ちを歌った、荒井由実の「天気雨」。

五月ももう終わり。このところ夏日が続いているので、夏らしい曲を中心にかけているのだろう。部屋に閉じこもっていても、季節の移り変わりは感じているらしい。〈低い雲間に天気雨〉――小さく歌詞を口ずさみ、手の中の写真を見つめる。ピースサインの自分。修を間にはさんで、タペストリーを指差す和也。そのはにかんだような微笑みににじんでいるのは若さだけで、屈託などはない。

曲を聴きながらふと、和也もあの日の通り雨を思い出しているのではないかと思った。

あれは、制作も佳境に入った頃のこと。千佳に困ったことが起きた。

針金を通した約一五〇列の空き缶を屋上から吊るす際、まず手すりに長い竹材を横向きに固定し、針金はその竹にくくりつけていくことになっていた。長さ五、六メートルの竹が二本、学校の倉庫の裏に放置してあるのを千佳が見つけ、それを使わせてもらうということで教師と話をつけたつもりだった。ところがである。実はその竹は二年生が文化祭の企画で使うことになっていて、そちらが先約だというのだ。

ちゃんと確認しなかった自分の責任だ。今思えばいくらでも対処のしようはあるのに、当時はパニックになった。それだけ幼かったということだろう。どうしよう、どうしようと泣きそうになりながら、図書館の彗子に助けを求めた。彗子は顔色一つ変えず、「職員室で電話帳を借りてきて」と言った。市内の材木屋に問い合わせてみようというのだ。

幸い、竹を売ってくれるという材木屋はすぐに見つかった。和也が一緒に来てくれることになり、学校から四十分歩いてその店まで行った。長い竹の両端を二人で抱え、道行く人から視線を浴びながらの帰り道、急に黒い雲が現れて、激しい夕立ちになった。

廃業したらしい理髪店の軒先に、二人で駆け込んだ。ポケットのハンカチを和也に差し出すと、彼はそっぽを向いたまま、「いいよ」とかぶりを振った。もしかしたら、千佳のTシャツが濡《ぬ》れて透けているのを気にしているのかもしれないと思った。

どこか気まずい数分間を終わらせようと、千佳は少しおどけて「そういえばさ、新作のテープ、待ってるんだけど」と言った。

「今までで一番好きな曲、何？」和也がこちらを見ずに訊く。

「そうだねえ。山下達郎《やましたたつろう》は、すごく好き」

「こないだ、いとこがいいレコード貸してくれた。山下達郎の『BIG WAVE』ってアルバム。全曲歌詞が英語なんだ」

「へえ、カッコよさそう」

「レコードまだうちにあるから――今度……」

いつまで待っても、和也はその先の言葉を口にしなかった。聴きに来ないかと言われていたら、行ったかもしれない。

和也の好意は、初めてカセットテープをもらった頃から気づいていた。気づいていたからこそ、テープのことは誰にも話さなかった。今も、二人しか知らないはずだ。

高校三年の和也は、カセットテープに想いをのせて伝えようとしてくれた。千佳はそれを知りながら、自分の中で答えをさがそうとはしなかった。四十五歳の彼は今、閉め切った暗い部屋の中から、FM電波にのせて何を伝えようとしているのだろう。

小さく息をつき、タブレットのキーを叩《たた》く。

〈ユーミンの曲は音楽の授業で歌ったことがあります。荒井由実時代の曲もめっちゃいいですね。もっと聴いてみたいです〉

曲がフェイドアウトしていく間に、〈送信〉をタップした。もう家に入ろうと、カーナビに左手を伸ばす。

数秒の静寂をはさんで流れ出した静かなピアノの音に、思わず固まった。タブレットの画面を確かめるまでもない。

「浅い夢」、来生《きすぎ》たかお。

あの夏、カセットの一本に入っていたこの美しい曲を、まさに擦り切れるほど繰返し聴いた。夏の海の町での出会いを綴《つづ》った歌だ。

これを聴くたび、歌詞に出てくる〈静かな横顔〉の男性に、恵介を重ねていた。カセットを作ってくれた和也ではなく、決してこちらを振り向くことのない恵介を。

懐かしく優しい歌声に包まれながら、シートに深く身を沈めた。ゆっくり目を閉じると、あの情景と音が、浅い夢のようによみがえってくる。

七月の終わりの、よく晴れた暑い日。

集めた空き缶を校庭の端の広い足洗い場にぶちまけ、ホースの水でひたすら洗っている。皆ジャージの裾をひざまでまくり上げ、足もとはビーチサンダルだ。

そばの欅《けやき》ではセミの鳴き声。グラウンドのほうからは部活のかけ声が聞こえてくる。

恵介は8ミリビデオカメラを構え、千佳たちの作業の様子を撮っていた。家が電器店のバスケ部員、佐藤《さとう》から借りてきた型落ちの機材だ。

しばらくすると、修が「このままじゃ暑さでぶっ倒れちまうな」と言い出した。にやりと笑ったかと思うと、ホースの口を指でつまみ、皆に水をかける。千佳と和也は悲鳴を上げて逃げ出す。

恵介は慌ててカメラを置き、久志と一緒にずぶ濡れになりながらホースを奪い取る。今度は修が逃げ惑う番だ。

日に焼けた顔で、声を立てて笑っている。千佳も、恵介も――。

不意に目尻からあふれた涙が、ひと筋頬をつたった。

Ⅲ　六月――久志

待合スペースの白い壁に、ノートパソコンの画面が映し出された。このためにわざわざ薬剤師会のポスターを二枚はずしたのだ。彗子がてのひらサイズのプロジェクターをいじって位置とピントを調整する。

「なるほどな。これがやりたいから、種村薬局だったわけか」修が、壁際に置いてある長椅子の片端を持ち上げた。

「千佳の発案だよ」久志はその反対側を抱え上げ、二人で店舗の真ん中まで移動させる。「誰かの家よりはうちの店のほうが広瀬さんも気兼ねしないんじゃないかって」

今からここで彗子がプレゼンをする。自前の天文台で何をしようとしているのか、その説明会だ。久志たちも聞くのは初めてだが、主賓は広瀬だった。意義のある研究活動の拠点にしたいのだとアピールして、彼の心を動かそうというのだろう。できればご夫妻でと彗子は伝えたそうだが、夫人にはにべもなく断られたらしい。

久志は長椅子の横にパイプ椅子を並べ、腰を下ろして深く息をついた。パソコンの画面を見つめる彗子の瞳《ひとみ》には、余裕と自信が潜んでいるように見える。あるいはそれは、自分の中にあるそこはかとない不安の裏返しかもしれない。

資金も土地のあてもない天文台作りなどうまくいくはずがないと思っていたのに、広瀬の登場で風向きが変わり始めた。このまま実現の方向に転がっていくのだろうか。そして今日のプレゼンでは、研究者としての彗子の凄《すご》さを見せつけられるのだろうか。どちらも心から願えない自分がまだいることが、久志の気持ちを萎《な》えさせている。

集合時間の夜八時を五分ほど過ぎたとき、広い通りまで広瀬を迎えに行っていた千佳が、半分下ろしたシャッターの下から顔をのぞかせた。「お連れしたよ」

久志がシャッターを全開にすると、広瀬が「いやあ、その節はどうも」と言いながら入ってきた。もう不自由なく歩けるようだ。結局ただの打撲で済んだと聞いている。

広瀬と修が初対面の挨拶《あいさつ》を交わしている間に、千佳がペットボトルの飲み物を皆に配る。諸々《もろもろ》の話はあとにして、まずは彗子のプレゼンを聞くことになった。広瀬と千佳が長椅子に掛ける。久志は部屋の照明を落としてから、修と並んでパイプ椅子に座った。

「こりゃ本格的ですな」壁に投影された画面を見て、広瀬が目を細める。

「大げさなようですが」彗子がレーザーポインターを手にして言う。「結局、この形が一番説明しやすいので」

「あまり難しい話は勘弁してくださいよ。学がないもんでねえ」

言葉とは裏腹に、広瀬の口ぶりにはどこか余裕が感じられる。彗子によれば、彼は秦野で運送会社を経営していたそうだ。父親がトラック一台で始めた会社を受け継ぎ、冷蔵・冷凍品の輸送に業務を特化させて、東京と埼玉にも営業所を置くほど大きくしたというから、有能な人物ではあるのだろう。五年前に社長職を息子に譲り、今は悠々自適の毎日らしい。

「難しい話ではありませんが、質問があればいつでもどうぞ」

彗子はパソコンを操作して、最初のスライドを映した。大きな文字でたった一行、〈太陽系の果てを観る〉とある。

「国立天文台にいたときから、わたしの研究テーマは、これでした。太陽系の果てはどうなっているか。そこに何があるのか」

「水・金・地・火・木」修がいきなり口をはさむ。「土・天・海・冥《めい》。果ては冥王星だろ」

「冥王星はもうその並びに入んないよ」理科教師の千佳が言う。「惑星から準惑星に格下げになったから」

「ああ……そういや、そんな話あったな」

「私には初耳ですが」今度は広瀬が言った。「格下げってのは、どういうことです？」

「ひと言で言うと」彗子が話を引き取る。「惑星と呼ぶほどの特別扱いができなくなった、ということです」

彗子はスライドを進めた。真ん中に、〈冥王星〉と記された詳細な画像。その下にもいくつか天体の写真が並んでいるが、名前が英語でよくわからない。

「冥王星という星はあまりに遠くて、その実像が長い間わからなかったんですが、二〇一五年にNASAのニューホライズンズという探査機が接近して、やっと正確な大きさが確定しました。直径は二三七〇キロ。月の三分の二ほどしかありません」

「へえ、月より小さいんだ」修が意外そうにつぶやいた。

「そして、二〇〇〇年代以降、冥王星と同程度のサイズの天体が、海王星より外側に次々と見つかっていたんです。エリス、ハウメア、マケマケ――」彗子は冥王星の下に並ぶ画像をレーザーポインターで順に指していく。

「つまり、そういう星たちと一緒に、準惑星としてまとめられちゃったってことね？」千佳が確かめた。

「そういうこと。それと同時に、もっと重要なことがわかってきました。冥王星を含む太陽系外縁部には、準惑星にもなれないもっと小さな天体が、無数に存在している。その帯状の領域のことを、『エッジワース・カイパーベルト』といいます」

彗子はいったんスライドを閉じ、国立天文台が開発したというソフトウェアを立ち上げた。好きなスケールと角度で宇宙空間が三次元的に見られるものだという。

画面の中央にまず太陽が大きく映った。トラックパッドを操作して、ズームアウトしていく。視点は水星、金星の軌道をまたぎ、地球のそばをかすめる。さらにどんどん遠ざかって、天王星、海王星の軌道を通過すると、漆黒の宇宙空間におびただしい数の白い点が現れた。

「これが、エッジワース・カイパーベルト。白い点はほとんどが直径数百キロ以下の天体で、冥王星の軌道もこの帯の中を通っています。太陽から帯の真ん中あたりまでの距離は、およそ六十億キロメートル」

「六十億キロって言われてもなあ」修が腕組みをして言う。

「太陽・地球間の距離の、四十倍だよ」

「四十倍……まあとにかく、めちゃくちゃ遠いってことだな」

渋い顔の修を見て、広瀬が肩を揺らす。「まったく、べらぼうな話ですよねえ」

彗子は視点をさらに遠方へやり、エッジワース・カイパーベルト全体を画面にとらえる。画像を縦方向にくるくると回転させると、その三次元構造がよくわかった。無数の白い点が散らばった帯は、内側にある惑星たちの軌道と同じ面内で輪っかになっている。厚みがあるので、星くずでできたドーナツといったほうがいいかもしれない。

「カイパーベルト天体が初めて観測でとらえられたのは、一九九二年。以後現在までに、二千個ほど見つかっています。径が千キロを超えるハウメアやマケマケは、カイパーベルト天体のボス。冥王星は大ボスと理解すればいいと思います」

「じゃあスイ子も、国立天文台時代は、カイパーベルト天体さがしをやってたの？」

千佳が訊《たず》ねた。

「ちょっと違う。見つかった天体に望遠鏡を向けて、それがどんな物質でできているかを調べていた。例えば――」

彗子はソフトウェアを閉じてスライドに戻り、目当てのページまで進んだ。〈カイパーベルト天体の表面に結晶質の氷を発見〉とあり、〈ハワイ・すばる望遠鏡〉と付された山頂の立派な施設の写真と、グラフが一枚載っている。

「この研究チームにいたときは、すばる望遠鏡の近赤外線カメラを使って、直径千キロ弱の天体の赤外線スペクトルを観測しました。カイパーベルト天体は岩石と氷の混合体と考えられているのですが、その詳しい組成を明らかにしようとしたわけです。こうした情報がなぜ重要かというと、それが太陽系誕生の謎を解く鍵《かぎ》になるからです」

珍しく彗子の声に熱がこもっていた。スライドが〈太陽系の誕生：微惑星の形成〉と題されたものに変わる。描かれているのは、太陽とおぼしき光の球を無数の細かな粒が円盤状に取り巻くイラストだ。

「四十六億年前、太陽系が生まれたとき、原始太陽のまわりにはまだ惑星はなく、ガス塵《ちり》の円盤が広がっているだけでした。やがてガスと塵がくっついて、この図のように、直径一キロから十キロ程度の塊が大量に生まれる。これらを、微惑星と呼びます。微惑星たちは互いに衝突と合体を繰り返し、今太陽系にあるような惑星へと成長していきました。

ところが、惑星になれなかった微惑星たちが、実は太陽系のふちに取り残されていた。それが、エッジワース・カイパーベルト。つまり、カイパーベルト天体というのは、原始太陽系の様子を今に伝えてくれる、生き証人なんです」

四十六億年前。太陽系の果て。自分が暮らすこの世界とひと続きの話だとは思えないようなスライドよりも、彗子の表情にばかり目がいく。部屋が明るければ、彗子の顔が上気していることもわかったかもしれない。

宇宙の謎を語る彗子の瞳は、何かを渇望しているようにも、満ち足りているようにも映った。いずれにしても間違いないのは、彼女の脳は天文のことを考えるだけで幸せホルモンに満たされるのだろうということだ。そんな彗子が無性に妬《ねた》ましかった。同時に、自分はなんてつまらない人間なのだろうと思った。

「ちょっといいですか」広瀬が律儀に手を挙げた。「その微惑星ってのは、差しわたし数キロかそこらなんですよね。でもさっきあなたは、カイパーベルト天体の大きさを、確か数百キロ以下と言った。同じものにしちゃあ、ずいぶん違いませんか」

「鋭いですね」彗子が眼鏡に手をやった。そこまで真剣に聞いていたのかと、久志も思わず修と顔を見合わせる。

「おっしゃる通り、これまでに発見されたカイパーベルト天体は、最小クラスでも直径数十キロ、ほとんどは数百キロのオーダーです。これらはおそらく、複数の微惑星が衝突、合体して、ある程度まで成長したものと考えられる。これより小さいサイズの天体を直接観測するのは、すばるのような最先端の望遠鏡を駆使しても、不可能なんです。

ですが、数キロメートルサイズの真の微惑星の生き残りも、きっと存在している。見た者はまだいないけれど、数十万、数百万個という規模で、カイパーベルトに浮かんでいる。わたしを含め、多くの研究者がそう考えています。丹沢に天文台を作ってわたしがやろうとしているのはまさに、それを確かめること。つまり——」

彗子はスライドを進め、太字で書かれた題目を読み上げる。

「〈掩蔽《えんぺい》を利用した微小カイパーベルト天体の探索〉です」

その文言の下に、市販品らしき天体望遠鏡の写真があった。さっきのすばる望遠鏡とは大違いで、畳敷きの部屋で三脚にセットされている。おそらく彗子のアパートだ。

「え、待って」千佳が身を乗り出し、スライドの写真を指差す。「その望遠鏡って、スイ子が持ってるって言ってたやつだよね？　普通に売ってる、趣味で使うような」

「そうなの？」そのことを知らない修が驚いている。

「だね」彗子は平然と応じた。「口径二十八センチのシュミット式反射屈折望遠鏡」

「だって、すばる望遠鏡でも無理なんでしょ？」千佳が早口で畳み掛ける。「それを、その小さな望遠鏡でやろうってこと？」

「そう。数キロメートルサイズのカイパーベルト天体を、これで見つける。直接観測――天体の像をそのままとらえることは、もちろんできない。だから、『掩蔽』という現象を使う」彗子はレーザーポインターを千佳のほうに差し出した。「これを持って、ちょっと手伝ってほしい」

千佳は彗子の指示にしたがって、反対側の壁際まで移動した。そこからレーザーポインターを望遠鏡の写真に向け、赤い光の点を鏡筒のあたりに当てる。

「スライドを映している壁が、地球。千佳が持っているレーザーポインターが、とある恒星だとします。天の川にある、ありふれた恒星。望遠鏡で、その恒星をじっと観測し続けます」

彗子はそこで、リュックからテニスボールを取り出した。それを胸の高さに掲げ、長椅子のほうに一歩進み出る。

「わたしが立っているここが、エッジワース・カイパーベルト。このテニスボールが、微小なカイパーベルト天体です。もしこの天体が、観測している恒星の手前を通過したら――」

彗子はゆっくりテニスボールを動かし、レーザー光の経路を横切らせた。写真の望遠鏡に当たっていた赤い点が、その間だけ消える。

「当然ながら、恒星から届く光が一瞬さえぎられる。これが、掩蔽です」

「それって、要はあれだよな」修が言った。「日食と同じ原理だよな」

「そう。太陽を月が隠すように、恒星をカイパーベルト天体が隠す。だから、『星食』と言ってもいい」

「掩蔽なら、スイ子の望遠鏡でも観測できるってこと?」

「できる、とわたしは考えてる」彗子はきっぱりと言った。

「日食ならいつどこで起きるかわかるけどさ」修が無精《ぶしょう》ひげを撫《な》でて言う。「掩蔽はそうじゃないんだろ? 闇雲に望遠鏡のぞいてて、見つかるもんなのか?」

「闇雲にさがすんじゃない。星空を録画するんだよ」彗子は千佳からレーザーポインターを受け取り、スライドの望遠鏡を指した。「この望遠鏡に、星空を動画で撮影できるCMOSカメラというのを取り付けます。そしてそれを、一度にたくさんの恒星が観測できる天の川のほうへ向ける」

スライドが天の川の美しい写真に変わった。白い光の帯の中ほどを示して続ける。

「例えばここ、射手座の領域。黄道――天球上の太陽の通り道のことですが――の近くはカイパーベルト天体の数が多いので、探索に適しています。去年、わたしの望遠鏡に国立天文台で借りたCMOSカメラを取り付けて、この領域で試験的に観測をおこなってみました。四平方度――およそ満月二十個分の視野内にある二千個の恒星を、四十時間撮影したんです。動画データを解析したところ、次のような変化をしている恒星を一つ見つけました」

彗子は一枚のグラフを映した。データを示す点が、多少ばらつきながらも横一線に並んでいる。

「縦軸はその恒星の明るさ、横軸は時間です。このように、ほぼ一定の明るさで推移していたものが、この瞬間だけ、がくんと低下している」

「――ほんとだ」と千佳がつぶやいた。よく見ると確かに、一点だけ下方に大きくはずれたデータがある。

「これは、掩蔽をとらえたものである可能性があります。時間にして〇・三秒未満。ざっくり計算してみたところ、直径三キロから四キロのカイパーベルト天体が横切ったとすれば、説明がつく」

「何だよ、もう見つけちまってるじゃん」

修が眉《まゆ》を上げたが、彗子はかぶりを振った。

「同僚にこの結果を見せたら、『雲の端っこでも引っかけたんじゃないの？』と言われました。測定エラーだと言う人もいると思います。そういう反応は当然のこと。はずれ値一点だけのデータでは、証拠にならない。幸い、もっと高精度でデータの読み出しが速いCMOSカメラが最近出てきました。それを使って観測システムを組めば、空間的にも時間的にも分解能がぐっと上がる。丹沢に作る天文台にそのシステムを設置して継続的に観測を続けていけば、説得力のあるデータがきっと取れる。わたしはそう考えています」

彗子は「ひとまず、こんなところです」と言って、こちらにうなずきかけた。だが数秒の間、久志はそれが照明をつけろという合図だと理解できず、動けなかった。思わずうなるようなプレゼン終盤の展開に、圧倒されていたのだ。

修にこづかれてやっと席を立ち、電灯のスイッチを入れた。

「──さすがだね」千佳が息をついて言った。「ほんと、さすがスィ子」

「まったく。すげえ面白えよ」修も続く。「ちっこい望遠鏡ですばるに勝とうってのがいい」

小よく大を制す、だよ──。

いつかの彗子の言葉が頭の芯《しん》までしみわたるのを感じながら、久志もどうにか「うん、確かに」とだけ言った。

「天文台の目的は、ご理解いただけましたでしょうか」彗子が広瀬に向かって訊ねる。

「いやあ、たまげました」広瀬は目尻《めじり》のしわを深くした。「こないだ電話でお話をうかがったときは、星好きの方が趣味で建てる天文台だろうと思ったわけですよ。それがまさか、そんな最先端の研究をなさるつもりだったとはねえ。小さな望遠鏡でやるとおっしゃいましたが、建物はどれぐらいのものをお考えなんですか」

「使うのはわたし一人ですから、一階に研究室が一つ、その屋上に観測室が一つ設置できれば十分かと」

「観測室ってのは、丸っこい屋根のあれですか」

「そうです。直径三メートル程度の天体観測ドームを取り付けたいと考えています」

「なるほど」広瀬は頭の後ろに手をやり、独り言のように言う。「だったらこと足りるのか。いや、どうしたもんか……」

言葉の意味をはかりかね、彗子が小首をかしげる。広瀬は弱り顔で続けた。

「あの山の土地を一部お貸しするのは、構わんのです。ですが、そこに何か建てるとなると、厄介なんですわ」

「もしかして」修が広瀬のほうを見た。「そこ、市街化調整区域ですか」

「ええ。あの辺は全部そうです」

彗子もうなずいているところを見ると、そのことは知っていたらしい。

修がいっぱしの法律家のような口ぶりで説明してくれたところによれば、それは都市計画法という法律にもとづく「市街化を抑制すべき区域」のことで、宅地の造成や建物の建築は特別な許可がない限りできないのだという。

広瀬が続ける。「うちみたいに、もともとそこに住んでたって場合は別だし、家を改修して喫茶店を始めたときも、役所から特段うるさいことは言われなかったんです。しかし、その横にまったく新しいものを建てるとなるとね」

「天文台は市街化を促進するようなものではありませんし、街から離れた高地に建てなければならないという必要性もあります。都市計画法第三十四条の基準に該当するとして、役所と交渉する余地は十分あると――」

「しかし、認可まで相当時間がかかりますよ」広瀬が差しはさむ。「だからですね、もしあの喫茶店でこと足りるのであれば、あの建物を天文台として使ってもらえばいいんじゃないかと、私は思ったわけです」

「え――」彗子が目を見開く。

顔を見合わせた修が、小さくうなずいた。そうしてもらえば手っ取り早いのにと修は以前から言っていたのだ。

「しかし……申し訳ない」広瀬は力なくかぶりを振った。「家内がどうしても嫌だと言うんですわ。あの建物には触ってほしくないと」

「もしかして、オオルリですか」千佳が横から訊《き》いた。

「ええ。家内はここ数年、オオルリの巣作りを見守るのが生きがいのようになってましたから。建物を工事したり、人が出入りを始めたりしたら、オオルリは二度と来ないと思っとるんです」

彗子は落胆をほとんど顔に出さず、「そうですか」と言った。

「何とか説得できればいいんですがねえ」広瀬は泣き笑いのような表情を浮かべた。

「おわかりのとおり、ああいう性格で」

広瀬を見送ったあと、彗子も自転車で帰っていった。結局、妙案も結論も出ずじまい。「家内ともう一度相談してみますよ」と広瀬は言っていたが、その声に自信は感じられなかった。

長椅子にどっかと腰を下ろした修が、コンビニの袋を掲げて千佳に言う。

「一杯ぐらいどうよ」中には缶ビールとつまみが入っているはずだ。

「ダメに決まってるでしょ」帰り支度の千佳が答える。

「千佳は車だよ」久志は薬剤師会のポスターを壁に貼り直しながら言った。

会合のあと、店のバックヤードで二人で飲もうということになっていた。修が二十五分もかけてここまで歩いてきたのは、運動不足解消だけでなく、そのためでもある。修はつまらなそうな顔で缶ビールを一本つかみ、タブを開けて口をつけた。

「おい、ここで飲むな」久志は声をひそめてなじる。和美に知られたら大ごとだ。

「喉《のど》がカラカラなんだ。ひと口だけだよ」

「じゃあ、あたし行くね」千佳がパンダ柄のトートバッグを肩にかけて言う。「オオルリの件、ちょっと調べてみるよ。奥さんを説得する材料が何か見つかるかもしれないし」

「期待してるぞ、専門家」修が缶を持ち上げた。

「プレッシャーかけないでよ」

「あきらめるには惜しい物件だもんな。俺はまだ見てないけど、その喫茶店を改修するだけなら、俺たちの力でも何とかできそうじゃん」

「俺たちの力ってお前」思わず修に確かめる。「どこまでやるつもりなんだよ」

「完成するまでに決まってるだろ」

「千佳もそのつもりなの？」

「そうだね。スイ子に何か返せるとしたら、今しかないと思うし」

二人のやる気に、正直たじろぐ。二人がそこまで徹底的に彗子に付き合う気でいるとは思わなかった。

「でもさ」二人の顔を交互に見る。「一緒にやってくれって、スイ子が言ったわけじゃないよな？」

「あいつが言うわけねーじゃん」修が言った。「放《ほ》っといても一人でこつこつやるかもしれんが、それじゃ何年かかるかわかんないだろ。千佳の言ったとおり、今度は俺たちがスイ子を助ける番だ」

「そりゃわかるけど」

「けど、何だよ。やりたくねーの？」

「そういうわけじゃないよ。でも……店とか、子どものこととか、いろいろあるし」

歯切れ悪く言った。

「んなの、できることをできる範囲でやりゃいいんだよ」修はまた旨《うま》そうにビールをあおった。「それにしても、スイ子はやっぱ、スイ子だったたな。ああいうのは好きだよ。クビになった国立天文台に、ひと泡ふかせる。大きな組織に、一人で勝負を挑む」

「スイ子は別に、そういうつもりじゃないだろ」

久志は言ったが、修は意に介さない。

「助太刀してやらなきゃ、どうするよ」

＊

袖《そで》をまくった腕が、日差しに灼《や》けて熱くなる。運転席の窓を全開にしても、生あたたかい風がまとわりついてくるだけだ。もう六月に入ったのだから、当然か。

車は畑の間を抜け、山間へと入っていく。乾いた外気がはらむ砂ぼこりのような匂いが、不思議なほど懐かしい。

嗅覚が記憶を呼び起こし、二十八年前のちょうど今頃の季節へと久志を否応なく連れ戻す。あの特別な夏の、何でもない始まりへと。

春の関東大会の地区予選は二回戦であっさり敗退し、三年生になった四月に軟式テニス部を引退したものの、久志は気持ちを切り替えられずにいた。

受験勉強を始める気にもならず、退屈なのに陽気だけはいい。放課後は毎日、修と和也と三人でいつまでも学校に残り、校庭でキャッチボールばかりしていた。現実逃避もいいところだ。

夢や目標は何もなく、かといって進路に悩んでいたわけでもない。家業を継ぐかどうかはともかく、薬学部に進もうということだけは以前から決めていた。より正確に言えば、進んでおけば安心だろうと漠然と思っていた。今考えれば、父親や家に対する幼稚な甘えを安心感と取り違えていたに過ぎない。

そう。つまりは昔からそういう人間なのだ。無難な道しか選べない臆病者《おくびょうもの》のくせに、退屈だの平凡だのと文句をたれる。自分から何かを求めにいくことはせず、誰かがどこかへ引っ張っていってくれるのを、つまらなそうな顔でただ待っている。

あのときは、たまたま恵介がそれをしてくれたに過ぎない。久志たちが時間をもてあましていたからという、あってないような理由だけで。

放課後、久志はいつものように校庭の隅で修とキャッチボールをしていた。和也はその横でFM情報誌か何かを読んでいたと思う。そこへ、恵介がふらりとやってきた。久志たちは恵介ととくに親しくしていたわけではなかったが、何の用だろうとは思わなかった。彼は特定の誰かとつるむようなことはなく、どんなグループともごく自然に付き合ったからだ。

「ヒマな高校生たち発見」恵介は笑みを浮かべて言った。

「ただヒマしてんじゃねーって。アップだよ、アップ中。うりゃ、カーブ」

修が投げつけてきた球は曲がらずにただ大きく右にそれ、久志のグローブの先をはじいて恵介の足もとへ転がった。

「何のアップだよ」ボールを拾い上げた恵介は、そう言って修に投げ返した。

「立派な受験生になるための」修はにやついて答えた。

「なるなよ、そんなの。俺はならない」

「え？　恵介、受験しねーの？」久志は驚いて訊いた。

「そういう話じゃなくてさ。俺たちまだ高校生じゃん。高校にいる間は、高校でしかできないことをやりたい」

「例えば？」和也が雑誌を置いて訊ねた。

「例えば、文化祭」恵介は久志たち三人の顔を順に見た。「なあ、クラスで何か出さね？　俺さ、一個やりたいことあるんだ――」

空き缶タペストリーのことを初めて聞いたのは、そのときだ。「面白そうじゃん！」とすぐさま目の色を変えた修につられるように、久志と和也も「やっちゃうか」と話に乗った。

数日後、恵介はクラスの終礼でこの企画を提案したが、案の定反応は芳しくなかった。恵介の言うことだから皆黙って聞いていたものの、大半は「やりたいなら勝手にどうぞ」という顔をしていた。

結局、新たに有志として手を挙げたのは、千佳と他に数人だけ。そのまま教室に残って最初の話し合いをしながら、久志はくすぐったいような嬉《うれ》しさを感じていた。何をやっても凡庸な自分が、学年中の人気者の恵介に選ばれたように錯覚したのだ。恵介と思いを分かち合っているのは自分たちだけなのだという気までしてきて、誇らしかった――。

ヤビツ峠の駐車場を越えてしばらく走ると、道路の左側にプレハブが見えてきた。その脇から入って裏手に回り、山の上へと続く砂利道まで進む。入り口の鎖ははずされていたので、そのまま急勾配《きゅうこうばい》の坂道を上っていった。ハンドルをしっかり握って木々の間を数分進み、最後の左カーブを上り切って頂上に出る。

かつての喫茶店の前に、車が四台。久志が最後だったようだ。見慣れないSUVタイプの軽自動車は、つい先日彗子が買ったという車だろう。リアウィンドウの初心者マークもぴかぴかだ。

その横に車をつけ、外へ出た。日差しはまぶしいが、市街地よりはさすがに涼しい。標高は八五〇メートルほどあるらしい。

あらためて建物を眺める。箱型の小さな平屋で、長辺が東西に向いている。北側にあたるこちらが正面で、横幅はせいぜい十五メートルほどか。黒ずんだベージュの壁には、板で覆われた窓が三つ並んでいる。向かって左端にひさしの付いた玄関があり、その脇に例の郵便受け。目の前に車をずらっと停めているからには、オオルリは来ていないのだろう。

車の音を聞きつけたのか、すぐに木製ドアが開き、千佳が「もう集まってるよ」と手招きした。中に入ると、広瀬と修が南側の雨戸をすべて開け終えたところで、まぶしいほどの光が入ってきていた。

「お店の名前、『りんどう』って言ったんだって。山小屋風でいい感じだよね」

千佳は含みをもたせて言った。たぶん、あの奥さんにしては意外と、という言葉を飲み込んだのだろう。その当人も来ているはずだが、姿は見えない。

つくりはまさに喫茶店だ。入ってすぐ右手にキッチンとカウンター。調理器具や什《じゅう》器《き》は当然ながら何もない。反対側の隅にテーブル三つと椅子が二脚、押し込まれるように置かれている。カウンターが五、六席、テーブルは合わせて十席程度というところか。床は板張り、無垢《むく》の太い梁《はり》や柱を目立たせてあるので、確かに山小屋の雰囲気だ。

彗子は店舗スペースの奥にいて、黄ばんだ分電盤を見上げていた。そこへ広瀬が近づいて言う。

「電気だけは、ここで祖父が暮らしてた頃から来てます。先日も言いましたが、亡くなってからずっと空き家だったのを、店に改修したんですよ。改修というより、建て替えに近かったですがね」

「いつ頃のことですか」彗子が訊いた。

「私が四十前後でしたから、もう三十年ほどになりますか。水道はさすがに通ってないんですが、じいさんが湧き水をここまで引っ張ってきたんですよ。この辺は湧き水があちこち出るんで。ほら、登山口のところにも『護摩屋敷の水』ってのがあるでしょう?」

「ああ、飲んだことあります」修が言った。「遠くから汲《く》みにくる人もいるそうですね」

「水質を調べてもらったら、うちの水もあそこと遜色《そんしょく》ないってことで。店では念のため、井戸用のろ過装置を通して使ってました。メンテすれば今も使えるんじゃないかな。コーヒーの味だけは、客からもよくほめられたそうです」広瀬はそこで声をひそめる。「家内は自分の淹《い》れ方がいいからだって言ってましたが、大方、水のせいですよ」

「その奥さまは、どこに？」

千佳が訊ねた。広瀬の妻、房江《ふさえ》を今日ここへ来させたのは、千佳だという。オオルリのことで何か伝えたいことがあるらしいのだが、内容は聞いていない。

「ああ、奥の部屋じゃないかな。休憩室があるんですよ」

店舗スペースのつきあたりに、〈PRIVATE〉と書かれたドアがある。それを広瀬が開くと、積み上げられた椅子と段ボール箱の山が目に飛び込んできた。広さは六畳ほどで、奥に業務用冷蔵庫とスチール棚が置かれたままになっている。ストックルームとして使われていたらしい。

そこに入ってすぐ左の壁にもう一つドアがあった。半分開いていて、物音がする。外からのぞくと、二人がけのソファとアンティーク調の書き物机が見えた。

「おーい、もう皆さんおそろいだよ」

広瀬が声をかけると、杖《つえ》をついた房江が仏頂面で部屋から出てきた。小さな額に入った押し花を持っている。

「まだ一つ残ってたわ。引き出しの中に」房江は久志たちを押しのけるようにして店舗スペースまでゆっくり進み、隅に固めて置かれた椅子を一つ引っ張り出して腰掛けた。杖の柄に両手をかけ、大儀そうに息をつく。

「家内は草花が好きでね」広瀬がとりなすように言う。「客がいないときは、あの部屋で押し花を作ったり、絵手紙を描いたり、写真をアルバムにしたり」

久志は千佳と顔を見合わせ、またまた意外だな、と目だけで言った。一番好きな花が「りんどう」なのかもしれない。

「あらためまして、山際彗子と申します」彗子がすっと房江の前に進み出た。「このたびは──」

「あなたが中学校の先生？」房江がさえぎって訊く。

「いえ、それわたしです」千佳が手を上げて駆け寄った。「ご主人からお聞きかと思いますが、一応、生物を担当しております」

「だから鳥にも詳しいってわけ？」挑むような口調だった。「オオルリが来る方法を知ってるって聞いたけど」

「え？」久志は声を漏らした。隣りの修も何も知らなかったらしく、驚いている。

「知っているわけではないんですが、わたしなりにいろいろ調べてみましたので、聞いていただければと」

いきなり本題に入るらしい。千佳はトートバッグからファスナー付きのポリ袋を取り出して、房江に手渡した。緑色の植物が中に入っている。

「郵便受けの巣に敷きつめられていた苔《こけ》ですが、その植物ではありませんか」

「まあ、こんな感じだったかしらね」

「それ、トヤマシノブゴケといいまして、オオルリが好んで巣に使うそうなんです。この山の西側の斜面をちょっと下りると、小さな沢がありますよね」

「湧き水が出てるんですよ」広瀬がうなずいた。「うちの水もそこから」

「その苔、沢の近くにたくさんありました。先日、広瀬さんにお断りしてこの辺を歩き回って、見つけたんです。姿は見えませんでしたが、オオルリの鳴き声も聴きました。あの沢までオオルリが来ているのは確かだと思います。この建物のまわりが安全だとわかれば、ここで営巣しようというつがいも、きっとまた出てくるのではないかと」

「だから騒がしくしないでって言ってるんじゃない」房江は冷たく言った。

「ええ、ですが最近は、民家や屋外トイレの軒先に巣を作ることもあるそうですから、人の出入りはさほど問題ではないのかもしれません。むしろ、人間が近くにいることが、オオルリから天敵を遠ざけているケースもあると思います」

「天敵というと、やっぱりヘビやなんかですか」広瀬が言った。

「一つは大型爬虫類《はちゅうるい》ですね。広瀬さんが見たヤマカガシは、オオルリにとって最大の脅威だとわたしも思います。ですから、まずはヤマカガシが出没しないようにする」

「駆除するんですか」また広瀬が言う。房江は顔をしかめたままだ。

「いいえ、草刈りです。この敷地に茂った雑草を完全に刈ってしまうのがいいかと。ヤマカガシは草むらを好みますから」

「なるほど」広瀬はうなずいた。「何年ものび放題にしちまってますからねえ」

「それに、ヤマカガシはとても臆病なヘビなので、人の気配があると近づいてきませんし」

「だからあなたたちがここを使ったほうがいいってわけ？」房江が険のある目で千佳たちを見上げる。「オオルリまで近寄らなくなるわよ」

「もちろんその可能性も否定できませんが——」千佳はいつもの笑顔を作った。「ですから、もうちょっと積極的にやってみませんか？」

「どういう意味？」房江が眉をひそめる。

「おもての郵便受けに加えて、西側の林に巣箱を何個か設置してみるんです。森の中や林道沿いの巣箱にオオルリが営巣したという報告がいくつかありまして。いろいろ試しながら、オオルリを待つ。楽しそうじゃないですか？」

「楽しそうって、あなたたち、興味なんかないでしょ」房江が眉を上げた。

「実は、興味津々なんです。わたしたち四人、オオルリとは切っても切れない関係でして」

千佳はこちらに目配せすると、バッグから写真を一枚取り出し、房江に手渡す。空き缶タペストリーの写真だ。

「オオルリね」房江がぼそりと言う。「何なのこれは」

千佳は簡潔にタペストリーの説明をし、最後に屋上に並ぶ自分たちを示した。「で、これが高校三年のときのわたしたちです」

房江は写真から顔を上げ、久志たち四人の顔を無言で順に見つめた。

「わたしたちも、オオルリの巣作りを見てみたいんです」千佳は熱を込めて言った。「草刈りも巣箱も、一生懸命やります。ですからどうか、ここを天文台に」


長男の悠人が先に上がり、湯船には篤人と二人になった。いいチャンスなので、妻に言われていたことを訊いてみる。

「学校行きたくないって、お母さんに言ったんだって？　どうしたんだよ」

「金曜、遅刻して先生に怒られた。明日もまた遅刻するかもしれないから」

遅刻のことは聞いていた。朝、一度家を出たのに、また戻ってきたらしい。

「金曜は、忘れ物を取りに帰ってきたからだろ？」

篤人はかぶりを振った。「家でランドセルの中見たら、何も忘れてなかった。でも、水曜は長い定規忘れて先生に怒られたし。また忘れ物すると思う。家を出たら、ちゃんと全部入れたか心配になって、帰って確かめたくなる」

「そんなに持ち物多いのか？」

篤人は口をとがらせてうなずく。「もう二年生だし」

これが大人の話なら、強迫性障害などにつながる可能性もある。だがさすがにそこまでの心配はないと思った。自分にも覚えがあったからだ。

「篤人は、お父さんに似てるな」

「忘れ物？」

「心配性ってこと。お父さんも、子どもの頃は心配事ばっかりだった。忘れ物をしたらどうしよう。授業で指されて答えられなかったらどうしよう。学校でお腹が痛くなったらどうしよう。そんなことばかり考えちゃって、いつも憂鬱《ゆううつ》だった。実際、子どもって大変だよな。でもお父さんの経験上、一つだけ言えることがある。そういう心配事は、だんだん減ってくぞ」

「なんで？」

「それがそんなに大したことじゃないってわかってきたり、どうにかする方法がわかってきたりするからだよ。例えば、たまに忘れ物をしたとしても、先生に注意されて終わりだろ。それ以上ひどいことが起きるわけじゃない」

「それはそうだけど」

「子どもの頃と、大人になった今を比べたら、お父さん今のほうがずいぶん生きやすいよ。たいていのことは、自分で何とかできるようになったからな。お前もだんだんそうなるよ。だからさ、あんまり心配し過ぎるな」

口にした途端、急に自分が情けなくなる。何をえらそうに。自分で何とかしようなんて、していないじゃないか。

篤人が浴室を出たあと、湯船に足をのばして、いつかの彗子の言葉を思い出す。今は、物事にはいろんなやり方があるってことを知ってる。歳を重ねた分、知識もあるし、知恵もついたから――。

今日の千佳にしても、大したものだ。結果はどうなるかはわからないが、天文台のために自分から動き、あれだけの提案をした。

そして、修。彼もまた、自分の力だけをたのみに、新しい道へ踏み出そうとしている。

「――俺だけか」と小さくつぶやき、後頭部を浴槽のふちにのせる。深く息をつき、目を閉じた。

風呂《ふろ》から上がると、スマホに千佳から着信が入っていた。ダイニングへ行って麦茶を一杯飲み、バスタオルを首にかけたまま折り返す。

すぐ電話に出た千佳は、「朗報だよ！」と声を高くした。

「さっきスィ子から電話があってね、あのあと広瀬さんから連絡がきて、奥さんが『草刈りをしてちょうだい』って言ってるんだって」

「え、それってつまり——」

「そう。天文台の話、進めていいってこと」

「ほんとか。すげえ、千佳の大手柄じゃん」声を弾ませようとしたが、うまくいかなかった。

それでも千佳はへへへと笑い、「専門家ぶっちゃったから、責任重大だよ。オオルリのほうも真剣にやんないと」と言った。

興奮気味にしゃべり続ける千佳に相づちを打ちながら、重い気分で腹をくくる。事が動き始めてしまった以上、ここで一人降りるわけにはいかない。

当面の予定を聞いて電話を切ると、パジャマを抱えた和美がダイニングをのぞいた。

「誰？　電話」

「伊東さんだよ。例の、天文台の話」

正直言いづらいが、今伝えておいたほうがいい。広瀬夫妻と喫茶店「りんどう」のことを簡単に説明してから、さも仕方がないという顔で言う。

「彼女や修とも相談したんだけど、場所がそこで本決まりになったら、みんなで手伝ってやろうってことになってさ」

「手伝うって、何すんのよ」案の定、和美の表情はもう曇っている。

「まだわかんないけど、とりあえずは草刈りからかな。それで、これからしばらくの間、店が休みの日はそこへ行きたいんだけど、いいかな」

「毎週日曜に行くってこと？」

「うん。場合によっては……木曜も」週にもう一日ある定休日だった。

「はあ？」和美は思い切り顔をしかめた。

＊

山の上へ着くと、屋根にはしごをのせた白いバンが停まっていた。もう大工が来ているらしい。

彗子は広瀬とまだ正式に賃貸契約などを交わしたわけではない。具体的な決めごとは、この建物を実際に天文台に改装できるかどうか、今日大工に見てもらってからということになっている。

開け放たれたドアから「りんどう」の中に入る。北側の窓を覆っていた板は彗子がすべて取り外したらしく、今日のような曇天でも照明なしで十分明るい。

彗子が四十がらみの男と話し込んでいた。千佳と修もカウンターの前で耳を傾けている。千佳のそばへ行くと、「大工の上田《うえだ》さん」と小声で教えてくれた。

広瀬が紹介した大工だと聞いていた。ここを喫茶店に改修した棟梁《とうりょう》の息子で、今は一人親方のような形で仕事をしているという。

上田と彗子は床を見つめていた。

「まあ、無理すりゃあ、できなくはないですがね」上田が難しい顔で床を踏む。「床を一部ひっぺがして、根太切って、地面に穴掘って、何とか基礎を打つ。そこから、鉄筋コンクリートの柱を天井まで立ち上げる」

「柱？」久志は思わず口をはさんでしまった。「補強工事が要んの？」

「補強じゃない」彗子がかぶりを振る。「天体観測には振動が大敵でね。ここは木造だから、振動が避けられない。上に張った床に天体望遠鏡を置くと、人が歩いたり風が吹いたりしたときの建物の揺れがそのまま伝わってしまう。だから、建物の梁や床と接合しない、独立した柱を地面から立てて、その上に望遠鏡の脚を取り付ける」

「そりゃ大変だな」

「でも、それがいっちばん大事なんだって」千佳が横で言った。「それさえちゃんとできてれば、観測室はほったて小屋でもいいらしいよ」

「そこまでは言ってない」彗子は真顔で否定した。「立派なものでなくていい、と」

「なあ」久志は修の耳もとで確かめた。「こんな話をしてるってことは、屋上に天体観測ドームを建てること自体は問題ないんだな？」

「大丈夫だ」修がうなずく。「喫茶店にしたとき、基礎からちゃんと打ち直して頑丈に作ってあるんだと。あの奥さんが、いつか二階を建て増ししたくなるかもしれないから、と言ったらしくてな」

上田と彗子が南側の掃き出し窓から外に出た。久志たちもあとに続く。

そこは奥行き二メートルほどのウッドデッキになっていた。いい季節にはテーブルを出していたのかもしれない。所どころ傷んでいるが、修繕すればまだ十分使えそうだ。

上田はデッキを下り、さらに数メートル離れたところから建物を見上げた。赤い鋼板のシンプルな屋根が、南向きに傾斜をつけてふかれている。片流れ屋根というやつだ。

「その天体ドームとかってのは」上田が建物のてっぺんにあごをしゃくる。「どのあたりに建てたいんですか」

「ドーム以外の屋上スペースも観測場所として活用したいので、できれば東か西の端に寄せて建てたいところですが」

「てことは、上は全部、平らな屋上にするんですか」

「建物の外観をなるべく変えないようにと奥様に言われているんですが、今の鋼板屋根は耐用年数を過ぎているので撤去していいと。全面を屋上にする許可も得ています」

上田は表情を険しくし、黙って腕組みをした。

「何か問題があるでしょうか」彗子が訊ねる。

「雨漏り。木造の屋上は、とにかくそれが問題。でもまあ、無理すりゃあ何とか」

「無理ばかりお願いすることになりそうですが……」

彗子が言うと、上田はにこりともせず、屋根を見つめたままかぶりを振った。

「無理を言わない施主なんて、この世にいませんよ」

腕前はもちろんまだわからないが、何となく信頼できそうな職人だと、久志は思った。

上田が帰っていったあと、修と草刈りに取りかかった。オオルリを待つのは来春以降になるが、天文台作りのためにも敷地の手入れはしておかなければならない。準備のいいことに、修はエンジン式の草刈機を持参していた。近所の親戚《しんせき》に借りたのだという。

建物のぐるりには砕石がまかれていて雑草も少ないのだが、少し離れると膝《ひざ》から腰の高さまで緑が生い茂っていた。背の低い草は修の草刈機に任せ、久志は放っておくと立派な木に育ちそうな幼木を手当たり次第に抜いていっている。

なまり切った体には重労働だ。あごをつたって落ちる汗を軍手で拭《ぬぐ》う。関東甲信地方は数日前に梅雨入りした。小雨は夜のうちに上がったものの、山の上でもさすがに蒸し暑い。

昼食をはさみ、午後から二時間。腰はとっくに悲鳴を上げている。のばした腰を拳《こぶし》で叩《たた》いていると、三十メートルほど離れたところでエンジンの音が止み、修が「ひと休みするか」と声をかけてきた。

「りんどう」に向かって歩きながら、修が訊いてくる。

「和美さん、いい顔してないって言ってたけど、今日は大丈夫だったのか」

「うん、まあ」何回か参加して様子を見るから、と言って家を出てきた。半分は本音だ。

「そっちこそ、張り切るのはいいけど、体力と時間の配分は考えろよ。お前の本分は受験生だぞ」

「昔のおふくろみたいなこと言うなよ」修が唇を歪《ゆが》める。「でもさ、高三の俺が、今の俺に言ってるんだよ。司法試験があるのはわかるけど、天文台はやっとけよって。今しかできないことだぞって」

したり顔の修に一瞥《いちべつ》を投げ、小さく息をついた。「不思議なもんだよ。タペストリーといい、今回の天文台といい、何だかなあって気分のときに限って、こういう話が降ってくる。やらなきゃならないことがあるのに、やる気になれないってときに」

「薬局のことか」

「他に何があるんだよ」

玄関を入ると、メジャーを手にした彗子が店舗スペースの奥でかがみ込んでいた。ストックルームの横にあるトイレの前で、間口の寸法を測っている。

「トイレ、和式なんだよねえ」千佳が言った。「やっぱ洋式にする?」

彗子は「そうだね」とだけ言うと、カウンターの上で開いたスケッチブックに数字を書き入れる。建物内部の現状を図面に起こしているようだ。

「それより、早く使えるようにしないと」久志は言った。「用足すためだけにわざわざ山下りてらんないよ」

今日はそのたびに車で登山口近くの公衆トイレまで行っていた。浄化槽の定期的なメンテナンスは広瀬が業者に続けさせていたので、水さえ通れば下水もすぐに使えるらしい。

「欲を言えば、エアコンも欲しいところだけどな」修は首のタオルで顔を拭う。「いくら山の上でも、これから暑くなるときついぞ」

「扇風機なら使ってないのがあるから、今度持ってくるよ」千佳が言った。

彗子はスケッチブックから顔を上げ、こちらに視線を向けた。

「言っておきたいんだけど」眼鏡に手をやり、三人の顔を順に見る。「みんなの気持ちはありがたい。本当に。でも、それぞれ仕事や勉強があるんだし、家族もいる。だから、無理はしないでほしい。もともと、一人でやろうと思ってたことだし」

「なら俺も言うけどさ」修が口もとを緩める。「スイ子は、ここでの研究をいつ始めたいんだよ」

「湿度と気温が下がって観測条件がよくなってくるのは、十月あたりだと思う。その頃に始められたらベストだけど」

「あと四ヵ月。一人じゃ絶対間に合わないじゃんよ。でもみんなでやりゃあ、何とかなるかもしれない。空き缶タペストリーのときみたいに」

「だけど」とまだ顔を曇らせている彗子に、千佳が笑顔を向ける。

「あたしなんか、オオルリのことであんな大見得切っちゃったんだもん。来るなって言われても来るよ。あとさ、想像するとニヤけちゃうことが一つあって」

「何だよ」修が訊いた。

「いつかスイ子がカイパーベルト天体を見つけて、論文を書くでしょ。そしたらそのどこかに、あたしたちの名前も載っけてもらうんだ」

「お、いいなそれ」

はしゃぐ千佳と修の後ろで、久志は口角を上げているのに精一杯だった。二人のように前向きな言葉が、どうしても出てこない。

修がペットボトルの水を飲みながら、カウンターの中に入った。「これ使えるのかな」とキッチンの脇の冷蔵庫を開ける。「やっぱ冷たいもの飲みたいじゃん」

「工事が始まるまでに、中のもの全部運び出さないとね」千佳が店内を見回した。

「内装は好きにしていいんだろ？」修が流し台を軽く叩く。「カウンターとかキッチンも、俺たちで取り外せるかもしれないぜ。業者に頼んだら金がかかる」

彗子はカウンターにそっと手を置いた。

「これ、撤去していいと広瀬さんには言われたんだけど、置いておこうかと」

「何かに使うの？」千佳が訊く。

彗子はかぶりを振った。「喫茶店のスペース自体を、そのままにしておく」

「ああ？　なんでだよ」修が口をとがらせる。

「そうしておけば、広瀬さんご夫妻がここへお茶を飲みに来られる。わたしに気兼ねなく、好きなときに」

「気持ちはわからなくないけど」千佳が心配そうに言った。「そんなことしたら、研究所として使える場所がすっごく減っちゃうよ？　いいの？」

「奥の二部屋があれば十分。国立天文台でわたしに与えられてたスペースなんて、もっとせまかったし」

＊

いつものように安村家の上がり框《がまち》に腰掛け、薬を並べた。居間からテレビの音が漏れ聞こえてくる。「ご主人のほうはですね、これがいつもの血圧の——」と説明を始めようとすると、夫人が言った。

「こないだ、久しぶりにお父さんと電話でしゃべったのよ」

「え、お電話いただいたんですか？」父からも和美からも、何も聞いていない。

「ご自宅のほうにね。お薬のことで、お父さんにちょっと訊きたいことがあったから」

「ああ……そうでしたか」

呆《ほう》けたような声になる。腹立ちよりもショックが先に立った。ここへ配達に来るようになって一年以上になるのに、自分はまったく信用されていなかったのか。力が抜けて、父に何を訊きたかったのかさえ確かめられない。

「あなた、星を観るのが趣味なんですってね」

「へ？」今度は声が裏返る。

「お父さんが言ってたわよ。しょっちゅう丹沢の天文台まで星を観に行ってるんだって」

父は正しい説明をしたのだろうが、まるで違う話になっている。「いや……」と否定しようとしたが、どうでもよくなった。夫人は構わずしゃべり続ける。

「星が好きな人って、意外と多いのね。お隣りの奥さんの義理の弟さんが、会社を定年になって、夫婦で東京から那須《なす》に引っ越したらしいのね。別荘地よ。その人も星が趣味で、丸っこい屋根の天文台がついた中古の物件を、わざわざさがして買ったんですって。大きな望遠鏡やら何やら、とにかくお金がかかったらしいのよ。だけどね、その人の奥さんの金使いだって――」

脈絡なく続く話が一瞬途切れた隙に、薬の説明を済ませた。そのまま逃げるように玄関を出て、雨の中を車まで走る。

シートに体を沈め、濡《ぬ》れた額を手で拭う。しばらく車を走らせて、気持ちを落ち着かせたかった。エンジンをかけ、Uターンせずにそのままアクセルを踏み込む。和也の家の前を回って帰ることにしたのだ。

緩やかな坂道を上っていきながら、深く息をついた。結局、あの安村夫人にさえ見透かされているということなのだろう。すべてにおいて中途半端な自分を。そんな人間のする仕事を、他人が信用するはずがない。

一昨日の木曜、妻にも言われた。修とまた草刈りに行くことになり、出かけようとしたときのこと。台所で洗いものをしていた和美が、「それ、本当にやりたくてやってるの？」と冷めた口調で訊いてきたのだ。何も答えられなかった。

カーブを曲がり切ってしばらく走ると、和也の家が見えてきた。

スピードを落とし、雨に濡れた青い瓦《かわら》屋根に目をやる。和也の部屋の窓も雨戸が閉まったまま。おかしな言い方だが、異状なしだ。

門の前を通り過ぎたとき、スマホが鳴った。千佳からだった。路肩に車を停め、今和也の家のそばだと伝えると、「だったらちょっと寄ってってよ。相談があるの」と言うので、立ち寄ることにした。

千佳の家を訪ねたのは、十年ほど前に一度だけ。新築を買ったお披露目に、秦野に住む昔の同級生数人と招かれたのだ。場所はうろ覚えだったが、似たような家が並ぶ一画で表札を順に見ていくと、すぐに見つかった。

通されたリビングには、明かりもついていなかった。義両親の居間は別にあるらしい。中学生の息子は二階の自室、夫は職場、高校生の娘は友人の家だという。長居はできないので、麦茶を一杯出してもらう。

「いろいろ本決まりになったらしいな」グラスを手に言った。

「うん。年額二十万なら、ほとんどタダみたいなもんだよね。広瀬さんはともかく、あの奥さんもがめつい人ではないってことだよ」

建物の賃料のことだ。それが安い代わりに、改築は当然として、ライフラインの修繕や維持はすべて彗子の負担でおこなう。どちらかの事情で将来取り壊すときは、その費用を広瀬と彗子で折半するとのことだった。

「それはいいんだけどさ、これ見てよ。コメント欄」千佳は珍しく険しい顔で、タブレットを差し出した。

和也の「青い屋根FM」のサイトだった。画面の下に目をやって、「何だよこれ」と低く漏らす。〈初めまして、ツヨシといいます。友だちのミチルから聞いて、このラジオを聴き始めました。よろしくお願いします〉と書き込まれていた。

「それ、修だよね」千佳は言った。

「俺じゃないんだから、あいつしかいないよ」

和也のラジオのことは、当然修にも話してあった。しばらくなりゆきを見ていようということになっていたはずだ。

「不自然でしょ。ミニFMみたいなものを、男子高校生が二人して聴いてるなんて。しかも、〈ツヨシ〉だよ」

「もう梅ちゃんに勘づかれたかもしれない」千佳は眉間《みけん》にしわを寄せた。「このコメントが書き込まれたの、昨日の夕方なのね。そしたらその夜、放送がなかったんだよ。毎日放送してたはずなのに」

「ああ、長渕か」

「え、そりゃまずいじゃん」

「今日何回も修に電話かけてるんだけど、スマホの電源切ってんの」

「あいつ、勉強に集中してるときはそうなんだよ。明日、現場で訊くしかない」

「ほんとにもう」千佳は短く息をついた。「何やってくれてんのよって感じだよ」

二段に積まれた木の椅子を抱え、南の掃き出し窓から外へ運び出す。

ウッドデッキでは彗子と千佳が段ボール箱を積み上げている。中身は食器や什器、調理器具などで、すべて「りんどう」のストックルームに置かれたままになっていたものだ。

今日はこれらを広瀬の会社の倉庫まで運ぶことになっている。テーブル一つと椅子数脚を残し、建物の中を空っぽにするのだ。

今朝の天気予報では、午後からまた雨になると言っていた。何とかそれまでに積み込みを済ませたいのだが、レンタカーのトラックで来るはずの修がまだ現れない。

ストックルームが空になり、隣りの休憩室の家具に取り掛かろうとしたとき、大工の上田が白いバンでやってきた。

工事のほうも、いよいよ今日から始まる。まずは望遠鏡を取り付ける柱の位置決めだ。休憩室の真ん中あたりに立ち上げることになったらしいのだが、これからそこの床板をはがして、実際に地面にコンクリートの基礎が打てるか確かめるという。

カウンターの前で支度を始めた上田に彗子が近づき、「これ、描いてみました」と一枚の紙を差し出した。まるでプロが作成したような精密な設計図だった。天体観測ドームの下半分、観測室の図面らしい。

「おたくが描いたの？」上田は眉間にしわを寄せて彗子に質《ただ》した。

「ＣＡＤをかじったことがあるので。簡単に構造計算もしてあります。シンプルなつくりにしたので、これなら自分たちでも作れるんじゃないかと」

幅と奥行きが三メートル、高さ一・六メートルの箱だ。ずいぶん背が低いように思えるが、これに半球のドームがのると、人が中で立つことは十分できるのだろう。壁には屋上に出るための小さなドアも付いている。

難しい顔で設計図をにらんでいた上田が、「ん」とそれを彗子に突き返す。

「そんなの描けるんならさ」上田は支度を続けながら言った。「そこへ上がる階段も、おたくらで作ってみる？」

「できるでしょうか」

「無理すりゃあね。安く上げたいんなら、おたくらもちょっとは無理しないと」

彗子は眼鏡に手をやり、ほっとしたように口もとをわずかに緩めた。

そのまま二人が工事の相談をしている間に、休憩室のソファ、ローテーブル、書き物机を千佳と運び出した。

ウッドデッキでひと息入れていると、うなるようなエンジン音が響いてきた。デッキに横づけしたトラックから、修が降りてくる。

「遅い」千佳が口をとがらせた。「もう全部出しちゃったよ。このか細い腕で重い机まで運んだんだからね」

「わりい、寝坊した。勉強がのっちゃって、つい遅くまでさ」修は悪びれる様子もなく、ウッドデッキの荷物を見渡す。「ならさっさと積んじまおう。最初に段ボール箱。家具は最後な。なるべく高さを合わせてくれ」

「さすが、引越しバイトの経験者は違うな」

そう言って動こうとすると、「待って、その前に」と千佳が制した。

「ねえ修、あのコメントは何?」厳しい口調で質す。

「コメント？　ああ、梅ちゃんのラジオか。俺もこないだ、聴いてみたんだよ。夜中に車であいつの家の近くまで行って。あれは確かに梅ちゃんんだな。忘れらんねえ曲がかかってた。ナイアガラなんとか」

「『ナイアガラ・トライアングル』」久志は言った。

「そう、それ。しつこく聴かされたやつ」修はのんきな調子で千佳に訊ねる。「その翌日にコメント入れといたんだけど、何か返事来てた？」

「返事来てた、じゃないよ。勝手なことして」

「ダメだった？　いや、千佳とのやり取り見てたら、音楽の話ばっかりであんまりまどろっこしいからさ、ちょっとつついてみようかと思って」

「修が書き込んでから、放送がないんだよ。昨日の夜もなかった」

「え？」修がようやく真顔になった。「マジか」

＊

門扉の前に、修が傘を差して立っていた。

久志が車を降りると、ちょうど千佳も歩いてやってきた。三人揃ったところで、修がインターホンを押す。和也の母親がすぐに玄関のドアを開け、中へ招き入れてくれた。

「すみません、大勢で」千佳がレインブーツを脱ぐ前に言った。

「皆さんがお見えになるよとは言ったんだけど、やっぱり何の返事もなくてね」母親が力のない目をこちらに向ける。「今朝は食事にも手をつけなかったから、ちょっと心配してるんだけど」

「プレッシャーかけるようなことはしませんから」修が言った。「部屋の外からちょっと話をさせてもらえれば」

あれから一週間。和也のミニFMは途絶えたままだ。修のコメントへの返信ももちろんない。和也が送り主の正体に気づいたのは明らかだった。

すると昨日、修が和也の家を訪ねたいと言ってきた。こうなってしまった以上、本人に正面から言葉をぶつけるしかない。久志も千佳も、そこは同意見だった。そのために修は、和也が勤めていた会社の元同僚に会ってきたという。和也が心を病んだきっかけは何だったのか、あらためてそこから知ろうと考えたらしい。「こういうこと、もっと早くしてやるべきだったよな」と修は言っていた。

修と千佳に続いて、カビの匂いが漂う土間から廊下に上がる。梅野家に足を踏み入れるのは、久志にとって一年半ぶりのことだ。父親もどこかにいるのだろうが、中はしんと静まり返っている。うす暗い廊下を進み、せまい階段を上っていく。勾配のきつい踏み板の感触が、妙に懐かしかった。

上り切ったすぐ右手が、和也の部屋だ。木目調のドアは、化粧板が縁のほうで反り返っている。久志たちが部屋の前まで来たことは足音でわかっているだろうが、中からはかすかな物音さえしない。

「梅ちゃん、俺だよ。聞こえてるか。タネと千佳もいる」修が扉に顔を寄せて言うが、反応はない。「ラジオのこと、悪かった。騙《だま》すような真似して」

「あたしも、ごめんなさい」千佳が横から声を張る。「どんな形でもいいから、梅ちゃんと会話がしたかったんだよ」

「でも俺たち、ちょっと安心してたんだぜ。梅ちゃんがミニFMやってるって知って」久志も言った。「屋根に上ってるのを見たときは、何ごとかと思ったけどさ」

ドアの向こうで、ベッドがきしむような音がした。和也の部屋に昔あった、木製の柵《さく》がついたベッドを思い出す。

「ほんと、今さらなんだけどな」修が言った。「金曜の夜、川崎で北見《きたみ》さんと会ってきたんだ。お母さんから連絡先教えてもらって」

北見という人物は和也と同期で、開発部では一番親しくしていたらしい。和也の休職中も、心配して何度かこの家に電話をかけてきており、母親が彼の名前と電話番号を控えていた。

川崎駅近くのカフェで北見が修に語ったところによれば、当時は北見も和也の身に何が起きたか知らなかったそうだ。だが、去年異動した先に和也と同じ開発チームにいた社員がおり、そこで初めて事情を聞いたという。「自分の会社のことなので」と言葉を濁す北見から修がどうにか聞き出したのは、和也が試験データの改ざんをやらされていたという噂があることだった。

四年前、和也は新しいコンプレッサーの開発チームに配置換えになり、サブリーダーを任された。開発はそのときすでに大詰めで、和也は製品化に向けた各種試験を担当することになった。後輩社員二人と当初は順調に仕事を進めていたのだが、あるパーツの耐久性試験で問題が起きた。設計時に想定されていた耐久性をかなり下回る結果が出てしまったのだ。

チームを率いていた課長に命じられて、和也たちは実験の条件を少しずつ変えながら休日返上でテストを繰り返した。実際の使用環境とは大きく異なる条件でも試していたというから、無茶な話だ。和也が課長から、「今さら仕様を変えられるか！試験の結果をそっちに合わせるんだよ！」と怒鳴られているのを聞いた者もいる。和也は周囲が心配するほど目に見えて疲弊していったらしい。

そのうち和也は課長の指示で、たった一人でその試験をやるようになった。退勤後、深夜のオフィスにまた現れ、取り憑《つ》かれたような顔でパソコンにデータを打ち込んでいたという話もあるという。ところが、ひと月ほど経ったある日を境に、和也は独身寮の自室に閉じこもって会社に出てこなくなった。後輩社員が和也のパソコンを確かめてみると、彼が一人でやっていた試験のデータはすべて消去されていた。

結局、開発部長の判断でそのパーツは設計から見直されることになり、予定より半年以上遅れて製品化された。そこまで話した北見は、「だからあくまで噂なんですよ。他言無用でお願いしますね」と何度も修に念を押したそうだ──。

「北見さん、お前のこと心配してたぞ」修は廊下にあぐらをかいた。「だから俺、言っといたよ。引きこもってますけど、生きていてくれてるからそれで十分ですって。これ本心だぜ。逃げ出してくれて、ここに隠れてくれて、ほんとによかった。俺、会社辞めただろ。そのきっかけになったでかい出来事が一つあってな」

久志は千佳と顔を見合わせた。そんな話は修から一度も聞いたことがない。

「前にいた番組制作会社に、かわいがってた後輩がいたんだ。ディレクターに上がったばっかりで、『やりたい報道の企画いっぱいあるんです』なんて言って張り切ってた。でもそいつ、キー局の情報バラエティ番組の担当になってな。そこのプロデューサーに、出す企画出す企画くそみそに言われたんだよ。バブル期にテレビ局に入った、とことん嫌なやつでよ。

何カ月も企画が通らなくて、うちの会社は切るとまで言われて、もう心が壊れてたんだろうな。その後輩、やっちゃいけないことに手を出した。他社の知り合いが持ってた企画書を盗み見て、そのままパクったんだよ。企画が通って、収録も終わって、いよいよ放送って日の朝。そいつ、部屋で首くくっちまった」

息をのんだ。千佳も凍りついている。

「当たり前だけど、なんで気づいてやれなかったのかと、自分を責めたよ。それと同時に、会社って、仕事って何だろうと思った。だってさ、そのくだらねえ情報バラエティ番組、今も続いてるんだぜ？　うちの会社だってもちろんつぶれてない。俺たちのような人間なんていくらでも替えがきくのに、お前や後輩みたいに真面目でいいやつほど、必要以上に背負っちまう。俺たちの代わりなんか、いくらでもいるんだ。だから、心がつぶれると思ったら、仕事なんて放り出しちまえばいいんだよ」

修は目を赤くしたまま、微笑んだ。

「でもな、そいつじゃなきゃだめだ、替えはきかないってことだって、あるにはあるんだ。例えば、俺たちは今、スイ子と一緒に天文台を作ってる」

修に目を向けられ、千佳が「そうなんだよ。びっくりでしょ」とドアに一歩近づく。「スイ子、国立天文台やめて、秦野に帰ってきてるの。丹沢に自分だけの天文台を建てて、そこで研究を続けるんだって。あたしたち、それを一緒にやってるの」

「まだ敷地の草刈りだけだけどな」久志も付け加えた。

「手伝ってほしいとスイ子に頼まれたわけじゃないぜ」修は続けた。「けどさ、一緒にやるなら、俺たちしかいないだろ。俺たちじゃなきゃだめだ。歴史があるからな」

「歴史かあ」千佳が感心したように言う。「そうだね、ほんとそう」

「俺とお前だってそうだろ、梅ちゃん」修は穏やかな声で呼びかけた。「十二歳のときからずっと付き合ってる友だちは、俺にはお前しかいない。お前の両親にとっても、息子はお前しかいないんだ。替えはきかねえんだよ。そう思ってる人間がたくさんいるってことだけは、わかっててくれ」

それから数分間待ってみたが、部屋の中からは何の応答もなかった。修はこちらを見上げ、かぶりを振った。「また来るから。メシは食えよ」と大声で言いながら、立ち上がる。

三人で階段を下りていくと、廊下で待っていた母親が「今、お茶淹れますから」と和室に通してくれた。

床の間にも何も飾られていない殺風景な部屋で座卓を囲み、修に言葉をかける。

「知らなかったよ。さっきの、後輩の話」

「うん。驚いた」千佳もうなずく。

「もしかして、弁護士を目指そうと思ったのも、その出来事があったからか」

「半分はそうだな。いくらでも替えがきく連中が、ちゃんともらうもんもらって仕事を放り出せる手助けをする」真面目なのかふざけているのかわからない顔で、修は答えた。「あとの半分は、わかりやすいからだよ」

「何が」

「弁護士って肩書きがだよ。俺たちロスジェネが反撃に出るのに、一番わかりやすい印籠《いんろう》になるだろ？　控えおろう、この弁護士バッジが目に入らぬか」

やがて、母親が緑茶と茶菓子を運んできた。それを座卓に並べ終えるのを待って、千佳が訊ねる。

「お母さんは、和也君のラジオのこと、ご存じでしたか」

「ラジオ？」母親は盆を胸に抱えて目を丸くした。「何のこと？」

千佳が簡単に説明すると、母親は合点がいったように何度もうなずいた。

「そういうことだったのねえ。三、四カ月前から、あの子がインターネットか何かで注文した品物がちょくちょく届くようになったのよ。中身は見ないけど、伝票に〈音響機器〉とか〈オーディオ機器〉とか書いてあったから、またステレオをいじり始めたもんだとばっかり」

「放送用の機材だったんでしょうね」久志は言った。

「何だか大がかりなことをやってるな、とは思ってたのよ。部屋を整理したらしくて、朝二階へ上がったら、昔のステレオやらガラクタやらをつめ込んだ段ボール箱がいくつも部屋の前に出してあってね。〈全部捨ててください〉って張り紙が。そうだ、ちょうどよかったわ」

母親は部屋を出ていくと、どこからか黄ばんだ包みを持ってきた。何か厚みのあるものが入った封筒で、二つ折りにしてテープで留めてある。

「ガラクタと一緒に段ボール箱に入ってたの。これ、亡くなった槙君のことよね」

包みのおもてに色あせた文字で〈恵介に返すこと〉と書いてある。和也の字だ。母親はテープをはがして中身を取り出し、座卓に置いた。8ミリビデオのテープだった。

「これって、恵介が撮ってた――」千佳が目を見開いて言う。

「ビデオ……」記憶がよみがえってくる。「ああ！　撮ってた！　誰かからビデオカメラ借りてきて」

「バスケ部の佐藤君だよ。家が電器屋さんの」

空き缶タペストリー作りを始めてしばらくしたある日、恵介が大きな8ミリビデオカメラを抱えてやってきて、「俺たちのこの壮大な企画、記録しとこうぜ」と言ったのだ。毎日ではなかったが、時どき思い出したようにカメラを構えては、皆が作業しているところを撮影していた。

「結局、見ずじまいだったよな」久志は言った。「でも、なんで梅ちゃんが持ってんだろ」

「だよね。なんでだろ」千佳も首をかしげる。

「文化祭のあと、梅ちゃんがやつから借りたんだ」ずっと黙っていた修が不機嫌な声で言った。「いとこに頼んでダビングしてもらうって言うから、やめとけと俺が言った。あんなやつが撮ったビデオなんか見るなって」

「知らなかった」千佳はビデオテープをじっと見つめた。「それで返しそびれたままに」

「やっぱり捨てるわけにはいかないでしょう?」母親は言った。「皆さんに預かっておいてもらったほうがいいと思って」

修はまたむっつり黙り込んだ。久志は千佳に目配せをして、テープに手を伸ばす。

「じゃあ、とりあえず僕が」

それ以上会話が弾むはずもなく、すぐにいとまを告げて、三人で家を出た。

霧雨が舞う路上で誰からともなく振り返り、和也の部屋を見上げる。黒く湿った雨戸で閉ざされたその部屋が、久志には壊れたラジオのように見えた。

Ⅳ　七月――千佳

電動丸ノコの音が止み、板の木くずを手袋で払った修が「やべ」と漏らした。

「なに？」千佳はそれを聞き逃さず、紙やすりを動かす手を止めた。「また切りすぎ？」

「大丈夫。ほんの二、三ミリだって」

「嘘つけ」長さ四メートル弱ある板の端を押さえながら、久志が言う。「一センチはいってるだろ」

眼鏡の上に安全ゴーグルをつけた彗子は一瞥《いちべつ》を投げただけで、何も言わない。素人の大工仕事に完璧《かんぺき》など端《はな》から求めていないのだろう。

あれから作業日を四、五日費やして草刈りを終えた。山頂の平地を縁どる杉林の際まで、土の地面が見えている。ヤマカガシは草刈機の音に驚いて早々に逃げ出したようで、最後まで一匹も見ることはなかった。

前回から千佳たちも建築作業に取り掛かっている。まず作っているのは、一階から天体観測ドームに上がる階段だ。階段状に切り欠きを入れた二枚の桁《けた》――階段の側面の板――で踏み板を支える単純な構造のもので、「ささら桁階段」というらしい。図面は彗子が描き、上田のチェックを受けた。一般の住宅の階段と比べると粗雑な出来になりそうだが、「りんどう」の山小屋風の内装とはそれなりにマッチするかもしれない。ウッドデッキに折り畳み式の作業台を並べ、修と久志は桁の加工を、彗子と千佳は踏み板のカットとやすりがけをしている。

木材は大工の上田がまとめて発注した。作業台や道具は彗子がホームセンターで買い揃え、電動工具はレンタル品。使い方は彗子が動画サイトなどで勉強してきていたが、危険な操作や注意すべき点だけ作業前に上田が教えてくれた。

その上田は、足場で囲まれた「りんどう」の屋根の上にいる。赤い鋼板は西側三分の一が取り外され、防水シートが貼られた下地の板がむき出しになっていた。ドームを建てるのは建物の南西の角、休憩室の真上なので、まずはその部分だけ屋根を撤去するのだ。

今年は早々に梅雨が明け、かんかん照りの日が続いていた。入念に塗った日焼け止めが、汗で流れて目に沁《し》みる。タオルで額の汗を押さえていると、彗子が腕時計に目をやった。

「三時。休憩だね」

ちょうど上田も下りてきた。上田が現場にいるときは、彼に合わせて彗子も三時ちょうどに休憩を入れる。相談事があればその時間にしてしまうのが互いに一番効率がいいということらしい。

建物の中に入るなり、修はキッチンに向かった。「今日も当然、アイスだな」

コーヒーにうるさい修が電気ケトルに水を入れ、勝手知ったる様子で豆とドリッパーを準備する。千佳はグラスを五つ、カウンターに並べた。久志は流し台で顔を洗っている。

もう水も電気も使えるようになっている。彗子は毎日ここで一日の大半を過ごしているので、生活に必要なものはだいたい持ち込んでいた。

修がじっくり濃いコーヒーを淹《い》れている間に、千佳は開け放たれたドアからストックルームに足を踏み入れた。そこからすぐ左手に続く休憩室をのぞいていると、タオルを首にかけた久志がやってきた。

「お、すげえ！」久志は休憩室の中を見て声を上げる。「できてんじゃん。知らなかったよ」

「立派でしょ。昨日、型枠はずしたんだって」

コンクリートの柱が、部屋の真ん中に立っている。一辺五十センチほどある角柱だ。

その根もとに目をやれば、はがされた床板の下、材木の間にのぞく地面に打たれたコンクリートの基礎につながっている。

視線を上に向けると、天井板もすでになく、梁《はり》の間から屋根の下地とそれを支える垂木が見える。コンクリートの柱は、天井があった高さの少し上までのびていた。その先端に天体望遠鏡の脚が取り付けられるのだ。そして望遠鏡を覆うように、半球のドームが――。

「こういうの見ると、イメージ湧いてくるよね。ほんとに天文台になるんだなって」

香ばしい匂いに誘われてカウンターまで戻ると、氷をたっぷり入れたグラスに修が熱いコーヒーを注いでいた。彗子がそれを二つ取り、ウッドデッキへ出ていく。デッキでたばこを吸っている上田にグラスを手渡し、そのまま何か相談を始める。

修がアイスコーヒーをひと口飲んで言う。「高三のときと一番違うのは、こういうところだよな。休憩にはちゃんと淹れたコーヒー。作業が終わったら冷たいビール」

「あの頃は、冷水機の水だけでよくあんなに頑張れたよな」久志がうなずいた。「でもさ、一回だけ屋上でこっそり缶ビール飲んだろ」

「あったあった」修が懐かしそうに目を細める。「タネが自販機で買ってきて」

「二人で行ったんだろ。だいたい、言い出しっぺはお前だよ」久志は笑って言い返す。

「家じゃなくて、ここで一杯やりたいよなあ。星でも見ながら」修が言った。

コーヒーにミルクを入れてかき混ぜながら、千佳はウッドデッキの様子をうかがった。彗子と上田はまだ熱心に話し込んでいる。

「ねえ」声を低くして修たちに言った。「これ飲んだら、ちょっと話したいことがあるんだ。スイ子抜きで」

三人でさりげなく「りんどう」を離れ、平地の南の端へと歩く。

杉林の向こう、南東の方角には、この山より高い岳ノ台の稜線《りょうせん》が続いている。修が言うには、南西側からなら秦野の街が見下ろせるのではないかとのことだった。

「こっちのほうはまだいいんだけど、敷地の東側って背の高い杉の木がかなりせまってきてるじゃない？」千佳は背後を指差して言った。「天体観測の邪魔になりそうだから、そのうち伐採したいんだって」

「広瀬さんはいいって言ってんの？」久志が訊《き》いてくる。

「うん。業者を紹介するって言ってくれたらしいんだけど、スイ子、自分でやるつもりみたいだよ。チェーンソーの使い方とか木の伐《き》り倒し方とか、今度講習を受けてくるんだって」

「すげえなあ、スイ子は」修がしみじみと言った。「あの能面の下に、どんだけガッツ隠してるんだよ」

杉林までたどり着いた。木の幹につかまりながら南西方向に二十メートルほど下ると、いったん林が途切れて視界が開けた。わずかな草地の向こうは、急傾斜で落ち込んでいる。

左右から下方にのびる尾根の先に、秦野の盆地が見えた。手前には緑の田畑が、奥には市街地が広がっている。なかなかいい眺めだ。三人並んで草の上に座った。

「さっきの伐採の話も関係してるんだけどね」千佳はそう切り出した。「やっぱり、予算が相当厳しいらしいんだ。工事の見積りがだいたい出そろったそうなんだけど、ネックは屋根の工事なんだって」

屋上化には予想外に費用がかさみ、足場組み、防水工事を含めて二百五十万円ほどかかるという。天体観測ドームの下半分、木造の箱型観測室は自分たちで作ることになったが、その上にのせる金属製のドーム屋根は市販品だ。直径三メートルの製品がメーカーの設置料込みで二百万円。コンクリート柱とその他諸々《もろもろ》の工事費用を合わせると、それだけで五百五十万円の予算を使い果たしてしまう。肝心の観測システムのための費用が残らない。

そう説明すると、修が低くうなって言った。

「いい建物が見つかったと思ったら、改修に金がかかる物件だったたってことか」

「必要以上に床面積があるってことなんだよな」久志がうなずく。

「あたしたちでカンパしたって足りないだろうし、そもそもスイ子が受け取らないよね」

「受け取るわけない」修がかぶりを振る。「怒るぜ、あいつ」

千佳は「だよね」と小さく笑い、続けた。「内装とか小さな補修とか、あたしたちでできそうなことは全部やるとしても、まだ全然足りないと思うんだよ。どこかでもっと大きく費用を削らないと」

「雨漏りしたら困るし、屋上はプロに任せるしかないだろ」修があごを撫《な》でた。「あと金額が大きいのは、市販のドームか。でも、多少値切ったところでな。中古品とかねーの？」

「スイ子もメーカーに問い合わせてみたらしいんだけど、今は中古の在庫はないって」

「まあ、そこら中に出回ってる品じゃないしな」

「あ──」久志が何か思い出したようにつぶやいた。「こないだ、いつも薬を配達してる家の奥さんが言ってたんだけどさ。彼女の親戚《しんせき》だか知り合いだかが、リタイアして那須の別荘地に引っ越したんだと。その人、天体観測が趣味で、ドーム付きの中古物件をさがして買ったんだって」

「そういえば、あたしも伊豆の山の中で、ドームのある家見たことあるな」確か、家族旅行の途中だった。

「別荘地か」修が言う。「意外と引き取り手のないドームが眠ってたりするかもな。あたってみるか」

「あたるって、どうやって」久志が眉《まゆ》を寄せる。

「うーん」すぐできることは一つしかない気がした。「片っ端から電話かけてみる？　別荘地の不動産屋さんに」

＊

夏休みに入ったばかりの科学部の生徒たちは、解放感にあふれた顔をしていた。座席や通路に数人ずつかたまり、笑い声を立てている。

小田原《おだわら》で小田急《おだきゅう》線から乗り換えた東海道《とうかいどう》本線の車内。目的地は沼津の明洋大学海洋生態研究センターだ。今日の校外研修には、病欠の一人を除く全部員、十四名の生徒が参加している。

千佳はドアの近くでつり革につかまり、すぐ横のボックスシートに陣取った一年生部員たちの会話に時どき入りながら、外の景色を眺めていた。

何気なく窓の上の広告スペースに視線をやると、〈この夏もやっぱり軽井沢《かるいざわ》〉と書かれたポスターが目に入った。思わずため息が漏れる。

あれから十日間、時間を見つけては別荘地の不動産屋に電話で問い合わせている。軽井沢、清里《きよさと》、蓼科《たてしな》、箱根《はこね》、御殿場《ごてんば》。簡単にはいかないと思っていたが、やはり現実は厳しかった。天体ドーム付きの物件ではなく、ドームだけをさがしているとわかると、どの不動産屋も途端に興味を失い、冷たくなる。本来の業務ではないのだから当然だろう。

ただ一つ、蓼科の不動産屋が、該当する物件の売却を検討しているオーナーがいる、と教えてくれた。しかも、その天体ドームは別荘とは別棟になっているという。ドームの部分だけ売ってもらえる可能性はないかと食い下がると、渋々オーナーに訊《たず》ねてくれた。だがそのオーナーは、天体ドームが別荘の大事なセールスポイントになると考えているようで、撤去するつもりはないとの回答だった。

中古のドームをさがしていることは、もちろん彗子にも伝えてある。彼女が言うには、新品を買う場合、九月中の納品なら七月末までには発注してほしいとメーカーから言われているらしい。タイムリミットまで、あと一週間だった。

ボックスシートで騒ぐ生徒たちをぼんやり見ていて、ふと気づく。一人背もたれの取っ手につかまって立っている男子生徒が、さっきから会話に加わらず、浮かない顔をしている。部員たちの中でひと際小柄な、渡辺《わたなべ》という一年生だ。

「どうかした？　体調でも悪い？」そっと声をかけてみた。

「いえ、そういうんじゃなくて……」渡辺はためらうように言う。「聞いてなかったっていうか」

「今日、魚の解剖やるって」

午後におこなわれる実習のことだ。もともとは、近くの港で海洋プランクトンを採集し、それを観察することになっていた。ところが三日前、センター近くの海岸にこの時期には珍しくミズウオという深海魚が数尾打ち上げられ、急遽《きゅうきょ》その解剖をやろうということになったのだ。内容変更の連絡が入ったのは昨日のことだったので、千佳と主顧問の石本は大慌てでその準備をする羽目になった。

「そっか。解剖とか苦手？」

「まあ、ぶっちゃけ」

「だったら、見てるだけでいいじゃない」千佳は励ますように言った。科学部の生徒にしては珍しい気もするが、科学の分野同様、今は子どもたちの嗜好《しこう》も細分化しているということなのだろう。

実験台を囲んだ生徒たちが、そこに横たえられた体長一メートル近いミズウオを固《かた》唾《ず》を呑んで見つめている。鋭く長い歯と長い背びれが、いかにも凶暴で貪欲《どんよく》そうに見える。

三年生の部長が解剖バサミを置き、学芸員の指示にしたがって、割いた腹から真っ黒な胃袋を取り出した。

「おおっ！　でけえ！」

「これ胃なの⁉　色が意外すぎる」

皆口々に声を上げた。胃袋だけで長さ三十センチほどもある。今度は二年生の女子生徒が解剖バサミを持ち、黒い胃袋を切り開いていく。

「げ、何か出てきた！」

中からぬるっと滑り出てきたのは、立派なスルメイカだ。その足にビニール袋らしきものがからみついている。続いてイワシなどの小魚や、ペットボトルのふた、弁当によく入っている緑色のバランなどが次々出てくる。

「じゃあ、胃の内容物を、生物とプラスチックごみに分けて並べてみましょうか」

学芸員が言うと、生徒たちがピンセットを手に取った。ただ一人渡辺だけは、実験台から少し離れて突っ立ったまま動かない。

隣りの実験台でも、悲鳴じみた声が上がった。石本が見ているもう一つの班だ。ぱんぱんに膨れた胃からカワハギが丸ごと出てきたらしい。生徒たちの間からのぞいてみると、ペットボトルのラベルらしきものも見える。

「さっきも説明しましたが」学芸員が二つのグループに向けて言った。「このミズウオという魚は、海の中で見つけたものを片っ端から食べちゃう。だから、海の深いところにどんなごみが漂っているか、我々にこうして教えてくれるわけです。人間が、分解されないプラスチックでどれだけ海を汚しているかということをね」

ここ海洋生態研究センターには十時前に到着し、まず施設見学をしたあと、一時間の講義を受けた。講義を担当してくれたのは、石本の先輩の友人だという准教授。彼が今取り組んでいるのが北海道周辺のシャチの生態調査で、その研究紹介が話の中心だった。船から撮影した動画や写真をふんだんに使った解説はとても面白く、千佳もノートを取りながら聞き入ってしまった。

三時に解剖実習が終わると、併設の小さな水族館に移動した。ここを発《た》つ四時半まで、館内で自由行動だ。生徒たちを入り口で解散させてから、千佳は石本に言った。

「生徒たち、ラッキーでしたね。あんな大物の解剖ができるなんて」

「ええ。急な話でどうなるかと思いましたけど」石本はいつもの澄まし顔でうなずく。

「一年の渡辺君なんか、大物すぎて引いてましたよ。解剖が苦手みたいで」

「渡辺は、本当は星が好きなんですよ。天文もできるかと思って科学部に入ったみたいなんですが」

「ああ、そうだったんですか。それは気の毒」石本も生物が専門なので、部では今のところ、地学系の活動は何もしていない。

クマノミが泳ぐ水槽の前を並んで歩きながら、石本が訊いてくる。

「天文といえば、ご友人の天文台作りを手伝ってるっておっしゃってましたよね。場所は近くでしたっけ」

「丹沢です。ヤビツ峠のちょっと先」石本にも一度話したことがあった。

「完成したら、校外研修にどうでしょうかね。夕方からそのご友人に講義をしてもらって、暗くなったら天体観測」

「頼めば協力してくれると思いますけど……そんなにたくさん座る場所あるかな」

「完成はいつ頃になりそうなんですか」

「一応、十月が目標なんですけどねえ、なかなか」

金銭面で苦しんでいることと、地道な電話作戦で中古の天体ドームをさがしていることを伝えた。

「ま、そう都合よく見つかりませんよね」

苦笑いを浮かべる千佳の横で、石本が足を止めた。

「待ってください。天体ドームですよね」そう言って、スマホで何か調べ始める。

しばらくすると、「これだ」とつぶやき、画面の文字を読み上げる。「〈天体観測ドームを引き取ってくれるところはありませんか〉」

「え！　それ、なんですか？」驚いてスマホをのぞき込んだ。

「全国の科学系の部活の顧問の間で、情報交換のためのメーリングリストがあるんですよ。そこに去年流れてたメールです」

「どこかの学校ですか?」勢い込んで訊く。

「愛知の高校ですね」メールの中身を確かめながら、石本が答える。「昔天文部があって、屋上に設置されていたものだそうです。誰も使わなくなって十年以上、地学の教師もいないので、校舎の改修にあわせて撤去する、と。〈傷みはありますが、手入れをすればおそらく使用可能〉ですって」

「ドームの大きさは?」

「ええと、直径三・二メートルですね」

「タダですか?」

「ちゃんと書いてないですけど、たぶん」

「いい! いいですよそれは!」思わず飛び跳ねた。「すぐ問い合わせてくれませんか?」

「でも、去年の秋の話ですからね。もうどこかに引き取られたか、処分されたか――」

「お願いします!」石本の腕をつかんでいた。「とにかく訊いてみてください!」

＊

愛知県豊川《とよかわ》市のこの私立高校は、まだ大規模改修工事の途中らしく、一部の校舎に足場が組まれていた。夏休みに入って工事が本格化しているのか、プレハブの前にヘルメットをかぶった作業員の姿が見える。

窓口になってくれた化学教師の案内で、グラウンドを横切って倉庫へ向かう。

「急に押しかけるような形になって、申し訳ありません」彗子が歩きながら頭を下げた。

「いやあ、今来ていただいてよかったですよ」まだ三十前後に見える化学教師が言う。「この夏休み中に廃棄する予定だったもんですから」

「ぎりぎりセーフだったんですね。ほんとよかった」千佳は久志と顔を見合わせた。

石本からこの話を聞いたのが一昨日のことだから、急な訪問には違いない。石本の問い合わせに昨日返事があり、ドームがまだ倉庫に保管されていることがわかった。彗子はすぐにこの学校に電話をかけ、明日にでも現物が見たいと頼み込んだのだ。

高速道路を長距離運転したことがない彗子に代わって、ちょうど薬局の定休日だった久志が車を出してくれることになった。修も一緒に来たがったのだが、今日は司法試験の模擬試験があるらしい。

倉庫のシャッターは全開になっており、そばで年配の校務員の男性が仕事をしていた。大きな車輪のリヤカーに、ポリバケツや竹ぼうきを積み込んでいる。化学教師は校務員に会釈してから、千佳たちを倉庫の中へ招き入れた。

三角コーン、拡声器、電源コードリール。目に入るものは職場の中学校の倉庫と大差ない。目当ての品は、すぐ左手の床にブルーシートで覆われた状態で置かれていた。化学教師がシートをめくると、分解された銀色のドームが現れる。半球をいくつかに分割した屋根のパーツや、それを支える円弧状の骨組み。差しわたし一メートルを超える部品ばかりで、数も十ではきかない。

「大きく歪《ゆが》んだり、へこんだりはしていないと思うんですが」化学教師は言った。

「そうですね」彗子はそばに膝《ひざ》をつき、パーツの継ぎ目などを確かめる。「状態は悪くないと思います」

錆《さび》だらけかと思っていたが、決してそんなことはない。素人の千佳の目から見ても、まだ十分使えそうに思えた。

手分けして部品を外に並べ、順に写真を撮っていく。それをドームの製造元に送り、修理が可能かどうかと、料金や納期を問い合わせるのだ。引き取るのはその回答を待ってからということになっている。

「それ、持っていくんか」こちらの様子を見ていた校務員が、しかめ面で言った。

「はい。できればそうさせていただきたいと」彗子が答える。「何か――」

「助かる。ずっとそいつに倉庫を占領されとったで」

写真を撮り終えてすべての部品をもとの状態に戻し、倉庫を出た。校舎へと戻りながら、化学教師が苦笑いを浮かべる。

「邪魔者扱いされた挙句に捨てられるよりは、活用してもらったほうが全然いいですよ」

「昨日も電話で申しましたが、こちらが教育機関でないということについては、問題ないでしょうか」彗子が訊く。

「ええ、校長にも伝えました。ただのアマチュア愛好家ではなくて、元国立天文台の研究者の方だと説明すると、納得してもらえましたよ」

「よかったです」

「それにしても、いい話ですよねえ。高校時代の同級生で集まって、天文台を作るなんて。うちの生徒たちには考えられないんじゃないかなあ」

　そう言って化学教師は、新築のような外装になった校舎を見上げた。どこからか吹奏楽部が練習する音が聞こえてくる。

「卒業したらそれっきりって感じですか」千佳は訊ねた。

「大規模な同窓会は減りましたよね。今は、仲のいい者同士、SNSでずっとつながってるでしょう。それで十分と思ってるみたいなんですよね。そのグループで集まることはあるとしても、またみんなで一緒に何かやるなんてことは、なかなか」

化学教師と今後のことを簡単に打ち合わせたあと、よく礼を述べて学校をあとにした。

久志の運転で、国道一五一号を東名《とうめい》高速の入り口へと向かう。

街はそれなりに開けているが、高い建物はない。チェーンの飲食店や商店が国道沿いにぽつぽつと現れるところも、秦野に似ていると思った。

「我らが西高より全然きれいだったけど、懐かしかったな」久志が言った。「校務員さんのリヤカーも。やっぱ、どの学校にもあるのかね」

「だね。うちの中学にもあるよ」後ろの席から答える。

「あれ見ていろいろ思い出したよ。空き缶集めに、リヤカー引いてあちこち回ったこと」

「回ったねえ、暑い中何日も」

クラスや学年の生徒たちが持ってきてくれる空き缶だけではとても数が足りず、市内の公園や公共施設を連日回ってごみ箱を漁《あさ》ったのだ。

「あれ覚えてる？」久志が訊いてくる。「どこかの公園でさ、同じようにリヤカーで空き缶集めてるじいさんと出くわしたじゃん」

「あったあった」はっきり覚えている。「近寄ってきたから何か文句言われるのかと思ったら、どこそこの公園にたくさんあるよって、教えてくれたんだよね」

「そうそう。今思えばさ、あの人にとっては俺たちなんて、食い扶持《ぶち》を奪ってく邪魔なガキでしかないわけだろ。余裕ある態度だよなあ」

「あと、あれも大変だったよね。秦野球場」

「おお、大変だった。でも、あの時が一番大漁だったじゃん」

秦野西高校野球部が何十年かぶりに、神奈川大会の五回戦まで勝ち進んだ。もう一つ勝てば初の準々決勝、しかも会場が地元ということで、大挙してカルチャーパーク内の秦野球場まで応援に行ったのだ。球場の入り口で生徒たちに声をかけておき、飲み終えた空き缶を試合後に回収させてもらった。残念ながら試合には負けたが、空き缶は五百個以上集まった。

「スイ子は知らないかもしれないけど」と千佳が説明しようとすると、彗子は「知ってるよ」とうなずいた。

「学校に戻ってくるところ、見てたから。槙君たちがリヤカーを引っ張っていて、その後ろに三人、のり切らなかった空き缶を大きなごみ袋に入れて担いで帰ってきた。確か、井出《いで》君と、小野寺《おのでら》君と、辻《つじ》さん」

「すごい、さすがの記憶力」場面の記憶はもとより、彗子が同級生たちの名前をちゃんと覚えていたことも驚きだった。

「そんなやつら、いたか?」久志は訝《いぶか》しげに眉をひそめている。

「あたしもはっきりとは覚えてないけど、いてもおかしくないよ。その三人、空き缶集めよく手伝ってくれたもん」

「そうだったかねえ」

「タネはさ、昔から、あれをあたしたち六人だけで作ったと思い込み過ぎだよ」

「思い込みじゃないね。事実だ」

豊川インターから高速道路にのった。午後三時を少し回ったところなので、六時までには秦野に着くだろう。

三十分ほど走り、新東名に入ったあたりで、急に空が暗くなり始めた。久志が「ひと雨あるかもな」と言いながら、あくびをする。

「運転、疲れたよね」千佳は声をかけた。「どこかで交代するよ」

「二人とも、どうもありがとう」助手席の彗子が言った。「中古のドーム、あちこちさがしてくれて。本当に感謝してる」

「いや、俺は何も」久志はかぶりを振った。「電話を数本かけたぐらいでさ」

「千佳も。今日はわざわざ休みまで取ってくれて」

「今年はね、夏休み期間中に年休使い切っちゃおうと思って」

彗子が何か言いたげな顔をしたので、言い添える。

「大丈夫。夏休みの間ほとんど学校に出てこない先生、結構いるんだよ」

低い雷鳴が轟《とどろ》いた。フロントグラスを大粒の雨が打ち始める。あっという間に、ワイパーが追いつかないほどの雷雨になった。

「あの夏も」彗子がぼそりと言った。「すごく暑くて、夕立ちが多かった」

「そうだったねえ。急に降られて、よくずぶ濡《ぬ》れになったよ」

「図書室から見てた。みんなが慌てて校舎の中に避難するところ。屋上も校庭も、窓からよく見えたから」

彗子のその言葉に、ほんのかすかだけれど、うらやましさがこもっているように聞こえた。

＊

最上段近くまで上った修が、最後の踏み板を左右の桁の切り欠きにセットした。すぐ後ろにいる久志から電動ドライバーを受け取り、四本の木ネジで固定する。

「よし、一応完成」修が踏み板を叩《たた》いて言った。

久志は立っている踏み板を足で触りながら、「この段とか、ちょっと傾いてる気がするけどな」と首をかしげている。

下から彗子と見ていた千佳は、「いいじゃん、上出来」と拍手した。

手すりなどはこれからだが、階段が無事についた。店舗スペースの南西の隅から休憩室の直上へと続いている。そのために、店舗と休憩室とを隔てる壁を一部切り取った。左右の桁の上端は天井の梁に、下端は床下の大引きという太い木材にボルトで固定したので、それなりに頑丈だろう。

上田はここ数日別の現場に行っているそうだが、週明けから、天体観測ドームを建てる西側の屋根の撤去と屋上の下地作りに取りかかるらしい。

例の高校の天体ドームについても、昨日メーカーから「修理は可能」との回答があった。費用はかかっても三十万円ほどだろうとのことで、川越《かわごえ》の工場へ直接持ち込めば、ひと月ほどで使用できる状態にして設置してくれるという。来週にでもトラックで再び豊川へ出向き、川越まで運ぶ予定だ。これで、設置費を差し引いても、百五十万円ほど節約できたことになる。観測システムの費用が捻出《ねんしゅつ》できそうだと、彗子が喜んでいた。

ひと息入れようということになり、ウッドデッキへ出た。修がいつものようにキッチンでアイスコーヒーの準備を始める。

デッキを下りたところには、キャンプ用の大きなタープが張ってある。日陰で作業したり休憩したりできるようにと、彗子が買ってきたのだ。今日のように少しでも風があるときは、建物の中よりそこのほうが涼しい。

折り畳み椅子に座って水を飲んでいると、建物の向こうで車の音がした。

千佳は「あ、もしかして」とつぶやいて立ち上がった。誰が来たんだという表情の彗子と久志を置いて、急いで玄関のほうへ回る。

二台の車から降りてきたのは、やはり辻仁美《ひとみ》と井出明宏《あきひろ》だった。二人と顔を合わせるのは一昨年の同窓会以来だ。

「差し入れ持ってきたよー」仁美が紙袋を掲げて言う。

「すげえ、マジでやってんだ」井出は感嘆の声を漏らし、足場の組まれた建物を見上げた。

二人をウッドデッキまで連れて行くと、そこに並んで突っ立っていた彗子と久志が目を丸くした。修も掃き出し窓から飛び出てくる。

「井出っちじゃん！　辻さんも！」修は二人に駆け寄り、薄くなった井出の頭に目をやる。「しばらく見ないうちに、髪どこへやったんだよ」

「うるせーよ。お前だってその腹の肉、どこから持ってきたんだよ」井出は笑って言い返すと、彗子に顔を向けた。「僕のこと、覚えてる？」

うなずく彗子に、仁美が昔と同じおっとりした口調で言う。

「ほんとに久しぶりだねえ。千佳から聞いてさあ。陣中見舞い。アイスとかフルーツとか持ってきたから、食べて」

彗子の許しを得て天文台のことをＳＮＳに投稿したのは、一昨日のこと。仁美を含めてほんの数人だが、秦野に暮らす三年Ｄ組の同級生たちともそこでつながっていた。豊川からの帰りの車内で彼らの名前が出たときに、自分たちが今何をしているか皆に伝えておきたいと思ったのだ。

「思ったより立派な建物だねぇ」仁美は「りんどう」を見上げた。「どこがどうなって、天文台になるの？」

彗子が中を案内している間に、修が二人の分のコーヒーも用意した。タープの下でテーブルを囲み、もらった差し入れを広げる。

「それにしても、びっくりだよ」仁美が言った。「珍しく千佳が何か投稿してるなあと思ったら、山際さんと天文台作ってるっていうんだもん。わけわかんないから、すぐ千佳に電話してね。これは一回見に行かないと、と思ってさあ」

「僕は、辻さんに誘われて」井出が言った。「修が秦野にいることも知らなかったし、伊東さんにもタネにもずいぶん会ってないし、な」

井出に笑みを向けられた久志は、どこかぎこちなく「ああ、だな」と応じた。

「俺たち今夜、ここで飲むんだ」修がアイスクリームをつつきながら仁美たちに言う。「階段完成と、中古のドームが見つかったお祝い。二人も一緒にどう？」

「急には無理でしょ、そんなこと」千佳は横からたしなめる。

「車だしな」井出が言うと、仁美もうなずいた。「また今度声かけてよ」

折り畳み椅子にもたれ、じっと夜空を見つめていると、星の数がだんだん増えていく。南の街明かりを岳ノ台がさえぎってくれているせいか、菜の花台展望台で昔見た星空よりもずっときれいな気がする。条件がそろえば肉眼で天の川が見えることもあるらしい。

スマホの星空ガイドアプリを試しているのだが、なかなか楽しい。空にかざすだけで、そこに見えている星や星座の名前を表示してくれるのだ。ついさっき、てんびん座のすぐそばに、木星を見つけた。

「よくわかんねえなあ」赤い顔をした修が言った。彗子に借りた双眼鏡を東の空に向け、天の川をさがしているのだ。彗子によれば、低倍率の双眼鏡を使うと天の川の白い流れが見えるかもしれないという。

「夏の大三角はわかった？」千佳は訊いた。天の川はちょうどその中を通っている。

「ほら、あれがベガ、あそこにデネブ」

「双眼鏡だとさあ」それを顔に当てたりはずしたりしながら、修は首をひねる。「どこ見てるかわかんなくなるんだよ」

「飲み過ぎだね。わかんないならあたしに貸して」手をのばして言った。

「待て、もうちょっとだけ」

七時過ぎからタープの外に椅子とテーブルを出し、蚊取り線香をいくつも焚《た》いてひととおり飲み食いしたあとは、自然と星空観察会になった。建物の照明は落とし、ランタンを一つだけ灯《とも》してある。

千佳にとって、時間を気にせずこうして外で飲めるのは久しぶりのことだ。タイミングのいいことに、義両親は昨日から東北へ旅行中。夕食は子どもたちと相談してデリバリーでも取るよう夫に頼んである。

しばらくして立ち上がった修が、千佳に双眼鏡を差し出した。「やっぱダメだ。ションベン行ってくる」と言い残し、建物の中に入っていく。

双眼鏡を夏の大三角のほうへ向けようとしたとき、隣りの椅子でちびちびビールを飲んでいた久志が、「あ」と漏らした。

「流れ星」南の空を指してつぶやく。

「この時期って、何か流星群があるんだっけ?」千佳は誰にともなく訊いた。

「今、極大に近いのは」二人の後ろで彗子が答える。「やぎ座アルファ流星群か、みずがめ座デルタ南流星群」

ウッドデッキのふちに腰掛けた彗子は、さっきからノートパソコンを開いて図面の手直しか何かをしている。今回初めて知ったのだが、アルコールは一切飲まない主義だという。だから今日は彼女が三人の送り迎えを買って出てくれた。

久志がふっと小さく笑みをこぼし、「あの夏も、こんな話したな」と言った。ビールをひと口含んでから、続ける。

「たぶん、まだ夏休みに入る前。集まった空き缶の整理をしてて、気づいたら真っ暗でさ。様子を見にきたスイ子もいて。そろそろ帰るかとなって、みんなで一緒に校舎を出たときに、恵介が空指差して『あ、流れ星』っつったんだよ。そしたらスイ子が、いきなり流星群の説明を始めた」

「うん、あったねえ」懐かしさに頬が緩んだ。「ナントカ流星群にしては時期が早い、カントカ流星群にしては時間が早い、とかってね。スイ子が天文好きだなんて誰も知らなかったから、みんなびっくりして。確かそのときだよね、将来は天文学者になりたいんだって話を聞いたの」

彗子はキーを打つ手を止めず、口もはさんでこない。

「いろいろ教わったんだよな」久志が言った。「流星群の正体が、彗星《すいせい》から出た塵《ちり》だってこととか」

「そう」とうなずく。「それで、スイ子の名前の――」

そこまで口にしておいて、続かなくなった。鮮やかによみがえってきた記憶に、酔いのさめかけていた顔がまた火照り、胸がしめつけられる。

あのとき恵介は、彗子にこう訊いたのだ。

「山際さんの『彗子』って名前、もしかして彗星から来てんの？」

「――まあ」彗子は素っ気なく応じた。

「『ケイ子』だって頭ではわかってるんだけど」恵介は屈託のない笑顔で続けた。「心の中ではどうしても『スイ子』って読んじゃってさ。でも、ある意味それも間違ってないってことじゃんね？」

その日からだ。恵介が彗子のことを「スイ子」と呼ぶようになったのは。それを初めて聞いたときのかすかな胸の痛みを、今もよく覚えている。何かをわかり合う二人を象徴する符丁のように感じて、嫉妬《しっと》したのだ。

彗子はその呼び名を、平然と受け入れた。それを見ているうちに、千佳たちの中でも「山際さん」は自然と「スイ子」になっていった――。

「そういえば、タネ」ごまかすように話題を変える。「こないだの8ミリビデオ、どうした？」

「あ、そうそう」久志は体を起こした。「やっぱり、ちょっと見てみたくなってさ。国道沿いに『カメラのイイジマ』があるじゃん。あそこの店長がうちのお客さんで、軽く訊いてみたのよ。そしたら、昔のビデオをDVDにダビングするサービスがあるからって、持っていっちゃったんだよ。別に構わないよな？」

「いいと思うよ。映ってるの、あたしたちだし。あたしも見てみたい」

「そろそろ出来上がってると思うんだけど」

トイレから戻ってきた修が、「何の話？」と訊きながら椅子に座る。

「彗星の話」恵介の名前が出ていたことは伏せて、それだけ言った。「スイ子の彗は彗星の彗だったなって、思い出してたところ」

「おお、そういやそうだったな」修は次のハイボールを手に、彗子のほうへ首を回す。「やっぱり、お父さんがつけたの？」

「え――何を？」彗子は画面から目を離し、訊き返した。よく聞いていなかったらしい。

「名前だよ。彗子って名前」

「なんで彗星から取ったか、お父さんから聞いたことある？」千佳も訊ねた。

「あるよ」

「え、聞きたい」

身を乗り出した千佳の顔を見て、彗子はそっとノートパソコンを閉じた。静かに語り出す。

「一九七二年、十月八日の夜から、九日の未明にかけて」南の夜空に視線を向け、「日本中の人が空を見上げて、流星群を待ってた。夜空を覆いつくすほどの流れ星が現れる、と報道されてたから。十月りゅう座流星群。『ジャコビニ流星群』という名前のほうが、有名だろうけど」

「ジャコビニ……聞いたことあるな」久志が言った。

「そんな歌、なかったっけ？」

千佳と修は首をかしげる。彗子はそのまま続けた。

「ジャコビニ流星群は、十三年に一度、大規模な流星雨になると言われていてね。実際、一九三三年にヨーロッパで、一九四六年にはアメリカで、一時間あたり数千から数万という流星が観測されたんだ。一九七二年はいよいよ日本が好条件だということで、みんな期待して待っていたんだけど——見事な空振り。流星はほとんど見られなかった」

「なんでなの？」千佳は訊いた。

「さっき種村君が言ったように、流星のもとは、彗星が放出した塵。この塵は、チューブ状の流れの帯として分布している。一九七二年の十月、地球は彗星の軌道のすぐそばを通ったんだけど、濃い塵の流れにはぶつからなかった。当時は、塵の分布の仕方がよくわかっていなかったから、予測もつかなかったわけ」

「なるほどねえ」修が言った。「もし流星雨なんかになってたら、俺たちだって話ぐらいには聞いてるはずだもんな」

「わたしの父も、八日の日没後からずっと家のベランダで流星群を待っていたらしい」

「家だったの？」千佳は訊き返した。「この辺じゃなくて？」

「母のお腹にわたしがいたから。予定日まで一週間もなかった」

「ああ……」話の行き先がやっと見えてきた。

「一つも流星が見えないまま日付が変わって、午前二時。母が産気づいて」

「そうだ、スイ子の誕生日、十月九日だ」

「明け方に生まれたと聞いてる。だから父が——」彗子は眼鏡に手をやった。「彗星が、流星群の代わりに運んできた子だって」

「ほう」「よくできた話だね」修と久志が口々に言う。

「いや、めっちゃ素敵な話じゃん」千佳は心から言った。「だって、彗星の子で彗子だよ。ほとんどドラマじゃん」

「アニメだったらシャアだけどな」修がにやけた。

「シャアは『赤い彗星』だろ」久志も乗っかる。

「父がそんなことを言ったせいで」彗子は二人に構わず続ける。「小学生の頃からずっと考えてた。彗星はいったい、どこからやってくるのか」

「そういうところがスイ子だよね。バカな男子とは違って」二人の男を横目に言った。

「結局、今も考えてる」

「今も？」

彗子がうなずく。「ジャコビニ流星群の母天体は、ジャコビニ・ツィナー彗星といってね。約六・五年という短い周期で、黄道面に近い面内で楕円《だえん》軌道を順行している。

黄道面というのは、地球が太陽のまわりを公転している面のこと。こういうタイプの彗星はたくさんあって、木星族彗星と呼ばれている。木星の近くを通る軌道をとることが多いから。そして、木星族彗星のふるさとは、エッジワース・カイパーベルトなんだよ」

「え！　そうなの？」

「そう。彗星はもともと、エッジワース・カイパーベルト天体だった。それが何らかの理由で、内側の軌道に〝落ちて〟きた。前に、カイパーベルト天体は岩石と氷でできていると言ったよね。彗星の尾は、太陽に温められた氷の成分が塵やガスになって噴き出したもの」

「てことは、流星群はカイパーベルト天体のかけらってこと？」久志が確かめる。

「という見方もできる」

「そうなんだ……」漏れる息とともに言った。

心を動かされたのは、その事実にだけではない。彗子が太陽系の果てに思いを寄せる理由が、やっとわかったからだ。星空を見つめ続けてきた彼女の半生が、彗星という一本の線でつながった気がした。

「ジャコビニ流星群」修が立ち上がった。「今年も見られる可能性はあるんだろ？」

「晴れていれば」彗子が答える。「せいぜい一時間に数個だろうけど」

「十月のいつだって言った？」

「今年の極大は九日。見頃は八日の夜から九日の明け方まで」

「よし！」修がハイボールの缶を掲げ、皆に宣言する。

「天文台開きは、十月八日の夜だ」

「なんであんたが決めんのよ」口はとがらせたが、アイデアは悪くないと思った。

「完成した天文台で、ジャコビニ流星群の見物といこう！」

声を張り上げる修を見つめ、彗子はただ眼鏡を持ち上げた。
＊

午後五時過ぎの墓地にひと気はなく、背後の林でアブラゼミが鳴く声だけが響いていた。

槙家の墓の花立てには菊とひまわりが供えられていた。命日とはいえ、お参りに来たのは家族ぐらいだろうと思うのだが、この一画だけ線香の香りが濃く残っているような気がする。

「やっぱり、もう挿せるとこないね」千佳はそう言って、買ってきた花を供物台に置いた。

彗子がペットボトルを一本、その横に供える。今回は紫色のチェリオだ。

「よかったね、恵介」墓石に笑いかけた。「今回はちゃんとグレープ味だよ」

「今日はスーパーにあったから」彗子が真顔で言う。

まず久志から墓前で膝を折った。数秒おざなりに拝んだだけで、すぐ立ち上がる。

今日はなぜか口数も少なく、心ここにあらずという感じだ。

続いて彗子、千佳の順に線香をあげた。両手を合わせ、心の中で天文台作りのことを報告する。

何だか、あの夏みたいなことになってるよ——。

恵介の反応を想像しようとしたが、まぶたに浮かぶ彼の顔はただの暗い影だった。

それがやけに悲しくなり、目を開けて関係のないことを言った。

「命日には五人で、とか言ってたのに、また三人だよ。ごめんね」

石の階段を本堂のほうへ下りていきながら、横の久志に訊いた。

「修、何か言ってた？　一応声はかけたんでしょ？」

「かけたけど、いつもと一緒。『知らねえよ』って。あのさ——」久志が数メートル先を歩く彗子の様子をちらりとうかがい、耳打ちをしてくる。「あとでちょっと、いいか」

寺の駐車場で解散になった。彗子はここへ現場から来たのだが、今日はこのままアパートに帰るそうだ。彗子が先に出て行ったあと、自分の車の運転席で待っていると、すぐに久志がやってきた。

「今夜、ちょっとうちに来れないか。三十分でいいから」

「どうしたの？」深刻な顔だったので、驚いた。

「来てから話す。修にも言ってある」

有無を言わせない言い方を久志がするのは珍しい。余程のことがあるのだろう。

「夕飯の支度してからでもいい？　八時頃ならたぶん行けると思うんだけど」


結局、八時十五分になってしまった。薬局のシャッターが半分開いていたのでそこから入り、バックヤードにつながるドアをノックする。

「どうぞ」と言われて中へ進むと、奥のスチール机の前で修が手招きした。久志は座ってノートパソコンを操作している。二人のそばまで行った。

DVDドライブの回転音がして、画面に動画が現れる。いきなり自分の顔のアップ。満面の笑みでピースサインをしている。

「うわ、顔パンパン」思わず声が出た。修だけが鼻息を漏らす。

〈はい千佳さん、どいてください〉撮っている恵介の声が入った。〈七月二十三日、記念すべき第一回目の撮影です。今日はリヤカーで近所を回って、空き缶集めですね〉

高校の裏門が映った。リヤカーのそばに、Tシャツにジャージのパンツをはいた修と和也。他にも数人の姿が見切れている。

「懐かしいねえ。話って、このビデオのこと?」

「ただの鑑賞会じゃないみたいだぞ」修が腕組みをした。

「二人にも確認してほしいことがあるんだよ」久志は真顔で言って、動画を早送りする。かなり進んだところでまた〈再生〉をクリックした。場面は校舎の屋上。修と和也が地べたにあぐらをかき、空き缶の底に錐《きり》で穴を開けている。千佳がカメラに向かって手を振って、映像は途切れた。

「これ、もう最後じゃない? このあとすぐ――」恵介はタペストリー作りを抜けたのだ。

「まだあるんだよ」

青い画面が数秒続いたあと、がらんとした教室が映った。おそらく三年D組だ。女子生徒が一人、カメラに背を向け、窓の外を見て立っている。その視線の先には、グラウンドをはさんで反対側の校舎にかかったタペストリー。

〈彗子、こっち向いて〉

撮影者が言った。その声は、恵介だった。不安とも恐怖とも知れない感情に、心臓がばくばくと暴れ出す。自分が今何を見ているのか、わからなくなる。

振り向いた彗子は、眼鏡の奥からとがめるような目をビデオカメラに向けた。

〈ねえ、恵介――〉

映像はそこでぷつんと切れた。

「――やつだよな」修がうめくように言った。「こんなの、いつ撮ったんだ」

久志が少し巻き戻して映像を止め、画面右下の撮影日時を示す。「文化祭の最終日、たぶん後夜祭が始まったぐらいの時間だと思う」

「あいつ、タペストリー見に来てたのか」

「どういうこと……」全身に汗がにじみ出るのを感じながら、千佳も声を絞り出す。

「恵介、『彗子』って呼んだ……」そう、いつもの「スイ子」ではなく。

久志がうなずく。「スイ子のほうも、『恵介』って呼んでる。『槙君』じゃなくて」

「タネ、もう一回見せてくれ」修が低く言った。

久志がその場面の頭まで巻き戻し、再生する。映像が流れている間、千佳は目を閉じて音だけ聴いていた。

「聞き間違いじゃない」修が深く息をつき、久志と顔を見合わせる。

「わかっただろ。俺が昨日これを見てから、ずっと何を考えてるか」久志が言った。

「あの二人が、そういう関係になってたってことか」修は脱力したようにかぶりを振る。「俺たちの知らないうちに。信じられん」

「それだけじゃないよ」久志が眉間《みけん》のしわを深くした。「恵介、東京で死んだんだぜ。スイ子のいた東京で」

「それって、お前──」

修が言い終わらないうちに、千佳はバックヤードを飛び出していた。


車を飛ばし、渋沢駅のほうへ向かった。駅の手前で左に折れ、彗子と待ち合わせたことがあるコンビニの角を左に入る。五十メートルほど進んで二階建てアパートの前に停めた。

この建物だとは知っていたが、部屋番号までは聞いていない。一階は避けるだろうと当たりをつけ、外階段を上がる。端から一つ手前の204号室に、〈山際〉と手書きの表札が出ていた。

衝動的に部屋まで来てしまった。何をどう話すかは考えていない。けれど、一度考え始めてしまうと、ここで引き返すことになる気がした。一つ深呼吸をして、黄ばんだ呼び鈴を押す。ドアの向こうで人の気配がしたので、先に言った。

「千佳です。ごめんなさい、こんな時間に」

ドアを開いた彗子は、こちらの様子に普通でないものを感じたのか、何も訊かずに「とりあえず、入って」と中へ通してくれた。

部屋はよくある1DKだった。入ってすぐに四、五畳のダイニングキッチン。天文台ができたらそこで開けるつもりなのか、〈本〉や〈論文〉と書かれた引越し会社の段ボール箱が隅に積まれたままになっていた。

奥の六畳間は畳敷きで、簡素なパイプベッドと安っぽいローテーブルしか家具はない。仕事をしていたらしく、ノートパソコンが開いてあり、畳の上には付箋《ふせん》だらけの本と書類が散らばっていた。例の天体望遠鏡は見当たらないが、押入れにでもしまってあるのだろう。

「座布団もないんだけど、適当に座って」

彗子がテーブルのパソコンを脇にどけ、コップの麦茶を千佳の前に置いた。

「――ありがとう」見るからに古いエアコンの効きが悪いのか、緊張しているせいか、こめかみを汗がつたう。

「何かあった？」彗子がようやく訊いた。

「スイ子に……どうしても訊いておきたいことがあって」声が震えそうになるのを抑えて切り出した。「あの夏、恵介がみんなをビデオで撮ってたの、覚えてる？」

「――うん」彗子の表情は変わらない。

「その8ミリビデオが、梅ちゃんの家で見つかったの」

修たちと和也の家を訪ねたことは、彗子にも伝えてあった。

「ビデオの最後に、ほんの少しだけ教室の映像があって。スィ子が一人で映ってた」

「えー――」彗子の瞳《ひとみ》が初めて揺れた。「ほんとに撮ってたんだ……」

「恵介、『撮ってないから』とでも言った？　彼、文化祭に来てたんだね。なんで言ってくれなかったの？」

彗子は何も答えず、ただこちらを見つめている。

「付き合ってたから？」

「――そうだね」

本人の口から告げられて、全身の力が抜ける。

「いつから？」

「八月の、中頃だったと思う」

「恵介のほうから言ったの？　付き合おうって」

「そうだね」

「彼が突然受験勉強を始めたのも、あなたと一緒に大学に行きたかったから？」

「わからない」彗子は首を横に振った。「タペストリーは最後までやるべきだって、わたしは何度も言った。でも、聞き入れてくれなかった。『こうするしかないんだよ』って」

こうするしかない――。どういう意味だろう。

「ごめんね、いろいろ訊いて。でも、もう一つだけ教えて」もう、声も震えるにまかせた。「恵介が死んだ日、彼と会ってたの？」

彗子がうなずく。

「彼があんなになるまでお酒を飲んだってことは、別れ話でもした？」

「彼はそう受け取ったかもしれない」

「どういう意味？」

「わたしが大学に入ってすぐのゴールデンウィーク。彼は東京へ来て、何日かわたしの部屋で過ごした。その次に会ったのが、七月三十一日。その日――彼に初めて伝えた」

彗子はわずかに目を伏せた。

「六月に妊娠《しん》がわかったことと、中絶手術を受けたこと」

背骨の芯まで痺《しび》れるような震えがきて、しばらく声も出なかった。頭は混乱しているのに、何かを訊かずにいられない。

「なんで……」つまった喉《のど》を無理やり開く。「なんで、彼に相談しなかったの」

「相談したところで、結論は変わらなかったからだよ」

彗子が顔を上げた。かすかにまつげを震わせながら、こちらを見据える。

「わたし、十八歳だったんだよ。何年も必死で勉強して、やっと天文学科に入ったところだったんだよ」

V　八月——久志

長い富士川《ふじかわ》トンネルを時速八十キロで走らせながら、助手席の修に訊《き》いた。

「次のサービスエリア、どこ？」コーヒーでも飲みたかった。

「あ？　ああ」ぼんやり前を見つめていた修が、カーナビ代わりのスマホに目を落とす。「ちょっと先だ。沼津」

現在、午後二時五分。川越の工場には五時までに着けばいいので、ひと息入れる時間は十分あるだろう。

レンタカーのトラックの荷台には、午前中に豊川の高校で引き取ってきた天体ドームが積んである。窓口役の化学教師は教員研修で不在だったが、先日の校務員が手を貸してくれた。ドームの部品をすべて荷台にのせたあと、慣れた手つきでロープで固定してくれたのだ。昔運送の仕事をしていたことがあると言っていた。

彗子は今、以前から申し込んでいた伐木講習に参加している。ドームの引き取りがこの日になったのは、男手が何より必要で、学校が開いている平日に久志が動けるのは今日木曜しかなかったからだ。彗子は講習をキャンセルすべきか悩んだようだが、結局そちらを選んだ。そうしてくれてよかったとつくづく思う。彗子とせまい車内で何時間も過ごすのは、どう考えてもまだ気づまりだ。

一昨日のあの夜、店を飛び出した千佳が彗子のアパートへ向かったということは、想像がついていた。実際、翌日千佳から長文のメッセージが送られてきて、彗子が千佳に告げた事実を久志と修も知ることになった。

あのビデオどころではない衝撃を受けたのは、言うまでもない。豊川へ向かう車中でも、二人でずっとその話をしていた。ただ、何度同じ話を繰り返しても、釈然としないものがくすぶり続けている。彗子と付き合い始め、自分たちとの関係を一方的に断ち切った恵介。彗子の妊娠と中絶を知り、自暴自棄な酒の飲み方をして死んだ恵介。正直なところ、彼の思いを想像することも、その行動に共感することもできなかった。

トンネルを抜けると、急に大きくなった富士山《ふじさん》が左前方に現れた。山頂までくっきり見えるのは、真夏には珍しい。

途切れていたカーラジオがまた鳴り始め、ふと和也のことを思い出す。彼のミニFMは、結局今も再開されていない。修の頭にも同じ顔が浮かんでいたらしく、ぽつりと「知ってたか」と言った。

「梅ちゃんて、盲腸で富士山に登ったやつなんだぜ」

「は？　何だそれ」

「あいつ、小学六年のとき、親父さんと姉貴と三人で富士山に登ったんだって。途中から腹が痛くなってきたんだけど、頑張って頂上まで行ったのよ。でも、下山中にとうとう我慢できなくなって座り込んじゃって。最後は、トレーニングに来てた自衛隊の人に背負われて下りてきたらしい。そのまま救急車で病院に運ばれて、盲腸だってことで即手術」

「危ないよ。腹膜炎起こすぞ」

「でもさ、あいつらしい話だろ」

「まあな」

「ガキの頃の話でも何でも、梅ちゃんのことはだいたい知ってる。タネのことだってそうだ。何が好きで、家族はどういう人たちで、どんなこと考えて生きてきたか。だけど」修は小さく息をついた。「やつはいったい、どういう人間だったんだ？」

「やつって、恵介のことか」

「他に誰がいんだよ」

久志も昨日からずっと、同じようなことを考えていた。もしかしたら、二十八年前から心のどこかで考え続けていたのかもしれない。

「西高でやつのことを一番よく知ってるのは誰だ？」修は続けた。「やつが何でも話してた友だちは誰だ？　いたのか、そんなの」

「いなかったのかもしれないな、実は」

恵介は、クラスメイトやバスケ部の連中にいつも囲まれていた。けれど、その中でとくに誰と親しかったかと言われたら、一人も思い浮かばない。

常に日の当たっている男に見えた恵介は、陰の部分を誰にも見せなかった。そしてあの夏の終わり、突然その暗がりの中に閉じこもってしまった。他人が立ち入るのを拒む壁はおそらく、そのとき初めてできたわけではない。光だけを通す透明な硬い壁が、以前からそこにあったのだ。完璧《かんぺき》な高校生は、孤独な十八歳の男子に過ぎなかったのかもしれない。

そして、同じことは彗子についても言えるのだろう。彗子が人を遠ざけて生きてきたように見えるのをいいことに、少なくとも自分は、彼女の殻の内側を想像しようとしてこなかった。そこに本当に寂しさがないのか確かめようとしてこなかった。

あの二人は互いにとってどんな存在だったのだろう。恵介は彗子の殻の中へ、彗子は恵介の壁の向こうへ、一歩でも足を踏み入れることができたのだろうか。二人だけの間で交わされた言葉を想像するのがひどく難しいことに、今さらながら気づく。

「結局、俺たち」久志は言った。「何にも知らなかったってことだな。恵介のことも、スイ子のことも」

「ああ」修は富士山を見つめてうなずく。「でも、もしかしたら千佳は、少しは知ってると思ってたのかもしれん。とくにやつのことは」

「俺たちよりは、恵介と付き合い長いしな」

「それに、やつに特別な感情があったかもしんねーだろ」

「え、恵介を好きだったってこと？　まさか」

「あのビデオを見たあとの行動だって普通じゃないし、あれだけショックを受けてる。今の俺は、どんなことだってあり得るって気分だよ」

本当は今日、千佳も一緒に豊川へ行くことになっていた。だが、昨日送られてきたメッセージの末尾に〈ごめん、明日は行けない〉と添えられていたのだ。

「千佳、週末は現場来るかな」

「さあな」修は吐く息とともに答えた。

「お前は行くだろ？」

「行かない理由がねえもん」

「スイ子の顔見たら……何て言えばいいんだろ」

「何も言わなくていいんじゃねーの？　俺たちが事実を知ったってことは、スイ子だってわかってるよ」

「まあな」知らなかったよ。驚いた。大変だったんだな。そんな台詞《せりふ》しか出てこないのなら、言葉などかけないほうがましだろう。

「二十八年間、たぶん誰にも話してこなかったことを、やっと千佳に言ったんだ。それを今、俺たちまで問い詰めることはないって」修は自分に言い聞かせるように言った。「話しておきたいことが何かあるんなら、いつかスイ子のほうから話すよ」

＊

タープの下で広げた弁当を片付けながら、彗子が和美に言った。

「本当にごちそうさまでした。こんな手の込んだ食事、久しぶりです」

「手の込んだなんて、恥ずかしい」和美が笑う。「唐揚げと卵焼きだけですよ。あとはあり合わせを詰めてきただけで」

「揚げ物など、一人ではなかなか作りませんから」重箱のふたを手にした彗子が、中のおにぎりを見て申し訳なさそうに言い添える。「結構残っちゃいましたね」

「余るぐらいでよかったですよ。一応、四人いらっしゃるつもりで作ってきたので」

「俺、言っただろ。今日は三人かもしれないぞって」久志は慌てて口をはさんだ。来ていないのは千佳だ。いまだに連絡も取れていない。

和美は無言のまま、そういう問題じゃないという目でこちらをひとにらみした。

家族でこの現場へ来ることになったのは、次男の篤人の言葉がきっかけだった。「お父さんが行ってる山へ行ってみたい」と言い出したのだ。珍しい虫でも捕まえられたら、夏休みの自由研究になると考えたらしい。

篤人は昼食もそこそこに、また虫取り網を持って林の中へ入っていった。修もさっき、「ちょっくら様子見てくるわ」とタープを出ていった。渋々家族についてきた兄の悠人は、虫取りどころか、周辺を見て回る気すらないようだ。隅のほうで椅子に座り込み、片ときもゲーム機を手放さない。

「この人、少しは役に立ってるんですか」和美が彗子に訊いた。

「ええ、それはもちろん」彗子は真顔でうなずく。

「さっき階段見たろ？」久志は建物のほうへあごをしゃくった。「大事なところは俺と修でやったんだぜ」

「この人が大工仕事してるところなんて、うちじゃ見たことないんで」和美はそれを無視して続ける。「たまに子どもたちの工作を手伝ってやってるのを見ても、不器用というか、センスがないというか」

悠人が顔を上げてこちらを見たが、何も言わずにまたゲームに戻った。

十五分ほどすると、東側の林のほうから篤人と修が戻ってきた。タープまで来るなり、篤人が「ほら」と虫かごを掲げて見せる。セミ二匹の他に、白い斑点のある甲虫が入っている。

「お、カミキリムシじゃん。久しぶりに見たよ」久志は言った。

「ゴマダラカミキリだって。勢田さんが見つけてくれて、僕が獲《と》った」

「ちょっと、近づけないで。気持ち悪い」顔をしかめた和美が、二人のために紙コップに麦茶を注ぐ。

「こんなの、昔はあちこちにいたんだけどな」修が言った。

「まあ、ゴマダラは近所でも採れたよね」久志もうなずく。「ルリボシカミキリでも捕まえたら、ヒーローだったけど」

「なーんだ、雑魚《ざこ》キャラなのか」篤人は肩を落とした。

修が麦茶を飲み干すのを待って、仕事に戻ることにした。作業用の手袋を尻《しり》のポケットにねじ込みながら、ゲーム機のボタンを連打している長男に声をかける。

「悠人、屋根に上がってみないか」

「いや、いい」悠人はこちらを見もしない。

「せっかく来たんだし、ちょっと手伝ってくれよ。材木一本運ぶだけだからさ」

悠人は小さく息をつき、「一回だけだよ」とゲーム機をテーブルに置いた。

和美が「あんまり危ないことさせないでよ」と言うのを背中で聞きながら、一緒に建物に入る。軍手をはめさせ、店舗スペースの床に並べた材木の両端を二人で抱えた。

てくれている。

「重いか」

「たぶん大丈夫」悠人もよろけたりせず、しっかり持っている。

「もう五年生だ。楽勝だよな」修が横で目を細めた。

そのまま、先月完成した階段をゆっくり上っていく。悠人のすぐ後ろには修がつい

赤い片流れ屋根は、それを支える垂木や束とともに、西側三分の一がすでに撤去されていた。むき出しになった梁《はり》の上に上田が厚い合板を敷きつめてくれていて、階段からその仮の屋上へ出られるようになっている。

先に屋上に立った久志が、材木を引っ張り上げた。悠人も恐る恐る合板の上にのる。それが意外と頑丈であることがわかると、一歩踏み出してタープのほうを見下ろす。下から母親が手を振っているらしく、悠人も小さく右手を上げた。

午前中から修と二人、いよいよ観測室の土台作りに取り掛かっている。まず、天井の梁と直交するように長さ三メートル強の床梁を四本渡すのだが、苦戦中だ。強度を得るために、梁と床梁の接合部を互いに一部欠き取って組み合わせる、相欠き継ぎという手法を用いる必要がある。上田が注文してくれた床梁の木材にはすでにその加工がなされているのだが、天井の梁のほうは自分たちで欠き込みを入れなければならない。電動丸ノコはともかく、ノミを使うのは初めてだったので、思うように進まなか

った。

　作業を再開すると、悠人も少し離れたところに腰を下ろした。膝《ひざ》を抱え、久志の手もとを見つめている。

　まず、欠き取る部分に電ノコで細かく何本も切り込みを入れる。そこをノミで削り取り、凹状に形を整えていく。午前中に何カ所かやってみてわかったのは、とにかく少しずつ削るのがコツだということだ。

　体勢がきついせいもあって、思った角度でノミが入っていかない。金づちを打つ手を止め、二本隣りの梁で同じことをしている修に言う。

「やっぱり、見るとやるとじゃ大違いだな」

「見るって、どこで見た」

「動画だよ。昨日、ホームセンターのサイトでノミの使い方を予習してきたんだ」

「どうした、タネ」修がからかい混じりに言う。「急にやる気出しちゃって」

「やる気というか……千佳は来ないし、もう八月だし、しょうがないだろ」

　階段の下から、電動ドリルの音が響いてきた。安全ゴーグルをつけた彗子が、階段に蹴込板《けこみいた》を取り付ける作業を始めている。

　修には今ああ言ったが、本音は少し違う。恵介とのことを知ってからというもの、彗子の顔がこれまでと違って見えるのだ。

恵介が完璧な高校生ではなかったように、彗子もまた、すべてを見通す宇宙人などではなかった。たぶん、迷うことなく一本道を歩いてきた強い女性というわけでもない。ときに衝動に駆られ、予想外のことに戸惑い、悩み傷ついてきた、ごく普通の人間だ。

それを理解したことで、彗子という存在が初めて対等に感じられるようになった。この現場に来るのが楽になった。彼女に同情しているわけではない。あの夏をともに過ごした仲間として、今度はこの天文台を一緒に実現するのが当然のことだと思えるようになったのだ。

金づちを握り直し、ノミを木に当てると、悠人が腰を上げた。

「もう行っていいでしょ」尻をはたきながら言う。

「ああ。そろそろ帰るのか」

「たぶん。三時には出るって言ってた」

家族は先に車で帰し、久志は修に送ってもらうことになっている。

「ねえ」悠人が階段の下り口で訊いてきた。「この天文台って、いつまでに完成させなきゃなんないの？」

「絶対にいつまでってことはないけど、目標は十月かな」

「そう。十月八日に天文台開きだ」横から修も言う。

悠人は「ふうん」と言い残し、階段を下りていった。

リビングのソファで目が覚めた。

もう十一時前。夕食後、ナイターを見ているうちに眠ってしまっていたらしい。和美がかけてくれたのか、タオルケットが腰に巻きついている。汗を流した日のビールは格別だが、すぐ眠気に襲われる。

キッチンで麦茶を飲んでいると、風呂《ふろ》を出た和美がやってきた。

「明日、朝イチで卸さんに電話するの、忘れないでね」

「――わかってるよ」本当は忘れていた。

「小分けのことも、訊いておいてよ」

「だから、わかってるって」

「小分け」というのは、薬品を通常より小さなロットで卸してもらうことだ。出る頻度が低い薬を大きな包装で注文すると、使用期限切れで廃棄する羽目になることがある。そういう無駄を減らすために、「小分け」にできる品目を増やせないか、卸売業者と交渉しようと和美は言っているのだ。

顔をそむけて麦茶を飲み干す。じっとこちらを見ていた和美が、唐突に言った。

「日に焼けたね」

「あ？　ああ」所どころ皮のむけた自分の腕を見た。

「さっき、篤人に訊かれたよ。今年は海水浴に行かないのかって。あの子、楽しみにしてたから」

「そっか……」そのこともすっかり頭から抜け落ちていた。夏休みの恒例行事だ。

「そしたら、横で聞いてた悠人が、篤人に言ったの。『今年は最悪行けないかもしんないけど、我慢しろよ。お父さん、今年だけは夏休みの工作があるんだ』って」

「夏休みの工作──」

「悠人がそんなこと言うなんて、わたしも驚いた。きっと、今日天文台へ行って、そう思ったんだね。あなたのああいう姿、初めて見ただろうし。まあ、それはわたしも同じだけど」

仲間と一緒に仕事でもないことに汗を流しているのを見て、これは父親の夏休みだと思ったのか。ただの休暇ではなく、一つ大きな課題がある夏休み。まだまだ幼いと思っていた息子の成長に、胸が熱くなる。

「いや」急に子どもたちがかわいそうになってきた。「何か考えよう。近場で一泊ぐらい」

和美がかぶりを振る。「三人で相談して、決めた。今年の夏の旅行はなし。その代わり、十月か十一月に、大阪のＵＳＪに行く。それで篤人も納得した。どう？」

「そりゃ、もちろんいいけど……」

「完成、十月初めが目標なんでしょ？　それまでに絶対片をつけてよね」和美は厳しい顔で言った。「お店のお盆休みも、好きにしていいから。うちの実家には、わたしと子どもたちだけで帰るよ」

十一日から六日間、店は閉めることになっていた。和美が「それから」と続ける。「こないだ、あなたが夕方からお墓参りに行ったとき、お義父《とう》さんがふらっとお店に出てきたの。店番ぐらいならできるからって。『久志、最近忙しそうだし、これからもやろうか』と言ってくれた」

「そうなのか。知らなかった」意外なことだった。父もまた、いつもと違う夏を過ごしている息子を見て、自分にできることをさがしてくれたということか。

「あなたからも、あらためてお願いしてみて。もしお義父さんが手伝ってくれるなら、週にもう一日、午後だけ行っていいから。水曜か土曜だね。処方箋《しょほうせん》も少ないし」

「そりゃ助かるけど……大丈夫なのか」

「ただし」妻は有無を言わさぬ調子で付け加える。「営業日に天文台に行ったときは、帰ってから少し調剤してよ。ビールはそのあと」

「——わかった」

妻の顔を久しぶりにまじまじと見て、思う。悠人も父も和美も、ちゃんとこちらを見てくれている。それにひきかえ、自分はどうだ。幸福感がどうの、この先の生き方がどうのと御託を並べる前に、正面から家族の顔を見ていただろうか。

＊

和也の家に行きたいと彗子が言い出したのは、一昨日のことだった。夜遅く修にメッセージを寄越《よこ》して、住所を訊いてきたという。何をしに行くのかと修が訊き返しても、〈梅野君に頼みたいことがある〉としか書いてこないらしい。久志たちが一緒でも構わないと言うので、木曜の今日、現場へ行く前に三人で訪ねることになった。

梅野家の前で修と待っていると、午前十時半ぴったりに彗子が軽自動車で現れた。車を降りたその手に、大きな茶封筒を持っている。

近づいてきた彗子に、腕組みをした修がいきなり質《ただ》す。

「俺たちにも心の準備ぐらいさせてくれよ。梅ちゃんに頼みたいことって何なんだ？あいつの負担になるようなことは——」

「わかってる」彗子はさえぎって言い切った。

「念のために訊くんだけどさ」久志も言葉を選びながら確認する。「あれとも関係ないよな？　例の、8ミリビデオ」

「関係ない」彗子は眉《まゆ》一つ動かさずにかぶりを振った。「天文台のことだよ」

「手伝いに引っ張り出そうってのか？」修が目をむく。「だからそれは——」

「そうじゃないって。何を頼んだかは、梅野君がやってくれる気になったら、話す。それまでは、わたしと彼だけの話にしておく。そのほうが彼もプレッシャーに感じないと思うから」

修は不満げな様子のままインターホンを押し、和也の母親に来訪を告げた。母親は、初対面の挨拶《あいさつ》をする彗子に丁寧に応じたあと、中へ通してくれた。

修は先月も一度ここへ来たと言っていた。前回と同じように和也の部屋の前まで行って、天文台作りの進捗《しんちょく》状況を一方的に話してきたそうだ。

「あいつ、もう起きてますか」廊下で修が母親に訊いた。

「ええ。朝食、食べ終わったお皿がさっき廊下に出してありましたから」

母親を廊下に残し、修を先頭に三人で階段を上る。上ってすぐ右の部屋の前で、修が声を張った。

「梅ちゃん、俺だよ。タネもいる。それから今日は、珍しい人も一緒だぜ」

修にうながされ、彗子がドアの際まで近づいた。

「山際です。ご無沙汰《ぶさた》しています」

部屋の中からかすかに、ベッドがきしむような音がした。

「スイ子からお前に、何か話があるんだってよ」横から修が言う。「俺たちには内緒らしいから、下に行ってるわ」

修と目配せを交わし、二人で一階に下りた。母親に声をかけ、和室で待たせてもらうことにする。襖《ふすま》を閉め切ると、階段の上の声は何も聞こえてこなかった。

出してもらった緑茶をすすっていると、五分もしないうちに彗子が襖を開けた。

「もう終わったのかよ？」修が眉を上げる。

「資料を作ってきたから」そう言う彗子の手に、さっきの茶封筒がない。「『気が向いたら目を通してみて』と言って、ドアの前に置いてきた。梅野君なら、読めばすべてわかるはず」

母親に礼を述べて、梅野家を辞した。

通りに出たところで、彗子が家のほうを振り返った。眼鏡に手をやり、二階を見上げている。久志も足を止めて、西側の部屋を指差した。

「雨戸が閉まってるのが、梅ちゃんの部屋だよ」

「もう何年もああいう状態なんだ」修が低く言う。「俺たちが何度訪ねていっても、返事一つしない。そういう人間にいきなり頼みごとなんて、無茶だと思うぜ。やってくれるわけない」

「それならそれで構わない。やってくれたら嬉《うれ》しいけど、やってもらわなくても困らないから。頼みごとといっても、その程度のこと。資料にもそう書いた」

「それって、もしかして」久志は訊いた。「実は天文台のためじゃなくて、梅ちゃんのためってこと？」

彗子は肯定する代わりに、静かに言う。

「梅野君、現にミニFMはやってたわけだし、たぶん、何もやりたくないというわけじゃない。やらなきゃならないことがあるのに、それがやれていない。そう感じてしまう自分が辛《つら》いんだと思う」

「仕事とかってことか」修が確かめた。

「やってもやらなくてもいいことで、少しずつ外の世界とつながり直せるなら、それが一番いい。それはきっと梅野君も心のどこかでわかってる。ミニFMは彼にとってそういうものだったと思うから」

苦い顔で黙り込む修の横で、久志は感心していた。和也がミニFMを始めた意味など、考えたこともなかったからだ。

「梅ちゃんの気持ち、よくわかるんだな」久志は素直に言った。

「自分がそういう感じだったというだけ」

「え？」

目を見開いた久志と修に、彗子が告げる。

「わたしも、中学二年のとき、学校に行けなくなったんだ。一年近く、家からほとんど出なかった」

「なんで――」

「だいたい想像つくでしょ」彗子は素っ気なく言った。

つまり、人間関係ということか。彗子の性格と振る舞い方を考えれば、些細《ささい》なきっかけでいじめや嫌がらせの標的になったとしても不思議ではない。彼女が秦野西高校に進学した理由も今やっとわかった気がした。長期の欠席で内申点が低かったのだ。

「でも、三年のときの担任がいい先生でね」彗子は淡々と続ける。「時どきうちに来て、さっきの勢田君たちみたいに、わたしの部屋の前で話をしてくれた。学校に来いとは言わずに、他愛もない世間話を一方的に。あるとき、学校の行事でプラネタリウム見学に行ったとかで、その科学館で見つけたっていうチラシをドアの外に置いていってくれたんだ。国立天文台の観望会のチラシ」

「観望会？」久志は訊いた。

「一般向けの天体観測会だよ。今も定期的に開催されてる」

「その担任、スイ子が天文好きだって知ってたの？」

「母から聞き出したんだと思う。そのチラシに、観望会で使う望遠鏡のことが載っててね。ドームに据えられた口径五十センチのカセグレン式反射望遠鏡。わたしはどうしてもそれをのぞいてみたくなった。そんな大きな望遠鏡、当時は触れたことがなかったから。父と三鷹まで行って、観望会に参加した。今もよく覚えてる。そのとき観たのは、りょうけん座の球状星団M３」

彗子は梅野家のほうを向いたまま、視線を虚空にやる。

「そのあとも何回か観望会に参加して、国立天文台の施設見学もさせてもらった。そして、決めたんだ。将来、天文学者になってここで研究をする。そう思ったら、中学も高校も、わたしには何の意味もないものになった。あと四年間の我慢。大学入試の準備だけをしながらとにかく高校まで卒業すれば、その先にはちゃんと自分の道がある――」

「で、学校に戻ったってわけか」修が言った。

彗子は小さくうなずいた。「目も耳もふさいで中学を卒業した。西高に入ってからも、わたしの高校生活なんて、なかったも同然」

「あの夏までは、だろ？」修が唇の片端を上げる。

「――そうだね」彗子は真顔のまま、わずかに目だけを細めた。「思い出と呼べるのは、あの夏だけだよ」

＊

一辺三・二メートルの観測室を支える床梁は、前回どうにか組み終えた。今日はその上に根太という部材を渡す作業に取り掛かっている。床梁と直交するように根太を三十センチ間隔で組み、そこに床の下地となる合板をはるのだ。

根太は四十五ミリ角の角材だ。床梁との接点に専用のボンドを塗り、上からインパクトドライバーでビスを打ち込んでいく。屋上では日差しをさえぎるものがない。午後に入ってから風がぴたりと止んでしまったので、汗が体中にまとわりついてくる。

ペットボトルの水をひと口含み、タオルで首のまわりを拭《ぬぐ》っていると、別の根太に釘《くぎ》を打っていた修が「ああ、くそ」とうめいた。

「またやり直しだよ」舌打ちしながら釘抜きで引っこ抜く。横向きの力に対して強度を出すために、根太の側面から斜めに「忍び釘」を打っているのだが、かなり難しいらしい。

井出が角材を二本抱えて階段を上ってきた。「これ、7番と8番な」と部材に記した番号を示しながら久志に手渡し、自身も屋上にのる。

井出は朝から彗子と一緒に角材を指定の長さに切る仕事をしてくれている。その横で床下に敷きつめる発泡プラスチックの断熱材をカットしているのは、辻仁美。

　手伝いに来てくれないかと二人に呼びかけたのは、久志だ。先日彼らが差し入れを持ってきてくれた帰り際、「何かできることがあったら声かけてよ」と言っていたのを思い出し、メッセージを送ってみた。

　柄にもなくそんな世話を焼いたのは、千佳の不在が響いているからだ。大きな部材を扱う作業は二人一組でやったほうが速く、三人になると途端に効率が落ちる。千佳からは一昨日ようやく返信があったのだが、〈ごめんなさい。体調が悪いとかではないから、心配しないで〉と書かれていただけで、現場に戻ってくる様子はなかった。

　井出が修の手もとを見ながら、軽口を叩《たた》く。

「床は何より大事だからな。手を抜くなよ」

「抜きたくても抜けねーよ」修は唇をゆがめて言い返す。

「うちの現場監督、床には厳しくてな」久志は下にいる彗子のほうにあごをしゃくった。「床梁を組んだときも、完璧に水平にしてくれと言われて、めちゃめちゃ苦労したんだよ。ちょっとずつノミを入れながら、レーザー墨出し器で高さ合わせて」

「でも実際、大事だと思うぜ」井出が真剣な顔つきになる。「うちなんかひどいもんでさ。北側の部屋の床にビー玉置くと、結構な勢いで転がってくんだよ」

「欠陥住宅か？」修が訊いた。

「そこまで大げさじゃないけど、業者選びを間違えたのは確かだよ」井出は小さく息をつき、自嘲《じちょう》する。「まだ二十年もローン残ってるのに」

さっき昼食をとりながら、井出は「今の会社にいても、だめだと思う」とこぼしていた。秦野市内の食品会社に勤めているのだが、業績が悪化して昇給が見込めず、ボーナスも減る一方なのだという。「だったら動いてみろよ。転職サイトとか、いろいろあるだろ」と修が言うと、「東京じゃないんだから、簡単にはいかないよ」と力なくかぶりを振っていた。

不安を抱きながら半ばあきらめている井出の気持ちが、久志にはよくわかる。自分たちのような人間は、知らず知らずのうちに、秦野という山に囲まれた街に精神的に閉じ込められているのだ。その内側だけで選び取れる人生の選択肢は、決して多くない。

井出のポケットの中で、スマホが鳴った。電話に出ると、「あ、都合ついたんだ」と言って、この現場までの道順を説明する。事情がわからず、修と顔を見合わせた。

「誰か来んの？」通話を終えた井出に、修が訊く。

「小野寺だよ」

「おお、デラちゃんか！」

小野寺慎平《しんぺい》もD組の同級生だ。高校時代はいつも井出とコンビでいた。最後に顔を合わせたのは前々回の同窓会だから、もう十年近く前になる。

「小野寺、厚木に住んでるんじゃなかった？」久志は井出に確かめた。職場も厚木市内のIT系企業だと聞いたはずだ。

「そうなんだけど、今日から盆休みでしばらく実家にいるっていうから、声かけといたんだ。今、ヤビツ峠の駐車場だって」

「やっぱ持つべきものは、昔の仲間だな」修が目を細める。「あいつ、空き缶タペストリーもよく手伝ってくれたもんなあ」

　それから十五分ほどで、小野寺が到着した。ひょろりとした体を左右に揺らして歩くさまは昔のままだが、長らく見ないうちにあごひげを生やしていた。

　タープの下に集まって久々の再会にひとしきり盛り上がったあと、修がコーヒーを淹《い》れている間に彗子と久志とで建物を案内する。小野寺は長身をかがめて屋上へ出ると、作業中の床を見て「いいな」と目を輝かせた。

「結構本格的にやってんじゃん」

「ここが天体観測ドームになる」彗子が言って、床梁の間から二十センチほど突き出たコンクリートの角柱を指差す。「あれが、さっき奥の部屋で見せた柱の頭。あそこに望遠鏡を立てる」

「面白そう。俺、好きなんだよね」

「え、星好きだっけ？」久志は驚いて訊いた。

「星じゃなくて、日曜大工。古い一軒家を中古で買ったからさ、ちょこちょこ自分でリフォームしていってるんだよ」

「へえ、そりゃ頼もしいな」

小野寺が根太組みに加わると、格段に作業がはかどった。

ビス打ちも忍び釘も、慣れた手つきでどんどん進めていく。ここは久志と小野寺だけで十分ということになり、修は一階へ下りた。今は彗子たちと床用合板のカットを進めている。

もう日は落ちかけているが、取り付ける根太はあと二本。何とか今日中に終わるだろう。

忍び釘の下穴を一つ開けて、小野寺が訊いてくる。

「この観測室の他にも、何か自分たちで作るの?」

「大がかりなのはないと思うよ。階段まわりの工作がいくつか残ってるのと、はがした一階の床をもとに戻したり、天井はったり、壁紙はり直したり。あと、トイレを洋式に変える。そうだ」先日彗子が言っていたことを思い出す。「スロープも作りたいとか言ってたな」

「どこに」

「玄関ポーチ。地面から二段上がるようになってるんだよ。脇にスロープがあれば、台車で搬入がしやすい。それに、ここの持ち主の奥さんのためでもあるらしい」

広瀬夫妻のために喫茶スペースを残すことと、房江の脚のことを手短に話して聞かせた。

「モルタルのスロープなら、作ったことあるよ」小野寺は言った。「縁側から庭に下りられるようにしたんだ。犬たちのために」

「へえ、犬用か。たくさん飼ってんの？」

「ヨークシャーテリアとパグを二匹ずつ」

「四匹か。そりゃあにぎやかだな」

「そうでもないよ。夫婦二人だし」小野寺は手を止めて、こちらに目を向けた。「タネのところは、子どもは？」

「男の子が二人。小学五年と二年」

「いいな」小野寺は小さく微笑み、目を伏せた。「うちも長い間いろいろ試したんだけど、さすがにあきらめたよ。二年前に通院もやめて、きっぱり」

「──そうか」

それ以上のことは、何も言えなかった。二年前と聞いて、ふと、彼が来なかった前回の同窓会の頃だなと思った。

「うちの奥さん、犬連れて自分の実家に帰ったし、俺こっちで暇なんだよね」小野寺は金づちを握り直し、釘を一本つまみ取る。「盆休みの間は、手伝いに来れるから」

「ほんとか。助かるよ」

それから一時間ほどで、すべての根太を組み終えた。

工具類をまとめ、屋上の南のふちに立つ。午後六時四十分。山に隠れて見えないが、ちょうど日が沈む頃だろう。西の空にのびる帯状の雲が、ピンク色に染まっていた。

「おーい！」ウッドデッキの修がこちらに叫ぶ。「終わったら来いよ。スイカ切ったぞ」

小野寺が差し入れに持ってきた大玉のスイカを、冷蔵庫で冷やしてあったのだ。久志はすっかり忘れていたが、修はさすがに抜け目がない。

小野寺が下りていったあとも、久志は一人、暮れていく空を眺めていた。南西の低い位置に、明るい星が一つ見える。宵の明星というやつだろうか。

しばらくすると、彗子が階段を上ってきた。「お疲れさま」と久志に声をかけると、しゃがみ込んで根太の具合を確かめる。

「なあ」空に目を向けたまま彗子に訊ねた。「あの星、金星？」

「木星だね」彗子が立ち上がる。「金星はもう山に隠れて見えない」

「そっか」

下から仁美たちの笑い声が響いてきた。修が蚊取り線香に火をつける横で、井出と小野寺がウッドデッキに椅子とテーブルを並べている。

「台風が心配」彗子は南の方角を見て言った。

「ああ、発生してるみたいだな」今朝のニュースでは、沖縄の東の海上にあると言っていた。三、四日後には関東に近づく恐れがあるらしい。「逸《そ》れてくれるといいけど」

彗子は階段の下り口まで行き、こちらを振り向いた。

「ありがとうね。みんなに声かけてくれて」

「——いや」小さくかぶりを振った。

階段を下りていく彗子の背中を見送り、視線をウッドデッキのほうにやる。修と仁美がスイカを運んできた。井出と小野寺がしゃべっているところに彗子が現れて、少し離れた椅子にちょこんと腰掛ける。

五人を見下ろしながら、とりとめもなく考える。

みんな、同じだ。

こんなはずではなかった。なんでこうなってしまったのか。ときにそんなため息をつきながら、四十五歳を懸命に生きている。十八歳のときに思い描いていた人生とは、まるで違う日々を。

顔を上げ、オレンジ色と濃紺が混ざりあう空で輝く木星に視線を向けた。

人間は誰しも、一つの星を見つめて歩いている。ある者にとってはそれが叶《かな》えたい夢かもしれないし、またある者にとっては到達すべき目標かもしれない。

久志にとって星と呼べるものは、あの小さな店——種村薬局しかない。そこには自分の仕事があり、家族がいる。

だから、星といっても目的地ではなく、北極星のようなものだ。自力で道を切り拓《ひら》くことなどできない自分が、何とか迷子にならずに歩いていくための、道しるべ。つまらない星だと人は言うかもしれないが、星は星だ。

四十五歳になった今の自分たちは、「星食」のときを生きているようなものなのかもしれない。それを頼りに歩いていけばいいと思っていた星が、突然光を失い、どこにあるかわからなくなってしまった。その星と自分たちとの間を、別の天体が横切っているのだ。

けれど「星食」は、いずれ終わる。そのときは、見失った星をまたさがしてもいいし、別の星を見つけて生きていってもいい。

ひとりでに笑みがこぼれる。このところ、自分がどんどん天文台作りに惹《ひ》かれていっている理由がわかった気がしたからだ。

そう。星を見つけるためには、天文台が必要だ。だから今はあれこれ悩むのをやめて、この天文台を作り上げよう。彗子のためではなく、自分のために。

Ⅵ　八月——千佳

横浜横須賀《よこすか》道路を朝比奈《あさひな》インターで降り、県道を使って逗子《ずし》へ向かう。秦野から東名でいったん横浜市内まで出るこのルートは少し遠回りになるのだが、お盆直前の日曜に湘南を通ってくる気にはなれない。海沿いを走る国道一三四号は今日もきっと大渋滞だ。

カーラジオから、ニュースに続いて気象情報が流れ始める。

〈初めに台風情報です。台風8号は現在、奄美大島《あまみおおしま》の東の海上を北に進んでいます。明日は進路を次第に北東に変え、十四日から十五日にかけて関東地方に接近する恐れがあります〉

台風と聞いて、天文台のことが頭をよぎる。建物の屋根は今、どんな状態だろう。あれから作業はどれぐらい進んだだろうか。

修と久志が何度もメッセージを寄越《よこ》すので、三日ほど前に短い返事を打っておいたが、いつ現場に戻るとは書かなかった。

あの夜薬局を飛び出したまま天文台の仕事を投げ出した自分を、二人はただ訝《いぶか》しんでいるだけだろうか。いや、いくら彼らが勘のいいタイプでないとはいえ、さすがに気づいただろう。千佳にとって恵介がただの友人ではなかったということに。

そして、彗子は――。

彼女の胸の内を想像することは、無意識のうちにずっと拒み続けている気がする。あの彗子の中にも、自分と同じ生身の女の部分が確かにある。それを今さらながらあんな形で思い知らされたことに、裏切られたという感情がどうしても拭《ぬぐ》えなかった。筋違いな怒りだというのはよくわかっている。彗子のことを、脇目もふらず夢に向かって真っすぐ進んでいく女性だと決めつけ、一方的に神聖視していたのは、千佳自身だ。そして、彗子を好きになって交際を申し込んだのは、自分だけが理解者だと勝手に思い込んでいた、恵介なのだ。

もしかしたら、心の底に居座る熾火《おきび》のようなこの怒りの半分は、今まであの二人のことを何もわかっていなかった自分自身に対するものなのかもしれない。

そんなふうに考えると、あの日以来なぜ益井園子の顔ばかり浮かぶようになったのか、わかるような気がする。傷ついたまま十八歳の頃に何度も引き戻されて、彼女に甘えたくなったというだけではおそらくない。千佳よりは大人だったはずの彼女の目に、あの頃の自分たちがどう映っていたのか、確かめてみたくなったのだ。

益井の連絡先を調べ始めたのは、一週間ほど前のこと。手もとには彼女についての情報が何も残っていなかったので、まずは当時の担任の山中《やまなか》を頼った。彼とは年賀状のやり取りが続いていたし、同窓会でも顔を合わせている。

電話で益井のことを訊《たず》ねてみると、神奈川で高校の教員になったのは確かだが、今どこでどうしているかはわからないとの答えだった。ただ、彼女と同時期に来ていた実習生の一人とは今も交流があるというので、そちらの連絡先を聞いた。やはり私立高校で教師をしているというその男性にメールでコンタクトを取ったところ、益井の近況がやっと判明した。

彼女は今、学習障害の子どもたちを支援するＮＰＯを主宰しているという。逗子に事務所があるその団体のウェブサイトを見てみると、〈代表者からのメッセージ〉というページに顔写真が載っていた。結婚して姓が変わり、髪もショートになっていたものの、切れ長の目を細めて微笑む顔はそのままだった。

ウェブサイトにあったアドレスにメールを送ると、本人からすぐに返信があった。その温かい文面には、〈懐かしい〉という言葉が全部で四つもちりばめられていた。

逗子駅前を通り過ぎ、しばらく走って左に折れる。約束の二時には間に合いそうだ。

カーナビに指示されるまま、曲がりくねった坂道を上っていく。緑の中を抜けると、眼下に街並みが広がった。道路の脇に〈カフェ・ヒロヤマ〉という小さな看板が見えたので、記された矢印にしたがって右に入り、コンクリートの坂を少し下る。

益井に指定されたその店は、二階建ての民家を改装したようなたたずまいのカフェだった。建物裏の駐車スペースに入っていくと、真っ赤なコンパクトカーのそばに、彼女が立っていた。


「すごい。いい景色」千佳は窓の外に目を向けて言った。逗子マリーナの向こうに海が広がり、江《え》の島《しま》までよく見通せる。

案内された席は、二階の窓際。壁で半分仕切られた小部屋のようなスペースで、その中には二人がけのテーブルが二つしかなく、とても静かだった。

「せっかく逗子まで来てもらうんだから、海が見えるお店がいいと思って」昔はなかった目尻《めじり》のしわを深くして、益井が言う。「かといって、マリーナのそばにあるようなお店は観光客で激混みでしょ。ここなら地元の人が中心だから」

「それでも満席みたいでしたけど、よくこんな特等席が空いてましたね」

「実はここのママさん、うちのNPOのメンバーでね」益井はこちらに身を乗り出し、声をひそめた。「特別に、席とっておいてもらったの」

ちょうど、それらしき女性がお冷やをトレーにのせてやってきた。

「いらっしゃいませ」千佳と益井を見比べながら訊《き》く。「何関係のお友だち？」

「お友だちじゃなくて、教え子」益井が答える。

「あらそうなの？」

「教育実習生のときのだけどね」

教え子と聞いて店のママが驚いたのも無理はない。歳は四つしか違わないのだ。知らない人が見れば、むしろ千佳のほうがいくつか歳上だと思うかもしれない。益井の表情はそれぐらい溌剌《はつらつ》としていた。

アイスのカフェラテを飲みながら、訊かれるままに家族や職場のことを話した。

「じゃあ、教職はもう二十年以上か」益井が言った。

「今年で二十三年目です。途中、産休と育休をはさんでますけど」

「もうベテランだね。わたしのキャリアなんか、とっくに越されちゃってる」

「ただ続けてるってだけですよ」

いつかは仕事のほうの悩みも聞いてもらいたいと思いつつ、まずは益井のことを訊ねる。

「先生は、いつ頃まで教師をされてたんですか」

「四十で退職したから、ちょうど十年前。教師生活は楽しかったんだけど、楽しいだけでいいのかなと思い始めちゃって。急に、もう少し勉強したくなったんだよね。下の子も手が離れた頃だったから、一念発起して大学院に入ったわけ。そこで学習障害について勉強して」

学習障害とは、知的な遅れがないにもかかわらず、読み書きや計算などに困難がある発達障害の一種だ。大学院を修了後、そんな子どもと親たちのサポートや、家庭と医療機関をつなぐ手助けをするNPOを仲間と立ち上げたという。「学校や行政にもかなり認知されてきたし、これからだよ」と微笑む益井の顔は生き生きとしていて、うらやましかった。

「今のお話、勢田君にも伝えないと。益井先生はあんたより先を行ってたよって」

「先って、どういうこと?」

千佳は修の四十五歳定年制と司法試験挑戦のことを話して聞かせた。感心した様子で相づちを打っていた益井は、話が一段落ついたところで、「そうそう、勢田君といえば」と眉《まゆ》を持ち上げた。

「天文台の話を聞かなきゃ。すごいじゃない。さすが山際さんだよね」

「――ですよね」そのこともひととおりメールで伝えてあった。

現場から離れていることに後ろめたさを感じつつ、あらためて経緯を説明する。話しながらスマホを取り出し、以前SNSに載せた写真を見せた。建物を南側から撮ったもので、ウッドデッキで作業する他の三人も写っている。

「山際さん、全然変わんないね」益井は一人ずつ指差していく。「これが勢田君でしよ。こっちが――種村君だ。みんな立派になったねえ」

「立派な中年です。わたしを含めて」

「あのとき中心メンバーだったのは、あと梅野君と――槙君か」

益井はそう言ってスマホをこちらに返し、神妙な顔になる。

「槙君、まさかあんなことになるなんてね」

「ご存じでしたか」

「D組の山中先生から聞いた。彼が亡くなった翌年ぐらいかな。必要な書類があって西高まで取りに行ったときに」

「ほんとに……突然で。槙君は、何もかも突然」千佳は短く息をつき、目を伏せた。「わたしたち、最後まで置いてけぼりをくっちゃった感じです。結局、何も聞けずじまい」

益井は無言で小さくうなずいた。教育実習を終えたあと、夏休みの間もたびたび千佳たちの様子を見に来てくれていた彼女は、恵介が途中でタペストリー作りを抜けたこともよく知っている。

千佳の頭の片隅にはずっと彗子の顔が浮かんでいたが、自分の口からあの二人に起きたことを伝えるわけにはいかない。その代わりに、こう切り出してみた。

「最近、あのときのメンバーでまた集まるようになったからか、槙君のことをよく考えるんです。結局わたしたち、彼のことを何も知らなかったんじゃないかなって」

「槙君は自分のこと、あまり話さなかった？」

「そうですね。今思うと」

益井は「そっか」と言ってストローをくわえ、喉《のど》をうるおした。そのグラスを脇にどけると、テーブルの上で両手を組み合わせる。

「もう三十年近く前のことだし、話してもいいと思うんだけどね」益井が切れ長の目を向けてきた。「実はわたし、槙君から進路のこと聞いてたんだ」

「え？　ほんとですか」

だが言われてみれば、あり得ないことではない。さばけた性格の益井を恵介も慕っていたし、タペストリーの企画を立てたばかりの頃は、反対する教師たちとの間に入ってくれた彼女を頼りにもしていた。

「実習期間の終わり頃だったと思うけど、図書室に資料をさがしに行ったら、槙君がいてね。地理学とか人類学の本を見てたから、『もしかして大学でそういう勉強がしたいの？』って訊いたわけ。そしたら、『僕、大学行かないんで』って言うんだよ。就職するつもりだって」

「就職って、そんなこと――」ひと言も聞いたことがなかった。

「西高を出てすぐ就職する子なんてほとんどいないし、わたしも驚いてさ。だいたい、勉強したくない人がそんな本読まないじゃない？　だから、よかったら話を聞かせてほしいって言ってみたんだ。そしたら槙君、最初はためらってたけど、『このことは誰にも言わないでください』って念を押してから、教えてくれた」

益井はそこで少し間を置き、質問から始めた。

「彼の家庭が少し複雑だったのは、知ってる？」

「いいえ、何も」なぜかふと、恵介と『青い鳥』の話をしたことが頭に浮かんだ。「お母さんの姿を中学の卒業式で一度見たことがあるぐらいで。あと、歳の離れた弟がいるのは知ってます」

「その弟さん、槙君と父親が違うんだよね」

そう言って益井が語ってくれたのは、千佳も時どき職場の中学校で見聞きする、身勝手な大人たちのもとで成長せざるを得なかった子どもの話だった。

恵介は秦野ではなく、東隣りの伊勢原市で生まれたそうだ。両親は幼い頃に離婚していて、父親の顔は覚えていないと言っていたらしい。母子二人で安アパートに住んでいたが、恵介が九歳のときに母親が再婚。秦野にあった相手の男性の家で暮らし始めた。義父となったのは近隣の市で飲食店をいくつも経営する人物で、大きな車庫に外車が二台あったというから、相当羽振りがよかったのだろう。

翌年には、弟が生まれた。十歳下のこの弟を恵介はとてもかわいがり、弟のほうも兄によくなついた。庭に立ててもらったバスケットゴールで恵介が練習を始めると、いつもよちよち歩きでまとわりついてきたという。その頃の数年間は、恵介もそれなりに幸せだったようだ。

環境が一変したのは、恵介が中学二年のとき。バブルの兆しが見え始めていた一九八六年だから、すでに怪しげな儲《もう》け話が飛び交っていたのだろう。義父が、家族ぐるみで付き合っていた友人に騙《だま》されて虚偽のリゾート開発に投資し、巨額の借金を負ったのだ。店も自宅も失い、一家は古い賃貸マンションへと引っ越しを余儀なくされた。

その後の顚末《てんまつ》は、よくあるパターンの一つだ。義父は昼間から酒を飲むようになり、酔って家族に当たった。母親に手を上げようとした義父に恵介がつかみかかり、殴り合いになる。体格はもう恵介のほうがまさっていたので暴力はそのとき限りだったようだが、それ以降、義父は恵介にあからさまな憎悪を向けるようになった。

小さくなったバスケットシューズを新調してくれとも言い出せず、小学校時代のクラブチームのコーチからお古をもらって履いていたと聞いたときは、涙が出そうになった。高校に入ってからも、部費や合宿代は時どきこっそりアルバイトをして工面していたという。そんなことさえ、千佳はまったく知らなかった。

「だから槙君は、一日でも早く独り立ちして、家を出たかった」益井は言った。「そんな状況で、大学なんて考えられないよね」

「彼のお母さんは、どういうつもりだったんでしょうか」同じ母親として、彼女にも無性に腹が立っていた。

「わからない。でも、また離婚するような気はなかったみたい。『母にはもう、好きにしてもらうしかないです』って、突き放したようなことを言ってた。もしかしたら、お義父《とう》さんに辛《つら》く当たられたとき、お母さんにもあまりかばってもらえなかったのかもしれない」

膝《ひざ》の上でハンカチを握った手に力がこもる。つまり母親は、自身と恵介がそんな目に遭っていながらも、夫との生活を選んだのだ。再び一人で子どもを育てる勇気が持てずに。だとすれば、突き放されたのは恵介のほうではないか。

「それでも槙君はね」益井は続けた。「心配なのは弟だって、何度も言ってた。『あいつが将来、行きたい大学に行けるように、僕が働いてお金を貯めておくんです』って」

ついにあふれてしまった涙を、ハンカチで押さえる。大人なようでどこか幼い十八歳の決意が、どうしようもなく悲しかった。

「ごめんなさい」洟《はな》をすすり、無理に口角を上げる。「今さらこんなことで泣いちゃって」

益井は優しく微笑んでかぶりを振り、言った。

「わたしもそのときは考え込んじゃってさ。だから、やっぱり受験するかもしれないと彼から聞いたときは、嬉《うれ》しかった」

「ああ、そのことも本人から」

「うん。確かちょうど今頃、お盆の時期だね。西高にみんなの様子を見に行ったとき、帰りに呼び止められて、大学のことをいろいろ訊かれたんだよ。授業料免除や奨学金について。それから、就職に有利なのはどの学部か、とか」

「なんで急に進学するつもりになったか、言ってましたか」

「『やってもみないであきらめるのはダサいと思って』、みたいなことだけ。そのあとタペストリー作りまで抜けたと知ったときは驚いたけど、やっぱりかという気持ちも少しだけあった。何がきっかけになったのかはわからないけれど、槙君、覚悟を決めたんだなって」

「覚悟？」

「そう。残りの高校生活は捨てて、全部のことをやる覚悟。親に頼らず自力で大学に進んで、いい会社に就職して、弟の面倒もみる」

益井は知らないが、きっかけは彗子だ。そして、その「全部」の中で恵介の心の大部分を占めていたのは、彗子のそばで学生生活を送ることだったに違いない。

「これもわたしの想像だけど」益井が続ける。「彼、タペストリー作りを抜けたあと、勉強だけじゃなくて、アルバイトもしてたんじゃないかな」

「──かもしれません」遅刻や早退を繰り返し、授業中はしょっちゅう机に突っ伏して眠っていた恵介の姿を思い出す。

「まあ、当時のみんなは、彼に裏切られたと思ったかもしれないけど」益井はそこで言葉を区切り、やるせなさそうに眉尻を下げた。「彼は彼で、悲壮な覚悟をしてたんだと思うんだよね。十八歳なりの」


カフェを出たのは、もう五時に近かった。店の玄関を出て海のほうを見下ろすと、江の島の上に広がる薄雲が黄金色に輝いている。

駐車スペースでの別れ際、益井が言った。

「わたしも今度見に行っていいかな。みんなが天文台を作ってるところ」

「ええ、もちろん」

「今、どのぐらいまで出来てるの？」

「天体ドームを作り始めたところだと思うんですけど……」言葉に迷いながら言う。

「ちょっと最近、いろいろあって行けてなくて」

「そうなの？　だったらみんな、困ってるんじゃない？」

「わたしなんかいなくたって、困りませんよ。大工仕事もろくにできないし」

「そんなことない。伊東さんは要《かなめ》だよ。タペストリーのときだって、そうだったじゃない」

「わたしがですか？　まさか」

顔の前で手を振る千佳に向かって、益井が首を横に振る。

「あの夏も、ちょっと離れたところからみんなのことを見ていて、ずっと思ってた。このチームが素敵なのは、伊東さんがいるからだなって。槙君が抜けたあと、タペストリーを最後まで完成させられたのは、あなたがいたからだよ」

「嘘です。それはスイ子が、山際さんが――」

益井はまたかぶりを振った。

「伊東さんはね、たとえて言うと……そう、片栗粉《かたくりこ》みたいなものだよ」

「片栗粉？」

「アクがあったり、味が強かったり、舌触りが独特だったりする食材を、ひとまとめにしてまろやかにしちゃう。全部包んで美味《おい》しくする。主張しない、邪魔しない。だけどみんなが頼りにしてる、なくてはならない存在」

「すごい」笑いながら確かめる。「それって、ほめられてるんですよね？」

「もちろん」

「でも、いつもニコニコしてみんなのつなぎ役をするのも、疲れますよ」

「わかるよ」益井はうなずいた。「だけどそれって、誰にでもできることじゃないからね。一種の才能」

＊

キッチンの奥のガラス窓が、がたんと鳴った。

夜八時を過ぎた頃から、急に風が強くなり始めている。リビングからはアルミの雨戸を雨粒が叩《たた》く音も時どき聞こえてくるが、大雨というほどではない。夕方のニュースでも、今回の台風は雨より風に注意が必要と言っていた。

台風8号は昨日からより東向きに進路を変え、太平洋沿岸を進んでいる。その現在地を示すスマホの気象情報サイトによれば、伊豆半島が暴風域に飲み込まれようとしているところだった。

片付けを終えた食卓に一人でいる千佳は、スマホの画面をメッセージアプリに切り替えた。天文台のグループチャットに久志から新しいメッセージが入っている。

〈今向かってる。あと二十分で着く〉

〈了解。気をつけて〉とすぐさま修が返信を書き込んだ。

台風を心配して、三人が天文台に集まっているのだ。修と彗子はすでに現場に到着しているらしい。

リビングのソファでつまらなそうにテレビを見ていた長女の佑香が、リモコンを画面に向けた。次々とチャンネルを変えていき、ヘルメット姿の記者が大映しになったところで手を止める。下田《しもだ》からの台風中継だ。突風が吹きつけたらしく、よろけながらマイクに向かって風の強さをがなりたてている。

佑香はさして興味なさそうに「やっぱ」と言って、またチャンネルを変えた。

千佳は落ち着かずに、スマホを手に取ったり置いたりを繰り返している。「伊東さんは要だよ」という益井の言葉を真に受けたわけではないが、やはりこの事態に自分だけ知らぬ顔はできない。

意を決してスマホを握り直し、〈そっちの様子はどう?〉と送ってみる。すると一分もしないうちに、修が応答した。

〈今のところ〉と書き込まれて、しばらく間が空く。〈待って。今何か音がした〉

何かトラブルだろうか。鼓動が速くなっていく。じりじりしながら五分待ったところで、先に体が動いた。

二階に駆け上がって寝室のクローゼットからレインウェアを引っ張り出すと、トートバッグに突っ込んでそのまま玄関に向かう。

「ちょっと行ってくる！　天文台！」スニーカーを履きながら大声で言った。

「え、何？」佑香がリビングから廊下に飛び出してくる。「今から？　無茶でしょ。

だって台風──」

「だから行くんだよ」

まだ何か言っている娘には構わずドアを開け、カーポートに走った。

幸い、峠道の入り口でも通行止めなどの規制はおこなわれていなかった。強風に車体を揺らされながら十五分ほど走り、ヤビツ峠を抜けてプレハブまでたどり着く。

その裏手から山の上へと続く砂利道は所どころぬかるんでいて、四輪駆動でない千佳の車は時どきタイヤを滑らせた。雨脚も急に強まってきたので、これ以上来るのが遅ければ、この急な坂は上れなかったかもしれない。

頂上の平地に出ると、ヘッドライトが照らした建物の屋根に、人影が二つ見えた。レインウェアを着込んだ修と彗子だ。近づきながら短くクラクションを鳴らすと、フードをかぶった修が一瞬だけ右手を上げた。

建物を囲む足場を覆うように、メッシュのシートがかけられている。大工の上田が台風に備えて養生をしたのだろう。玄関前に車を停め、建物に駆け込む。

中に入ると、工具箱を持った久志が階段のところにいた。

「何があったの？」前置きなしに早口で訊く。

「観測室の床を覆ってたブルーシートが吹き飛んで、屋上の仮留めの板が一枚はずれた。板のほうはもう打ち直したけど、階段の下り口から雨が入ってきてる」

階段の下まで行って見上げると、確かに外が見える。吹き込んでくる雨のしぶきが顔を濡《ぬ》らした。

「ブルーシートだけだとまた飛ばされるかもしれないから、ベニヤ板で一時的に階段の穴をふさぐことになった」

久志はそう言い残し、屋上へと駆け上っていく。千佳は慌ててレインウェアの上下を着た。

「おーい、千佳!」上から修が大声で呼ぶ。「ブルーシートもう一枚と、ロープひと束持ってきて! ストックルームにある」

千佳はその二つを急いでさがし当て、両手に抱えて階段を上がった。屋上に頭を出した途端、強い風にフードが脱げて、むき出しになった額を大粒の雨が打つ。

膝立ちの彗子がこちらに手を差し出したので、ロープの束を預ける。LEDのランタンが照らす観測室の床には、下地の合板がきれいに敷きつめられていた。その中央に十センチほど突き出ているのは、望遠鏡を据え付けるためのコンクリートの角柱だ。

床の上に立ち、フードをかぶり直そうと足もとにブルーシートを置いたのがいけなかった。吹きつけた突風にそれがめくれ上がり、ふわりと浮かぶ。「あ!」と千佳が叫ぶのと同時に彗子が素早く動き、飛んでいこうとするシートの端を屋上のへりで捕まえる。

　それに引っ張られたのか、濡れた床で滑ったのか、彗子の体がつんのめった。落ちる――千佳は咄嗟《とっさ》に腕をのばし、彗子の左肘《ひだりひじ》を後ろからつかんだが、今度は自分の足が滑る。だめだ、と思った瞬間、すごい力で後ろに引き戻され、彗子もろともしたたかに尻を床に打ちつけた。うめきながら首を後ろに回すと、千佳のレインウェアを握った久志と、彗子の右腕をつかんだ修が尻もちをついていた。

「あっぶねー……」久志が天を仰いだ。

「寿命が縮んだぜ、今のは」修も大きく息をつく。

　彗子は千佳に助けられたと思ったのか、こっちを見て「ありがとう」と言った。続いて「大丈夫？」と訊かれたので、うん、とうなずいた。

　立ち上がって怪我がないことを確かめ合うと、修が「よし」と階段の下り口に近づいた。

「今からここをふさぐから、スイ子と千佳は下に行ってて」

　彗子と二人で階段を下り、懐中電灯を手に玄関からウッドデッキのほうへ回る。屋上を見上げると、修と久志がベニヤ板を釘《くぎ》で打ちつけていた。それが済むと、観測室の床全体をブルーシートで覆い、ロープで固定する。

　すべての作業が終わって下りてくるときは足場を使ったので、千佳が懐中電灯で彼らの足もとを照らしてやった。どうにか地面に下り立った二人に、「お疲れさま」と声をかける。久志は「ああ」とうなずきながら濡れた顔を手で拭い、修はそこで初めてにやりとして、「しばらくだったな」と言った。

店舗スペースでレインウェアを脱ぎ、タオルを使うとやっと人心地がついた。修がコーヒーを淹《い》れている間に、三人で濡れた階段と床を拭《ふ》く。

午後十時五十分。強風が吹きつけるたびに、建物がわずかに揺れる。時おり響く嫌な金属音は、足場がきしむ音だ。スマホの気象情報サイトで確認すると、丹沢もすでに暴風域の北の端にかかっていた。

熱いコーヒーがはいると、それぞれカップを持って椅子に腰を落ち着けた。彗子と久志はカウンターの前、修と千佳は掃き出し窓のそばのテーブルだ。

修が旨《うま》そうにひと口すすって言う。

「それにしても、柱を立て始めなくて正解だったな。下手すりゃ風でぶっ倒れてるよ」

久志が千佳に向かって補足する。「床は一昨日出来上がっててさ。昨日、柱に取り掛かるかどうか、迷ったんだよ」

「上田さんに電話で相談したら、一日で棟上げまでいけないようなら、やめたほうがいいって言われて」彗子が言った。

「そう」声がかすれた。「でも、今のところ順調に進んでるみたいで、よかった」

「井出と辻さんが手伝いにきてくれてな」久志が言う。「それから井出が、小野寺を呼んでくれたんだよ」

「デラちゃんなんか、毎日来てくれてるんだぜ」修がうなずいた。

「小野寺君か。ずいぶん会ってない」

千佳はコーヒーで唇をうるおし、カップをテーブルに置いた。話すなら今だろう。

「あたしも、二十八年ぶりの人に会ってきたよ。益井先生」

「益井先生って、教育実習の?」「なんでまた?」修と久志が驚いて口々に言う。彗子も眉を動かした。

「なんでというほどのことはないけど、急に顔を見たくなって」

簡単に経緯を説明してから、続けた。

「天文台のことを話したら、みんなにも会いたいって言ってた。先生、恵介が亡くなったことも知ってたよ。山中先生から聞いたんだって」

「そっか」修がつぶやいた。

「それから、益井先生、あたしたちの知らないようなことまで知ってた。恵介のこと」

もってまわった嫌な言い方だというのはわかっている。だが、あっさり話してしまうことはどうしてもできなかった。話の行き先を察したのか、修が彗子のほうをちらりと見た。

「恵介ね」誰とも目を合わさずに言う。「もともとは、卒業したら就職するつもりだったんだって。受験せずに」

「は？　嘘だろ？」修が眉を寄せた。

「家庭の事情が、いろいろあったらしいの」

益井から聞いたことを、そのまますべて伝えた。三人とも、身じろぎもせず聞いていた。千佳が言葉を止めると、久志がためていた息をゆっくり吐いて言った。

「そんなこと……何も知らなかった」

「スィ子は、知ってたんでしょ？」体ごと彗子のほうへ向いて質《ただ》す。

「経済的な理由で進学しないとは言っていた」彗子は静かに答える。「お義父さんとのことや弟さんの話は、本当に今初めて知った」

「でも、あなたと付き合うようになって、やっぱり大学に行こうと思ったんだよね？そのために必死で勉強して、アルバイトも始めたんだよね？　タペストリー作りもやめちゃって、学校のみんなとも話さなくなって、あたしたちとも——」声が震えるのを抑えようとして、さらに口調がきつくなる。「あなたのためにでしょ？　あなたと一緒に、東京で——」

「もういいよ、千佳」修が差しはさむ。「スィ子のせいじゃない」

「わかってるよ、そんなこと！」首を振りながら言った。「でも……」

言葉につまると、今度は久志が言う。

「自分は完璧《かんぺき》な高校生なんかじゃないって一番強く思ってたのは、もしかしたら恵介かもしれないな。だからこそ、自分の身の上を誰にも話さなかった」

修がどこか苦しそうに唇をゆがめる。それに一瞥《いちべつ》を投げ、久志は続けた。

「あいつ、もっと頑張らなきゃと思っちゃったんだよ。スイ子に似合う男になるために」

千佳はまなじりを決して、彗子の顔を見据えた。

「こんなことをあなたに言うのは酷だってわかってる。でも、言わなきゃ終わらないから、言うよ。恵介は、親の勝手な都合に振り回されて、いろんなものをあきらめてきた。だけど、スイ子のことを好きになって、大学はあきらめないという選択をした。もしかしたら初めて、自分の人生を生きるってことを考え始めたのかもしれない」

揺らがない彗子の瞳を見つめたまま息を整え、続ける。

「恵介の頭の中の未来には、もちろんあなたもいた。でも、二人の未来と引き換えに、お腹に宿った命には生をあきらめさせてしまったんだって、恵介は思ったんだよ。あなた一人に、そんな辛い決断をさせてしまったんだって。恵介はきっと、そんな自分がどうしても許せなかったんだよ」

修が小さく「おい」と言ったが、構わず質す。

「だからだとは思わない？　だからあの日、あんなになるまで……」

涙があふれてくる。同じ女性として、そんな言葉をぶつけてしまった自分に対する怒りの涙でもあった。

「妊娠のことは、ちゃんと恵介に伝えてほしかった。相談してほしかった。そうしてくれたら、もしかしたら恵介は――」必死で嗚咽《おえつ》をこらえる。「それなのに、あなたは言ったんだよ。『相談したところで、結論は変わらなかった』って言ったんだよ。なんでそんな……そんな理屈だけで生きていけるの？」

束の間の沈黙に、強風に木々が鳴る音が聞こえてくる。それが止むのと同時に、彗子が口を開いた。

「理屈だけで、生きていきたかった」

「え――」

思いがけない言葉に、息をのんだ。彗子は目を伏せたまま、訥々《とつとつ》と語り始める。

「あれからずっと、勉強と研究ばかりしてきた。机に向かうか、望遠鏡に向かうか、コンピュータに向かうか。必要最低限な分だけ食べて寝る以外は、全部の時間をそれに費やして生きてきた。星が好きだから、天文が一生の夢だからそうしてるんだって、信じてた。でも本当は、そう信じ込むことで、自分を騙していただけだった。十八歳のときに起きたことに、心が向かわないように。いつも胸の奥にいた恵介の顔に、目が向かわないように」

彗子の口から直接聞いた「恵介」という音の響きに、胸がしめつけられる。嫉妬《しっと》とも同情ともつかない、不思議な感覚だった。

彗子は顔を上げた。視線を虚空に留《とど》めたまま言う。

「みんなにも、一つ嘘をついてる。わたしが国立天文台での契約を切られたのは、この三月じゃない。去年の三月。何でもないことのように言ったけど、やっぱりあれは自分の中で、大きな挫折《ざせつ》だったんだと思う。一年の間、研究どころか、論文一本読む気にならなかった」

「じゃあ、何してたの」千佳は訊いた。

「何も」彗子は小さくかぶりを振る。「ずっと島根の母のところにいた。やることがないから、毎日当てもなく浜を歩いた。机にも望遠鏡にも向かわなくなると、考えるのは恵介とのことばかりだった。考えるのは辛くてたまらないのに、頭から離れてくれないんだ。それで初めて思い知ったんだよ。わたしは、前に進んでなんかいなかった。十八歳の自分が、わたしを後ろからずっと引っ張ってる。こっちを見ろって」

彗子が眼鏡に手をやった。瞳《ひとみ》が潤んでいる。

「あのとき自分が出した結論は、間違ってなかったと今も思ってる。だけど——」

彗子の声が震えた。瞬《まばた》きとともに、大粒の涙が一つこぼれ出る。

「理屈だけで生きていけるんだったら、どうしてわたしはこんなに苦しんでるの」

もちろん誰も答えなかった。彗子自身への問いかけにしか聞こえなかったからだ。

彗子は洟をすすり、千佳の顔を見た。

「秦野に戻ってくるのは怖かった。だけど、戻ってくるしかなかった。ここで一から始めて、恵介と十八歳の自分に向き合わない限り、わたしはもう二度と星にも向き合えない」

＊

県道七〇号に入ったところで、助手席の渡辺に訊いた。

「どう？ 中学最初の夏休みは」

ひと際小柄な彼は、Tシャツにハーフパンツという今日のような格好だと、小学生にしか見えない。だがその答えは、相変わらず冷めたものだった。

「別に、普通です」

星が好きなこの科学部一年生を乗せて向かっているのは、天文台作りの現場。一昨日出勤した際、顧問の石本から彼を一度そこへ連れて行ってやってほしいと頼まれたのだ。

聞けば、渡辺は科学部を辞めたいと言っているらしい。それを引き止めるために、顧問として何か天文方面の活動につながる足がかりをさがそうとしているのだろう。渡辺を連れて行くことについては、もちろん彗子の許しを得ている。実のところ、それは千佳にとってもちょうどいい口実になった。四日前の台風の夜以来、現場に復帰するきっかけを求めていたからだ。

「部活、生物関係ばっかりだとやっぱりつまらない？」

「まあ、ぶっちゃけ」

「でもさ、興味は少し違っても、科学が好きな仲間がいたほうが楽しくない？」

「星の仲間なら、他にいるんで」

「そうなの？　どういう人たち？」

「どういうって、だいたい普通の会社員ですけど。秦野とか平塚とか松田町の天文ファンで、ネットで知り合った人たち」

「へえ、そうなんだ」確かに渡辺なら、そういう大人たちのほうが話が合いそうだ。

「そっちが充実してるから、科学部を続ける理由はとくにないってわけね」

「ですね」渡辺はあっさり肯定した。「今日にしたって、天文台を見に行くのはいいんですけど、部活と何の関係があんのかなって」

この見学が石本の思いつき以上のものでないことを、渡辺は見抜いている。

「そうだねえ」少し考えて、言った。「でもさ、これから渡辺君を、うちの科学部の部員として、山際さんのところへ連れて行くわけじゃん？　もし山際さんがいいよって言ったら、今後彼女に何か教わったり、天文台の設備を使わせてもらったりできるかもしれないよ」

「ほんとですか？」渡辺は半信半疑の表情だ。

「もちろん、お願いしてみないとわからないけど。部活の一環だと言ったほうが、話は通しやすいかもしれない。他にも星に興味を持つ子が出てきたり、天文好きの新入部員がこれから入ってきたりしないとも限らないしね」

考え込んだ渡辺の横顔をうかがって、付け加える。

「利用すればいいんだよ。科学部に籍は置いといて、部員という肩書きを利用する」

「その山際さんて人、国立天文台にいたんですよね？　どんな感じの人ですか」

「山際彗子――」正面を向いたまま、その名をつぶやいた。「最初はちょっと取っつきにくいかもしれないけど、中身は普通の人だよ」

彗子に対する怒りは、正直まだある。だがそれは、恵介のこととはもう関係がない。癒《い》えない傷を彗子が抱えて生きていることは、よくわかった。彼女が自分と同じ、弱くて脆《もろ》いただの人間だということも。

槙恵介という人間がこの世にいたという事実は、千佳と彗子がそれぞれのやり方で、それぞれの胸に刻みつけておけばいい。それを互いに見せ合ったり、共有したりする必要はない。自分の中の恵介を、ただ大切にしていればいい。

けれど、すべてを知ってしまった今、二十八年前の夏を思い浮かべるたび、あのタペストリーの写真を見返すたびに、恵介と彗子の苦しみを思うことになる。笑顔と汗と涙でカラフルに彩られていたあの夏は、完全にその色を失ってしまった。

そのことがたまらなく悔しく、悲しいのだ。

これを乗り越える方法は、一つしかない。

この夏を、まっとうする。そして、あの夏を超える夏にする。

そのために、わたしも利用するのだ。天文台作りを——。

「先生、顔が怖いですよ」渡辺がこっちを見ていた。

「え？　ああ……」口角を上げ、ハンドルを両手で握り直す。「ちょっとね、気合入れてたのよ」

到着した現場は、思った以上ににぎやかだった。

井出、仁美、小野寺が来ることは聞いていたが、他にも懐かしい顔が二つある。八《はっ》田亮介《たりょうすけ》と玉井《たまい》優子《ゆうこ》だ。八田はD組の元同級生だが、優子はA組。クラスが違うにもかかわらず、彼女はタペストリー作りに大きな貢献をしてくれた。三年の全クラスに空き缶収集を呼びかけ、それを取りまとめてくれたのだ。

彼らが千佳を囲んで再会を喜んでくれたおかげで、現場にも自然に入っていくことができた。彗子たちにあらたまって復帰の挨拶《あいさつ》などするのは気まずいと思っていたので、正直助かった。

久しぶりの面々と近況を伝え合ったあと、ウッドデッキにいた彗子のもとへ渡辺を連れて行く。さすがに緊張した面持ちで自己紹介する渡辺を、彗子は眼鏡を持ち上げて観察するかのようにじっと見つめていた。

「天文の話はお昼休みにでもしてもらうとして」千佳は彗子に言った。「彼にも少し作業を手伝ってもらえばいいと思うんだけど、どうかな。あたしが横についてるから」

「うん、もちろん。よろしくお願いします」

彗子は律儀に渡辺に頭を下げたあと、千佳に訊ねた。

「ドームのこと、聞いてる？」

「聞いてない。何？」

「メーカーから連絡があってね。修理が予定より早く終わって、九月一日には設置に来られるんだって。その日を逃すと、次は九月末になってしまうらしい。一日に来てもらうためには、それまでに観測室の骨組みと壁ができてないといけない」

「あと二週間だね。間に合いそう？」

「大きなトラブルが起きなければ、たぶん何とか」

「そっか、わかった。頑張ろう」自然と口に出たその言葉は、昔の恩を返す相手へではなく、目標を同じくした同志へのものだった。

屋上では、修と久志が中心になって観測室の組み立てを進めていた。今やっているのは、床の四辺に立てた十二本の柱の上に、桁《けた》を架けていく作業だ。プレカットといって、柱や桁にはほぞや穴の加工があらかじめ工場でなされているので、それらの仕口を継いでいけばいい。柱の高さはそこにいる仁美の背丈ほど。二つの脚立に修と久志がまたがり、大きな木槌《きづち》で桁を打ち込んでいく。

四辺に桁を架けたあとは、柱が正確に垂直になるよう微調整しながら、筋交いと補強用の金物を取り付けることになる。さらに、柱と柱の間に壁を固定するための間柱を入れていけば、骨組みは完成だ。

千佳も本当は観測室の仕事がしたかったが、渡辺にやらせるには今日の作業は危険だ。小野寺、八田、優子の三人が玄関ポーチでスロープの工事に取り掛かっていたので、今日はそちらを手伝うことにした。

幅一メートル、長さ二メートルほどのスロープを作るらしい。斜面となる部分の両サイドには、ブロックを二段に積んでモルタルで固めた壁がすでに出来上がっている。八田と優子は小野寺の指示で、スロープの傾きに合わせて壁の内側に糸を張っていた。

「今日はわざわざ厚木から来たんだってね」千佳は小野寺に言った。

「自宅でスロープを作ったことがあるって言ったら、任されちゃってさ。スイ子が、素人くさい出来でもいいって言うから」

「いや、手慣れたもんじゃん」手袋をはめながら言う。「あたしたちは、何すればいい？」

「じゃあ、そこの砕石の袋を開けて、敷いていってくれる？　今、八田たちが張ってくれた糸の、ちょい下まで」

一袋二十キロの砕石をブロックの壁の間にぶちまけて、なだらかな斜面になるよう手でならしていく。この砕石の路盤の上に金属のワイヤーネットを敷き、そこにモルタルを流して表面をコテで平らに仕上げれば、完成ということらしい。

千佳の横で黙々と作業を続ける渡辺に、優子が声をかけた。

「今、何年生？」

「一年です」渡辺はぼそりと答える。

「うちの次男と一緒だ。でも感心よね、科学部なんて。これからはやっぱり、理系なんでしょ？　AIとかデータなんちゃらとか。数字とコンピュータに強くないと、就職もできないっていうじゃない。なのにうちの子なんか、サッカーとゲームばっかりで」

渡辺は、何もわかってないなという目で優子をちらりと見て、また砕石をならし始めた。

一時間ほど働くと、昼になった。一段落した者からタープの下に集まってくる。屋上の作業も中断したようなので、食事の前に渡辺を連れて上がってみることにした。

建物に入ると、修がキッチンでコーヒーの準備をしていた。

「少年は、アイスコーヒーじゃねえよな」修は渡辺に笑いかけ、冷蔵庫を開く。「ジュースか何か、あったっけ」

「いえ、コーヒーのほうがいいです」渡辺は平然と言った。「うちは毎朝、コーヒーなんで」

「そりゃお見それしました」修が目をぱちくりさせる。「では旨いのを淹れときます」

階段を上がり、観測室の床へ出る。久志が一人、あぐらをかいて水を飲んでいた。

「お疲れさま」千佳は声をかけた。

「おう、お疲れ」と久志に目を向けられて、渡辺も軽く頭を下げる。

タープのほうで笑い声が弾《はじ》けた。食事の準備をしながら、井出たちが何やら盛り上がっている。その様子を柱越しに見下ろしながら、千佳は言った。

「手伝ってくれる人、どんどん増えてるんだね」

「玉井さんなんて、クラスも違ったのにな」久志が腰を上げる。「あの夏と一緒だ」

「八田君も、空き缶集めによく付き合ってくれたし」

「それだけじゃないよ。タペストリーで校舎の窓ガラスに傷がつかないよう、段ボールで養生したろ？　あれ、八田が一人で全部やったようなもんだよ」

忘れたのかとでも言いたげな久志を見て、思わず頰が緩む。どうやら久志も、タペストリーを作り上げたのは自分たち六人だけではないということを思い出したらしい。

久志が先に下りていったあと、渡辺に天体観測ドームの簡単な仕様を教えた。

渡辺はさっきまでとはうって変わって瞳を輝かせ、望遠鏡を据えるコンクリートの柱に触れてみたり、ドーム屋根がのるあたりを見上げたりしている。

「トモさんたち、うらやましがるだろうなあ」渡辺が独り言のように言った。

「トモさんて、星の仲間？」

「もう六十歳ぐらいですけど。小惑星を発見したこともある、結構すごい人です」渡辺はどこか自慢げに答えた。「時どき、僕らの話にも出るんですよ。小さくてもいいから、山の上に自分たちだけの天文台を建てたいねって」

「へえ。やっぱり、天文ファン共通の夢なんだね」

「天体観測って、孤独な趣味ですから。たまにみんなで集まって観測できる場所が欲しいって気持ちは、わかります」

「そっか――」

そのとき、修が下から大声で呼んだ。「おーい！　メシにするぞ！」

階段の下り口に向かおうとすると、渡辺が「先生」と呼び止める。

「一個訊いていいですか」

「ん？　何？」

「ここへ来てからずっと謎だったんですけど、先生も他の同級生の人たちも、星には興味ないんですよね？　こんなこと手伝ってるのは、山際さんに頼まれたからですか？」

「頼まれたわけじゃないよ」

「じゃあ、自主的にってことですか？　こんな大勢で？　なんで……」

「なんでか。あたしについて言えば、自分のためだね」

「星も観ないのに？」

「そう」強くうなずき、視線をタープのほうへ向ける。「他のみんなも、案外そんな感じじゃないかな」

渡辺は、わけわかんねえという顔で、首をかしげる。

「渡辺君も、四十五歳になったらわかるよ」

＊

西側の林の際まで来ると、石や木の根で地面が荒れて、歩きづらくなった。杖《つえ》を頼りにゆっくり進む房江の左腕に、千佳はそっと手を添える。

木々の中に十メートルほど入ったところで、足を止めた。

「昨日、ここでまたオオルリの鳴き声を聞いたんです。慌てて声のするほうに走ったら、転んじゃって」肘のすり傷を見せて言う。「結局、またしても姿は見えず、です」

「やっぱり、この下の沢から来てるのね」房江は杖を少し持ち上げて、林の奥に向けた。

「ええ。ちょうどここが通り道になってるんでしょうね。いろいろ文献にあたってみたんですが、オオルリは杉林などが作るやや暗い空間に置いた巣箱をより好む、という報告があるんです。ですから、このあたりの木にいくつか巣箱をかければ、使ってくれる可能性は結構あるんじゃないかと」

「高いところにかけるの？」房江はそばの杉を見上げた。

「いえ、むしろ低いほうがいいようです。地上から一メートルとか、一・五メートルとか。もともとオオルリは、地面に近いところで巣作りをしますから」

「そう」房江は安心したようにうなずく。「それなら見やすくていい」

「それで、一つお願いがあるんですが」千佳は房江に向き直った。

「あなた、会うたびにそういうの持ってくるのね」

「すみません」苦笑いを浮かべる。

「言ってごらんなさい。もう何を言われても驚かないわよ」

「実はわたし、勤め先の中学で科学部という部活動の副顧問をしていまして。その活動の一環として、巣箱の設置と観察を生徒たちと一緒にやってみたいんです。それをお許しいただけないでしょうか」

房江は千佳の顔をじっと見て、鼻から息を漏らした。

「案外どうってことない頼みごとね。いいようになさいよ。あ、そうだ」眉を上げて付け加える。「その代わり、生徒たちに草刈りをやらせてちょうだい」

「ありがとうございます。草刈りももちろんお任せください」

「天文台といい、巣箱といい」房江は半ば呆《あき》れたように言った。「この山はすっかりあなたたちの実験場ね」

自分でも意外だが、このアイデアは、オオルリのことをぼんやり考えているうちに自然と湧いて出てきたものだった。石本に相談すると、一瞬面食らってはいたものの、すぐに「いいですね」と賛成してくれた。その中身よりも、千佳が自ら部の活動を提案してきたことに驚いているようだった。

自分の中で何かが劇的に変わったというわけではない。ただ、自分一人で、あるいは房江と二人でオオルリを待つよりは、そこに生徒たちも巻き込んだほうが楽しいだろうと単純に思ったのだ。彼らと自分が同じように胸を躍らせて取り組めることを見つけられたのは、天文台作りに関わったおかげだろう。

先週、一人で恵介の墓に参った。手を合わせて目を閉じると、今回はちゃんと恵介が微笑んでくれた。彼に言いたいことはたくさんあったのだけれど、その顔と向き合っているうちに、またいつかでいいかという気持ちになった。だから、天文台の様子を話したあと、オオルリの巣箱のことを伝えた。

恵介は「それって、幸せの青い鳥捕獲作戦か？」と少し意地悪な言い方をした。千佳は心の中で「そんなんじゃないよ」とかぶりを振り、「青い鳥は幸せなんて運んでこないよ。でもさ、それさえわかっていれば、青い鳥をさがすこと自体に幸せを感じられるかもしれないでしょ」と言ってやった。恵介は優しく笑って、「来るといいな」と言った——。

千佳は顔を上に向け、枝葉の隙間にのぞく空を見た。

「もうすぐ、ここのオオルリたちも行っちゃいますね」

あとひと月もすれば、秋の渡りの時期が来る。オオルリたちは日本を離れ、暖かい東南アジアで冬を越す。

　今日は九月一日。土曜日なので、二学期は明後日からだ。千佳にもまた教壇に立つ日々が戻ってくる。

「巣箱を置くのは、来年の春、四月に入ってからね」房江が言った。「三月だとまだ雪が降ることがあるから」

「待ち遠しい。来てくれるといいですね」

「来るわよ」

　房江はきっぱり言って杉の幹を軽く叩《たた》くと、「あら」とその根もとに目を落とした。鐘のような形をした淡い青紫の可憐《かれん》な花が咲いている。

「ツルリンドウだわ。ほんと、もう秋なのね」

　しばらく房江の草花観賞に付き合ったあと、一緒に現場へ戻ることにした。

　建物南側の敷地に、日差しを照り返す銀色の半球が見える。そのまわりで忙《せわ》しなく動く作業着姿の四人は、天体ドームメーカーの社員だ。地面に敷いたシートの上で、ドームの現地組み立てをおこなっている。彼らの向こうには、それを川越の工場から運んできた会社のトラックと、小型のクレーン車が停まっていた。

　ウッドデッキからは、井出、仁美、小野寺、八田が作業の様子を見守っている。今日はいよいよドームの設置ということで、常連のメンバーが揃っていた。

建物のおもてにまわり、玄関ポーチへのスロープを上がる。杖を使って慎重に進む房江に、後ろから訊いてみた。

「どうですか。このスロープ」

「まあ、悪かないわよ」

独力でポーチにたどり着いた房江は、玄関脇の郵便受けを指差して、「来年、こっちの巣の確認も忘れないようにね」と念を押した。

中に入ると、コーヒーのいい香りがした。カウンターに広瀬と優子がいて、キッチンの修と談笑している。

房江の姿に気づくと、広瀬はカップを掲げて言った。

「勢田さんのコーヒー、美味しいぞ。お前もいただくといい」

修がもう一杯注ぎ、広瀬の隣りの席に置く。房江は大儀そうにそこへ腰掛けると、ひと口すすって、「まあまあね」とつぶやいた。

「例のカフェの話、勢田さんがマスターでもいいかもしれんよ」広瀬が修に言う。

「来年も試験に落ちたら、雇ってもらいましょうかね」

「カフェって、何のこと？」優子が皆の顔を見回して訊いた。

修が目配せを寄越したので、千佳が答える。

「まだ本決まりでも何でもないんだけどね、週に何日か、ここを夜だけ開く〝天文カフェ〟にしたらどうだろうって、スイ子と話してるの。もちろん、広瀬さんご夫妻とも」

「星が観られる喫茶店ってこと？」

「そうそう。屋上に望遠鏡を何台か出しておいて、お客さんはそれを自由にのぞける。自分の機材でしっかり観測したい人には、場所を提供する」

「へえ、いいね。手ぶらで来ても天体観測ができるってことでしょ」

　この話が持ち上がったのは、なんと渡辺のひと言がきっかけだった。彼を最初にここへ連れて来た日、皆で昼食をとっていたときに、「もしここがカフェもやってたら、この辺の天文ファンがみんな通ってくると思います」と言ったのだ。

　その場では笑って流されたが、妙案かもしれないと千佳は思った。それによってわずかでも収入が得られるというだけではない。地元の愛好家たちにここを開放し、彼ら自身の天文台でもあると感じてもらうのだ。そうすれば、今後天文台に何かトラブルが起きたり、大きな修繕が必要になったりしたとき、彼らがきっと力になってくれる。

　この前のめりな千佳の提案を聞いて、彗子は最初、「わたしにお店なんて無理だよ」と首を横に振った。だがその後、天文に関する質問を持って二回ここへ手伝いに来た渡辺と接しているうちに、気持ちが変わり始めたらしい。「地元に貢献できるなら、カフェもいいかもしれない」と言い出している。天文台が完成して観測が軌道に乗り始めたら、前向きに検討してみるそうだ。

カウンターの向こうにあるトイレの中で、「うおっ！」と叫び声がした。梶谷《かじたに》の声だ。「閉めろ閉めろ！」と棚橋《たなはし》がわめいている。すぐに扉が開き、二人が出てきた。梶谷の顔はびしょ濡れだ。どこか開けてはいけない栓を緩めてしまって、水が噴き出たらしい。

「タオル、タオル……」と言いながら近づいてくる梶谷に、修が雑巾《ぞうきん》を投げた。それをつかんで顔を拭《ぬぐ》った梶谷が、すぐに気づいて目をむく。

「雑巾じゃねーか！」

「だって、下水かぶったかもしんねーじゃん」

「下水じゃねーわ！」

棚橋は二回目だが、梶谷は今日初めて来てくれた。梶谷には水道工事業を営んでいる叔父《おじ》がいて、トイレの交換を安く引き受けてくれることになったのだ。洋式便器はモデルルームの展示品を格安で仕入れてくるという。

梶谷はその叔父から、トイレの現況を調べてこいと命じられたらしい。さっきから棚橋と二人でトイレにこもり、便器やタンクの寸法を測ったり、配管の具合を確かめたりしていた。

千佳は笑いながら梶谷たちの横を通り過ぎ、ストックルームまで行った。その隣りの休憩室に久志の姿が見えたからだ。

久志は、休憩室の真ん中にそびえるコンクリートの角柱の前にしゃがみ込んでいた。柱の側面に黒いマジックで書かれたいくつもの名前をじっと見つめている。

修の発案で、天文台作りを一日でも手伝った者は、名前をそこへ書き残していくことになっていた。いずれ柱にもクロスを貼るので、文字は隠れる。だが、この天文台の背骨がこうして立っている限り、関わった者たちの名前は刻まれ続けるというわけだ。

「名前、いくつになった？」千佳は背後から訊ねた。

「十五。あとで梶谷に書かせたら、十六だ」

「すごいことだよね」

思わず息が漏れる。春に人知れず動き始めたときには、思いもしなかったことだ。

千佳たち四人を除いて、これまでに十人もの元同級生が力を貸してくれたことになる。あとの二人は、渡辺と益井だ。益井が来たのは先週の土曜日。あの夏と同じように、どっさり差し入れを持ってきて、「楽しい楽しい」と言いながら半日働いてくれた。

「何か足りない感じがしちまうけどな、俺は」不意に修の声がした。

いつの間にいたのか、部屋の入り口に立っている。修は柱に近づき、「ここを見るたびに」と一番上に四つ並んだ名前を指差した。千佳たち四人の名だ。

「ああ……」千佳は言った。「梅ちゃんか」

「スイ子が梅ちゃんに何を頼んだのか知らんが、結局あいつは出てこなかった。ま、無理だとは思ってたけどさ」

その件は千佳も聞いている。それと関係しているかどうかはわからないが、和也の行動に変化がなかったわけではない。

「ミニFMはまた始めたじゃん」千佳は言った。

気がついたのは一週間ほど前のことだ。夜十二時頃、新宿《しんじゅく》で昔の友人たちと飲んでいた夫を駅まで車で迎えに行こうとしたとき、ふと思い出してラジオの周波数をそこに合わせてみると、大滝詠一の「スピーチ・バルーン」が流れていたのだ。

いつ再開したのかは定かでないが、それから数日かけて確かめたところ、以前と同じように夜十一時から二時間の放送を毎晩おこなっていることがわかった。「青い屋根FM」のサイトもまた運用されている。

「でも、コメント欄のほうは、なしのつぶてなんだろ?」久志が言った。

「まあね」

今回はもちろん、千佳だと名乗ってコメントを送っている。これまで二回ほど天文台の進捗《しんちょく》状況を書き込んでみたのだが、今のところ返信はない。

「それでもさ」千佳は笑顔を作った。「梅ちゃんがまた部屋の外に向かって何かを発信し始めたのは、いい兆候じゃない」

「俺たちも、何か書いてみるか」久志が立ち上がって修を見た。「返事のいらないコメント」

修は黙って唇をゆがめ、肩をすくめた。

ドームの様子を見に行くという二人について部屋を出ると、久志が「そうだ、さっきスイ子がさがしてたぞ」と言った。

掃き出し窓から外をのぞいてみるが、その姿は見当たらない。ならば屋上かと階段を上っていくと、やはり彗子はそこにいた。

脚立の上にまたがり、丸く開いた観測室の天井から顔を外に出している。桁の上に取り付けたベースリングという部品の最終チェックをしているらしい。直径三・二メートルあるその金属の輪っかの上に、今下で組み立てている半球の屋根をのせるのだ。

観測室はすでに四方が壁で囲われ、内装と外装を除けばほぼ完成していた。柱の間には筋交いと間柱が入り、その外側に構造用合板をはってある。

ここまで出来上がったのが、今週の半ば。先に工場から送られてきていたベースリングを一昨日取り付けて、何とか今日のドーム設置にこぎつけた。

この二週間、千佳と修はほぼ毎日ここで働いた。薬局があるにもかかわらず、久志も週に四日のペースで現場に来てくれた。自分たちの頑張りだけではない。同級生たちの協力がなければ、とても間に合わなかっただろう。

「あらためて見ると、立派なもんだよねえ」千佳は室内を見回して言った。「ほったて小屋だなんて、とんでもないよ」

その声で彗子はやっとこちらに気づき、脚立を下りてくる。「だから、ほったて小屋でいいとは、最初から言ってないって」

「内装するのが楽しみだね。あたし一回やってみたかったんだ、壁紙はり」

柱の内側には石膏《せっこう》ボードとクロスを、床にはビニール素材のシートをはることになっている。外装は、まず合板に透湿・防水シートをはり、その上に一階の壁と色調の似た外壁材。天体ドーム内の室温は外気と同じにしておくほうが観測に都合がいいとのことで、壁には断熱材の類《たぐ》いを入れないらしい。

彗子は、東側の壁に開いた長方形の穴をくぐって屋上へ出た。そこにはアルミサッシの小さなドアが取り付けられることになっている。屋上の観測スペースと行き来するための出入り口だ。千佳も身をかがめ、あとに続いた。

上田が一人で続けていた屋上化の工事も、終わりに近い。観測室部分を除く全面で、わずかな勾配《こうばい》をつけた平らな下地が完成していた。縁の部分には高さ三十センチの立ち上がりと、排水口も付いている。来週からは専門の業者が入って防水工事を始めるらしい。下地の板に塩ビのシートをはって防水層を作り、その上にトップコートという保護剤を塗布するのだ。

雨よけのブルーシートが敷かれた屋上から、ウッドデッキのほうを見下ろした。ドームの組み立ては完了したようで、メーカーの社員たちが顔を突き合わせて設置の段取りを打ち合わせている。

修と一緒にウッドデッキへ出てきた久志を見て、さっき彼に言われたことを思い出す。

「そういえば、あたしのことさがしてたって聞いたけど？」隣りの彗子に訊いた。

「ああ……大したことじゃ、ないんだけど」彗子は歯切れ悪く言った。「こないだ千佳、そろそろ天文台の名前を考えなきゃって言ってたでしょ」

「え、何か思いついたの？」

「うん、まあ」

彗子はこちらには顔を向けずに、眼鏡に手をやった。

「『オオルリ天文台』というのは、どうだろう」

聞いた瞬間、鼻の奥がつんとした。何度もうなずきながら、涙声にならないよう気をつけて言う。

「いいね。すごくいい」

「いろんな意味で、オオルリが導いてくれた天文台だと思うから」

「みんな、喜ぶよ。広瀬さんたちも——」やっぱり声が震えた。「もちろんあたしも」

そのとき、下から修が大声で呼んだ。

「おーい！　そろそろ設置始めるってよ！」

銀色のドームが、クレーンでゆっくり吊《つ》り上げられていく。

当然ながら千佳たちは近づけない。今日この場にいる全員で、ウッドデッキのさらに南側から作業を見守る。

「ずいぶん慎重に上げるんだな」梶谷が腕組みをして言った。

「そりゃあ、鉄骨上げるのとは違うからね」井出が訳知り顔で答える。「水平に吊らないと、ドームに歪《ゆが》みが生じるんだよ。設置も一発で決めなきゃなんない」

「詳しいじゃん。さすが常連」

「いや、僕もさっき聞いた。メーカーの人から」

千佳たち四人は、並んで立っていた。彗子は冷静な眼差《まなざ》しで、修は無精ひげを撫《な》でながら、久志はどこか心配そうにドームを見つめている。

「ねえ」千佳は誰にともなく言った。「完成したタペストリーを校舎に吊り下げたときのこと、思い出さない？」

「俺もちょうど思い出してた」修が答える。

「うん」久志も言う。「超ドキドキしてさ。ダッシュで階段下りて、グラウンドから見上げたんだよな。ちょうどあのときの感じ」

　二人の言葉に彗子まで小さくうなずいてくれたのを見て、思わず顔がほころんだ。

　ワイヤーで吊られたドームが観測室の上まできた。千佳の斜め後ろで、広瀬が言う。

「やっぱり、あの丸っこい屋根がのっかるとなると、ぐっとしまるね。俄然《がぜん》天文台に見えてきたよ」

「ねえ、クレーンの人、下手くそじゃない？」その横では房江がぶつくさ言っている。

「もうちょっと右でしょ。右、右。あ、今度は行き過ぎた」

　位置が決まったらしく、ドームがゆっくり降ろされていく。観測室の外では作業着の社員三人が待ち構えている。この場の全員が口を閉じ、固唾《かたず》を呑んで見入った。

　半球の下端が観測室の天井に近づいた。わずかに浮かせた状態で、作業着の三人がドームに手を添え、クレーンの操作手とやり取りしながら位置を微調整する。それに数分を要した。やがて一人が大声で合図を出すと、クレーンがわずかに動き、ドームは音も立てずにベースリングに接地した。

　誰からともなく拍手が起きた。修と久志が握手を交わす。

　千佳もそれを真似て、彗子に右手を差し出した。彗子は不思議そうにそれを見つめたあと、おずおずと握り返してくれた。その手は細く、ひどくかさついていた。

「手、荒れちゃってるね」

「夏の間ずっと木材を触ってたから」彗子は離した右手を開いた。

「もちろんあたしもだけどさ。さらにガサガサになって、日焼けもひどい」手の甲を撫でて自嘲《じちょう》する。「またシミが増えるよ」

「俺の手見ろよ」修が横から右のてのひらを突きつけてくる。「すげえだろ、このマメ。全部金づちのマメだぜ」

「それを言うなら俺だって」と久志も右手を差し出した。

天文台作りでできたマメと傷の自慢をする二人を見ながら、またあの夏の終わりのことを思い出していた。受験生なのに真っ黒になってしまった自分の腕を見て、後悔するどころか、誇らしくさえ思ったことを。

目頭が熱くなるのを感じながら、建物を見上げる。「オオルリ天文台」が戴《いただ》いた中古のドームは、傾きかけた日を受けて、美しく輝いていた。

この夏を二十八年前と比べる必要などない。

最高の夏の、最高の終わりだった。

Ⅶ　十月——久志

軒先に出した商品棚にトイレットペーパーを補充しようとして、修が立っているのに気づいた。富有《ふゆう》柿を盛ったワゴンの前だ。修は大ぶりの柿を一つ手に取り、ポップの文字を読み上げる。

「〈柿が赤くなると医者が青くなる！　ビタミンC、ビタミンA、カリウム豊富！〉。おいタネ、とうとう八百屋まで始めたのか」

「一個百円。会計なら中だ」

「こんなのどこで仕入れたんだよ」

「親父の知り合いの農家。直売所に出してもいつも半分は売れ残るっていうんで、うちで一部引き取った。結構美味《うま》いぜ」

柿を二個持って中に入った修は、正面に積んだ空き箱のディスプレイの前で足を止める。栄養ドリンクと青汁の特売コーナーだ。和美が書いた派手なポップも立ててある。

「おもての棚といい、この手のポップといい、何だかますますドラッグストアっぽくなってきたな」

「言うな」カウンターに入り、調剤室の和美に聞こえないよう声を抑える。「こっちは複雑な心境でやってんだよ」

「どうなんだよ、効果のほどは」

「まだ何とも。でも、わかってきたこともある」特売コーナーを示して言う。「こういう昔からある手頃な値段の栄養ドリンクは、年配のお客さんに意外と人気がある。どうも元気が出ないってときに、一本飲むらしい」

だから、目的にはかなっているのだ。栄養ドリンクにも柿にもトイレットペーパーにも、利益は一切求めていない。それを求めて入ってきた客が、「ああ、そういえば」と市販薬の棚に手をのばしてくれることを狙っている。

ついでに、調剤のサービスも細やかだと気づいてくれたらなおいい。今考えているのは、高齢者を対象とした処方薬の配達の拡充だ。和美と分担してどこまで対応できるか、毎晩顧客データをにらみながら検討している。

どれもとくに目新しいアイデアではない。だが、手の届くことから始めないと、やる気は出てこない。手と足を動かしてみないと、いい考えも浮かんでこない。天文台作りを通じて、そのことを学んだ。この夏たっぷり汗を流したせいで、腰も気持ちも少しは軽くなっている。

オオルリ天文台は完成したが、自分の中の「星食」が終わったのかどうかは、正直まだわからない。ようやくぼんやりと見え始めた光が、せめて六等星ぐらいに輝いてくれないかと願いながら、日々ささやかな挑戦を続けている。

「何の用だよ。八日のことか」修に訊《き》きながら、受け取った二百円をレジに入れる。

ちょうど一週間後の月曜、三連休の最終日は、いよいよ天文台開きだ。四人だけで夜集まって、ジャコビニ流星群を観ることになっている。協力してくれた皆を招いての完成披露会は、その次の週末に予定されていた。

「いや、梅ちゃんのことだ」修は言った。「お前、最近あいつのラジオ聴いたか」

「聴いてない。サイトはちょくちょく見てるけど」そもそも、和也の局の電波はここまで届かない。「どうかしたの？」

「梅ちゃんが、しゃべった」

「は？　嘘だろ？」

「最近遅くまで勉強してるから、よくコンビニまで夜食を買いに出るんだよ。そういうときは帰りにあいつの家の近くまで行って、車の中でおにぎり食いながら放送を聴くようにしてる。昨日は一時前になってな。最後の曲だろうってのが終わって、ラジオを切ろうとしたら、『あ』って声がしたんだ」

「それだけ？」

「いや。驚いてボリューム上げて、しばらく待ってたら、『あー、ありがとうございました。明日も、お聴きください』って。やたらぎこちなかったし、声もかすれてた。ありゃあ、久しぶりにしゃべったんだな」

早速その夜、千佳も誘って三人で確かめてみることにした。

和也が何か話すとしたら放送の最後だろうということで、十二時半に修を拾い、千佳の家へ向かった。

到着すると、千佳がカーポートの自分の車から出てきた。ウェブサイトを見ながら放送を聴いていたらしく、タブレットを持っている。久志の車に乗り込むなり千佳は言った。

「十二時過ぎから聴いてるけど、今のところトークはなし」

エンジンを切り、カーナビのラジオだけをつけて周波数を合わせる。知らない曲が流れ出した。雑音に途切れることもなく、はっきり聴こえる。

「最後の挨拶《あいさつ》なんて、いつからしてるんだろう」二列目のシートで千佳が首をかしげる。

「言い慣れてない感じだったし、つい最近だと思うぞ」助手席で修が言った。

「サイトのほうには、何の変化もないんだよね」千佳はタブレットを修に手渡した。

それは久志も確認済みだ。三人の誰かが三日に一度は送っているコメントにも、相変わらず反応はない。

久志が最近書き込んだのは、先週の木曜。内装の終わった天体観測ドームに、彗子のアパートから運び込んだ望遠鏡を設置したことを伝えておいた。コンクリートの柱の頭に金属製のピラー脚をボルトで固定し、そこに口径二十八センチの反射屈折望遠鏡を取り付けたのだ。

ＣＭＯＳカメラなど、その他必要な観測機器もすべて揃ったと聞いている。彗子は今それらの機材を組み合わせて、「微小カイパーベルト天体探索システム」の構築を進めているはずだ。

修の手のタブレットをのぞいてみる。一番新しいコメントは、千佳が土曜日に送ったものだ。八日の天文台開きについて触れたあと、〈記念すべき初観測は、ジャコビニ流星群。天文台の屋上で、四人で観る予定だよ。まあ、あの場所の空の条件で何個くらい見られるかわからないけどね〉と書いてある。

しばらく黙って音楽を聴いていた。吉田美奈子《よしだみなこ》の「時よ」に続き、佐藤博《さとうひろし》の「南回帰線」という曲が始まる。初めて耳にするが、どちらも深夜によく合う曲だ。

ピアノの音がフェイドアウトして、無音になる。時刻は十二時五十二分。あと一曲か、せいぜい二曲だろう。だが、十秒ほど待っても次の曲が始まらない。

「どうした？　来るのか？」修が言った。

久志は「しっ」と唇に指を当てる。プッとかすかなノイズが聴こえた。

「えー……今夜も、ありがとうございました」

スピーカーから和也の声が響いてきた。かすれてはいるが、マイクに口をつけるようにしてしゃべっているらしく、聴き取るのに問題はない。久志は音量を上げた。

「この放送を聴いてくださっている人がいると信じて、一つ、お願いをします」

三人で顔を見合わせた。ひと言ずつその意味を確かめるようにして、和也が語り出す。

「丹沢の、とある山の上に、友人たちが小さな天文台を作りました。名前は、オオルリ天文台といいます。来週の月曜日、十月八日が、天文台開きです。その夜、初観測として、ジャコビニ流星群の観測をすることになっているそうです。ですが、今年のジャコビニ流星群の活動は低調と予想され、丹沢で実際に観られるかどうかはわかりません」

少し間が空いた。隣りで修が、あいつやけに詳しいなという顔をして見せる。和也の語りが再開する。

「流星の光は、人工の照明などよりずっと弱いものです。街明かりが多いと、それに邪魔をされて、暗い流星が見えづらくなります。そこで、お願いです。十月八日の夜だけは、早めに部屋の明かりを消してもらえませんか。不要な照明は、すべて落としてもらえませんか。一週間後。十月八日、月曜日の夜です」

後ろで千佳が洟《はな》をすすった。ハンカチで目頭を押さえている。また数秒おいて、和也が告げた。

「では、今夜最後の曲です。松任谷由実《まっとうやゆみ》で、『ジャコビニ彗星《すいせい》の日』」

美しいエレクトリックピアノのイントロが、静かに流れ出した。

＊

ストックルームだった部屋は、書庫と物品置き場に使われるらしい。まだ本は並んでいないが、壁際に木製の書棚が二つ置かれていた。

床のプラスチックコンテナを漁《あさ》りながら、彗子が素っ気なく答える。

「そんなこと、頼んでないよ」

「え？　違うのか？」修が目を見開いて固まった。

「いや、でもさ」久志も驚いて訊き直す。「八月に俺たちと梅ちゃんの家まで行って、何か頼みごとをしてきたろ？　あれがそうじゃなかったの？」

「違うよ」

かぶりを振った彗子は、ケーブルの束を手に取ると、〈マニュアル類〉と書かれた段ボール箱にのせた。それをまとめて抱え上げようとしたので、慌てて箱のほうを持ってやる。

彗子はストックルームを出て、階上の天体ドームへ向かう。そのあとを追いながら、修がどこか不満げに確かめる。

「じゃあ、月曜のあれは、梅ちゃんが自主的に言ったってことか」

「誰も頼んでないんだから、そうなるね」

「だったらなおさら意外だけど」久志は段ボール箱を抱え、修の後ろについて階段を上る。「俺たちのコメントをちゃんと読んで、気にかけてくれてたってことなんだな」

先に観測室に入った彗子は、こちらを振り向いて言った。「梅野君がそんなふうに呼びかけてくれたことは、わたしも嬉《うれ》しいよ」

「だよな。あれに意味があるかどうかは別として」

観測室の床には工具や部品が散らばっていた。キャスター付きのラックに黒や銀色の筐体《きょうたい》の機器類が収められ、そこからのびた数本のケーブルが机のパソコンとつながっている。

望遠鏡には埃《ほこり》よけのカバーがかかっていたが、それが向けられたドームの開口部は全開になっていた。水平から天頂を越えて仰角一一〇度まで視界のあるこのスリットは、最大で幅一二〇センチまで開く。そこから夕暮れ空がのぞき、朝晩はかなり冷え込むようになった山の空気が入り込んできている。

外で車の音がした。久志はアルミサッシの小さなドアをくぐり、屋上へ出る。防水工事が施され、ライトグレーのトップコートで塗り上げられた屋上には、まだ染み一つない。

千佳の車が玄関の前に停まった。学校から直行するとは言っていたが、ずいぶん早い。よほど急いで来たのだろう。運転席から出てきた千佳は、ドアも閉めずに久志に向かって声を張り上げた。

「ニュースだよ！　下りてきて！」

カウンターの前に集まると、千佳は立ったまま切り出した。

「秦野シティＦＭって知ってる？」

「名前ぐらいはな」修が答える。

「秦野近辺だけで流れてるコミュニティＦＭ。昨日、その夕方の番組で、オオルリ天文台の話が出たんだって」

「ああ？」修が声を裏返す。

「なんでまた？」久志は言った。

「こないだの梅ちゃんのラジオだよ。あたしたちの他にもあれを聴いてた人がいて、番組にメールを送ったみたい」千佳はバッグをさぐり、スマホを取り出す。「途中からだけど、録音したのを佑香が送ってくれた」

「娘さんが気づいたの？」久志は訊いた。

「佑香のお友だち。おうちが中華料理屋さんで、店でいつも秦野シティFMを流してるそうなの。その子が店の手伝いをしてたら、ラジオから『丹沢』と『オオルリ天文台』という言葉が聴こえてきたもんだから、すぐにスマホのボイスレコーダーで録《と》ってくれたんだって。佑香、その子にしょっちゅう天文台のことを話してたみたい」

千佳はスマホを操作し、娘が昼休みに送ってきたという音声ファイルを再生した。

女性パーソナリティがメールを読み上げる声が流れ出す。

〈『——には、街明かりが邪魔になるそうです。そこで、天文台開きにジャコビニ流星群を観測するために、その日の夜だけ家の明かりや不要な照明を消してもらえませんか、というお願いがありました。どうでしょう、秦野の皆さん。みんなで協力してみませんか』とのことです。へえ、ちょっとロマンチックな話じゃないですか。今週末から三連休ですが、その最終日、十月八日だそうですよ。興味のある方は、その夜早めに部屋の明かりを消して、流れ星をさがしてみるというのもいいかもしれませんね。

メールをくださったラジオネーム『夜ふかしウサギ』さんは、この話をお気に入りのミニFMで聞いたとのことですが、今もやってる方がいるんですねえ、ミニFM。この『オオルリ天文台』についても、どういう施設なのか、まだよくわからないところがありますが……。何か情報をお持ちの方、ぜひ番組までメールをお寄せください。それでは曲に参りましょう――〉

千佳は〈停止〉をタップすると、まだ唖然《あぜん》としている久志たちを、「どう？」という顔で見た。

「これで少なくとも」久志はためていた息を吐く。「梅野家のご近所レベルから、秦野市レベルの話になったな」

「で、どうするよ」修が口角を上げて彗子に問う。「天文台の情報を求めてるみたいだぜ」

彗子は黙ったまま、眼鏡の奥で目を瞬かせた。

＊

十月八日。さわやかな秋晴れが一日中続いてくれた。このまま夜中まで天気の心配はないようだ。

彗子の車に四人で乗り込み、途中スーパーで買い物をして、天文台へ向かう。

彗子に送迎を頼むことになったのは、修がどうしても祝杯をあげたいと言ったからだ。今日は飲み会ではなく初観測だと千佳が一応たしなめたのだが、修は「開き」と名のつくイベントに酒はつきものだと言ってきかなかった。

国道を走る車内には、秦野シティFMが流れている。オオルリ天文台のことを話題にしてくれた番組だ。千佳が言うには、娘の佑香が今日、この番組に宛ててメールを送ったらしい。いつまでも二の足を踏んでいる母親たちに痺《しび》れを切らし、「それならわたしが送ったげる」とスマホに何か打ち込み始めたという。

「どんなこと書いたんだよ」助手席の修が、首を回して千佳に訊く。

「わかんない。『いい感じに書いといたから』としか言わなくて」

「大丈夫かな」千佳の隣りで久志は言った。「今のところ、スイ子の私的な天文台としてスタートするわけだし、あんまりこと細かに伝え過ぎるのも……」

そのときCMが明け、女性パーソナリティがしゃべり出した。

〈さて、先週、丹沢にできたという天文台の話をしましたよね。それについて、新しい情報が届きましたよ。ラジオネーム『丸い鳥の娘』さん〉

「お、来た来た!」修がボリュームを上げた。

「丸い鳥?」千佳が眉《まゆ》をひそめる。「あたしのこと?」

〈『初めまして。私はオオルリ天文台の関係者の知人です。この天文台は、国立天文台の元研究者の方が、山の上の喫茶店を仲間と改修して作ったものです。おもに研究に使われますが、休業中だった喫茶店も、天体観測ができる〝天文カフェ〟として復活する予定です』。天文カフェ！　めちゃくちゃ素敵じゃないですか！〉

「ああ……」修がうめいた。「カフェのことまで言っちゃったよ」

「ごめん、スイ子」千佳が小さくなる。

「いいよ、別に」運転席の彗子は、正面を向いたまま言った。

〈まだ続きがありますよ。『いよいよ今夜、天文台開きです。天気も良さそうなので、予定どおりジャコビニ流星群の観測をするそうです。できれば夜八時以降、必要でない明かりはなるべく消していただけますよう、ご協力お願いします』とのことです。

　そう、それでですね、実はこれに関してももう一通メールをいただいてるんですよ。ラジオネーム『ゴン太』さん。『先日、丹沢にできた天文台の話がありましたよね。私の知り合いが国道沿いのパチンコ店で働いているのですが、その店では今夜だけ、いつも空を照らしているサーチライトを点《つ》けないと決まったそうです』ですって。ねえ、素晴らしくないですか？　わたし感動しちゃって。

　で、ちょっと調べてみたら、SNSでも結構広まってるんですよ。〈#秦野10月8日は明かりを消そう〉なんてハッシュタグまで立っていて。もしかしたら、今夜の秦

野の街はいつもより少し暗くて、流れ星がよく見えるかもしれませんね。では、曲です――〉

音楽が鳴り始めるのを待って、久志は言った。

「まさか、そんなことになってたとはな」

「ほんと」千佳が啞然とした様子でうなずく。「なんか、ふわふわした変な気分。自分たちの知らないところで、知らない人たちが協力してくれてるなんて」

「これで実際に街が暗くなってりゃ、もっとびっくりだけどな」修は唇の片端を上げて、あごを撫《な》でた。

足もとを照らしながら、山の南側の杉林を進む。懐中電灯は、久志と修で一つ、彗子と千佳で一つだ。緩斜面を慎重に二十メートルほど下ると、木々が途切れて草地に出た。以前見つけた、秦野の街が一部見下ろせる場所だ。

「みんな、気をつけろ」先頭を歩いていた修が前方の闇を照らした。「ここから先は、崖《がけ》になってる」

四人並んで草地に立ち、懐中電灯を消した。虫の音に体が包まれる。

現在、午後七時五十五分。左右から南にのびる尾根の輪郭の先に、秦野の街明かりが見える。田畑の多い手前側では点々とあるだけの光が、奥の市街地では密集して灯《とも》っている。

その上に広がる空の低い部分が、とくに東側でぼうっと明るいのは、湘南のみならず横浜や東京が放つとてつもない量の光のせいだ。

秦野の街明かりに目を戻した。正直、変化はわからない。ここから見える普段の夜景を知らないのだから、当然だ。それを知っているのは彗子ぐらいだろう。

「どう思う？」隣りの彗子に訊いた。

「どうだろうね。いつもより若干光が少ない気もするけど、祝日で休みの店や会社が多いからかもしれないし、はっきりとは」

「ま、そりゃそうだ」修が言う。「二割、三割減ってなきゃ、見た目じゃわかんねーって」

「でも」彗子が南の夜空を見渡した。「今夜は本当に、パチンコ店のサーチライトがない。いつもは光の筋が空をぐるぐる回ってるんだ。あれがないだけでも、ありがたいよ」

そのとき、千佳が「あれ？」と声を上げ、光の濃い街の中心部を指差した。「今、ビルのてっぺんのライトが消えたよ!?　あっち。どの辺になるんだろ」

「渋沢駅のほうだな」修も前のめりになる。「ビジネスホテルじゃねーか？　屋上の看板を煌々《こうこう》と照らしてるとこが一軒あるだろ」

「あ！」今度は久志が気づいた。畑の中の集落で光が消えたのだ。「あの家、明かり消した！ ほら、あそこも！」

「確かに今、何カ所か立て続けに消えたね」彗子が冷静に言って、腕時計に目をやる。「ちょうど八時になったからかも」

「おい！ あっちで何かいっぺんに消えたぞ！」修が左前方を示した。「工業団地のほうだから、工場関係だな、ありゃ」

「見て、あのマンションでも！」千佳が声を高くする。

信じられない思いで見つめていると、その後も街のあちこちでぱらぱらと明かりが消えていった。目で追える程度なので、割合としてはわずかなものかもしれない。流星の見え方が大きく変わることもおそらくないとは思う。

それでも今夜の秦野の街は、いつもより確かに暗いのだ。何より、自分たちを思う和也の声がこうして街に届いたのだという事実に、胸が熱くなる。

「――嬉しいね」千佳が涙声になった。

「ほんとに」彗子が遠くに目をやったままうなずく。

明かりを消してくれた人々は、今この瞬間、見たこともないオオルリ天文台のことを思い浮かべている。流星群を待って夜空を眺めている人もいるに違いない。そう思うと、山に囲まれた秦野の街がいつになく愛《いと》おしく見えた。

しばらく街の様子を確かめたあと、天文台に戻った。

観測の準備のために、三脚や赤道儀などを観測室のドアから屋上に運び出す。それを見た修が、戸惑った様子で彗子に訊いた。

「なんで外？　ドームでやるんじゃねーの？」

「お前、今頃何言ってんだ？」久志は呆《あき》れて言う。「こないだスイ子が説明してくれただろ？　屋上で空をビデオで撮って、あとで動画を解析するんだよ」

「いや、動画を撮るとは聞いてたけど、俺はてっきり、ドームの望遠鏡に付けたカメラを使うのかと」

「望遠鏡は役に立たない」彗子が言った。「流星はいつどこに流れるかわからないから」

「ああ……そりゃそうか」修は頭の後ろに手をやる。「やっと望遠鏡がのぞけると思って、楽しみにしてたんだけどな」

「望遠鏡なんて、これからいつでものぞけるよ」

観測装置は意外なほどシンプルなものだった。屋上の真ん中に立てた三脚に赤道儀をのせ、レンズを取り付けたＣＣＤカメラをセットする。それをハンディタイプのデジタルビデオカメラと接続すれば、完了だ。

ＣＣＤカメラはてのひらにのるほどの大きさの市販品で、価格は数万円。モノクロ撮影しかできないものの、感度は極めて高く、肉眼では見えないような暗い流星まで検出できるという。それを使って夜空を広い画角で録画し、のちに動画データを解析して、流星の明るさ、出現時間、経路、速度などを求めるそうだ。

準備が終わると、修が缶ビールを配った。彗子には紅茶のペットボトルだ。

「では、我らがオオルリ天文台の記念すべき初観測を始めるにあたって、乾杯だ。その前に、スイ子からひと言」

彗子は眼鏡に手をやったまま、固まってしまった。それを見た修が「まあいいや。スピーチは今度の完成披露会でな」と笑いかけると、彗子は首を振り、ぺこりと頭を下げた。

「ありがとう。みんな。本当にありがとう」

皆しばらくの間、彗子の顔を見つめていた。次の言葉を待っていたわけではない。胸がつまって何も言えなかったのだ。

「よし！」修が缶ビールを高く掲げる。「乾杯！」

「かんぱーい！」

久志は一気に半分ほど喉《のど》に流し込み、真っ先に大きく手を叩《たた》いた。

ささやかなセレモニーはそれだけにして、早速観測を開始した。

彗子が赤道儀を操作して、ＣＣＤカメラを北西の空に向ける。実は、「ジャコビニ流星群」というのは昔の呼び名で、今は「十月りゅう座流星群」と呼ぶことが多いらしい。流星が放射状に飛び出してくるように見える点——放射点が「りゅう座」にあるからだ。まずはその方角から撮影することになった。

ランタンの明るさが絞られて、暗闇に近くなる。今夜はほとんど雲もなく、全天に見事な星空が広がっていた。気温と湿度が下がったせいか、七月末にここで観たときよりも、明らかに星の数が多い。ちょうど新月を迎えるところなので、月明かりの心配もない。

「りゅう座って、どれだろう」千佳が言った。北西の空とスマホの星空ガイドアプリとを見比べている。

「西に夏の大三角があるでしょ」彗子がハンディビデオの具合を確かめながら答える。「ベガの少し北。位置が低いから、一部しか見えないと思う」

「ああ、あれか」

久志も瞬きをできるだけ我慢してその方向に目を向けているが、流れ星など一つも見えない。彗子によれば、予想極大時刻は明朝なので、夜が更けるほど見える確率は上がるという。

観測といっても、ただ録画しているだけなので、とくにやることはない。肉眼で流星をさがすときは、放射点にこだわらずできるだけ空を広く見渡したほうがいいと彗子に聞き、屋上に寝そべってみた。

目が暗さに順応してくると、星の数がますます増えていく。ここが秦野だとは信じられないほどだ。

修がそばへ来て、久志の頭の横に新しい缶ビールを一本置いた。自身も片手にビール、もう片方の手にはちゃっかり彗子の双眼鏡を握っている。隣りであぐらをかき、双眼鏡を夏の大三角のほうへ向けた。

しばらくそれを目に当てたり離したりしていた修が、「おお、やっぱり」と感嘆の声を上げた。「天の川だ。あの白っぽい流れ、天の川だぞ」

それを聞きつけた千佳がやって来て、「あたしにも見せて」と手をのばす。双眼鏡の取り合いを始めた二人を横目に、久志は体を起こしてビールを飲んだ。

彗子が三脚のそばで、スマホに文字を打ち込んでいる。観測に関することを何かメモしているのだろうか。それが終わると建物に入り、どこからか小さなスピーカーを持ってきた。何に使うのかはわからない。

それから一時間以上、夜空を眺めていた。

その間に星々もその位置を動かしている。夏の大三角は林の陰に近づき、東の空に見える牡牛《おうし》座のプレアデス星団はわずかに高度を上げた。

時刻は間もなく十時。まだ誰も、一つの流星さえ見つけていない。口数も徐々に減ってきている。

彗子がランタンを三脚のそばへ移動させ、光を強くした。ＣＣＤカメラの向きを変えるのか、赤道儀をいじり始める。皆の表情がはっきりわかるようになった。

「このまま一個も流れなかったら、悲しいよなあ」修が膝《ひざ》を抱え、あくび混じりに言った。足もとにはビールの缶が四つ並んでいる。

彗子が手を止めて、こちらに首を回した。

「きっと、大丈夫」

「大丈夫って？」千佳が訊き返す。

彗子は体ごと三人に向き直った。何か決心したような顔で、声に力を込める。

「梅野君が、観測を始めてくれている」

「え!?」三人同時に声を上げた。

「待って、どういうこと？」千佳が早口で質《ただ》す。

「さっき、梅野君からメッセージが届いた。観測に成功したら、また連絡をくれることになってる」

「おいおい、わけわかんねーぞ」一瞬で酔いが覚めた様子で、修が立ち上がる。「梅ちゃんが観測って、流星をか？　どこで？　どうやって？」

「彼の部屋の中でだよ」

「部屋の中？」久志は眉を寄せて繰り返した。雨戸を閉め切った、あの二階の部屋でか――？

その疑念を察したかのように、彗子がうなずく。

「わたしが梅野君に頼んだのは、『流星電波観測』。ひと言で言うと、流星を観るのではなく、ラジオで聴く観測方法」

「全然わかんない。流星が何か音を出すってこと？」千佳が訊《たず》ねる。

「出すんじゃなくて、流星が音を――電波を跳ね返すんだよ」

そう言って彗子が説明した原理は、こういうことだった。

宇宙の塵《ちり》である流星が超高速で大気圏に飛び込んでくると、その経路にある高層大気が大量の電子を放出し、電離柱という領域を作り出す。電離柱は、宇宙空間に出て行こうとするFM放送などの電波を反射して、地表に戻す性質がある。つまり、流星が流れると、普段は聴こえないような遠方の放送局の音声が、エコー音としてラジオに届くことがあるのだ。

「流星電波観測は、アマチュアの天文ファンの間でもよく行われていてね。昔は、遠くのFM局の放送をラジオでキャッチする方法が主流だった。父も、流星群が出る日はよくラジオをつけてたよ。ザーと雑音を流しっぱなしにして、一瞬音楽や声のエコーが聴こえると、『あ、今流れたね』って喜んでた」

「梅ちゃんも今、それをやってるの？」千佳が訊く。

「ちょっと違う。ＦＭ電波を使うやり方は、放送局が増えすぎてだんだん難しくなってるんだ。今の主流は、アマチュア無線の電波を利用する方法。流星電波観測専用の送信局が福井県にあって、その電波のエコー音を無線機で受信する。その手順と必要な機材を、梅野君に伝えた」

修と目だけでうなずき合う。和也の部屋の前に彗子が置いてきた封筒には、その資料が入っていたのだ。

「じゃあ、あいつは今日まで一人でその準備をしてきたってわけか」修が言った。

「わたしには質問も相談もしてこなかったから、そういうことになるね。でも、彼には簡単なことだったと思う。汎用《はんよう》の無線受信機を用意して、屋根に専用のアンテナを立てるだけだから」

ということは、和也はまた屋根に上ったのだろう。今度は、彗子とこの天文台のために。そしておそらく、和也自身のために。

今一人でそれを聴いている和也の姿が、目に浮かぶ。深緑のカーペットが敷かれた板張りの壁の六畳間。流星を待ちながら、木の柵《さく》が付いたあの古いベッドに寝そべっているに違いない。髪がのび放題の頭に、受信機につないだ大きなヘッドホンを着けて。

ただ、そこに聴こえてくるはずの音が想像できず、久志は彗子に訊いた。

「梅ちゃんの観測だと、流星が流れたらどんな音がするの？」

「エコー音は――」と言いかけた彗子が、ポケットのスマホを取り出した。着信があったらしく、「もしもし」と応じる。

ふた言ほど言葉を交わすと、「ありがとう。ちょっと待ってて」と告げて通話を保留にした。そのスマホを、さっき運んできたスピーカーにコードでつなぐ。

「ねえ、その電話――」千佳がまつげを震わせている。

「梅野君だよ」彗子はうなずいた。「流星のエコー、聴こえ始めたって。今から電話で聴かせてくれる」

彗子はスマホをタップし、電話の向こうの和也に声をかける。「いいよ。お願い」

数秒の間をおいて、スピーカーからザーという雑音が鳴り始めた。ラジオの周波数が合っていないときに聴こえるのと同じ音だ。

「これはホワイトノイズ」ボリュームを調節しながら彗子が言った。

皆口を固く結び、スピーカーを見つめている。

さすがに鼓動が速くなってきた。

じっと耳を澄ませたまま、数分が経ったとき――。

コーン。

乾いた高い音が響いた。

「今のか」と修が鋭く言う。彗子がうなずいた。千佳が人差し指を唇に当てる。すると次の瞬間――。

コーン。

二発目はさっきより長く、十秒ほど続いた。

不思議なほど耳に残る、独特な音だ。流星が跳ね返してきた音だと思うから、余計にそう感じるのだろうか。

次のエコー音を待ちながら、久志は夜空を仰いだ。なるべく広く見渡せるように、天頂近くに顔を向ける。

コーン。

音は鳴り渡ったが、視界にそれらしき光はとらえられなかった。横で同じことをしていた千佳が、彗子に訊ねる。

「音が聴こえても、目には見えないってこともあるの？」

「そうだね。逆に、目視できたのにエコーは出ないということもある」

「それでもちゃんと、流れてるんだな」久志は天を見上げたまま言った。

ふと視線を戻すと、修がまた座り込んでいる。目を真っ赤にしていた。

「やっと、みんなそろったな」と声を絞り出す。

「ああ、そろった」久志は言った。「あとで、下の柱に梅ちゃんの名前を書こう」

修は唇をわななかせてうなずくと、ビールを荒っぽくあおる。

「聴いてるぞ、五人で」口を手で拭《ぬぐ》い、うなるように言った。「今こっちは、五人そろってるぞ。スイ子、千佳、タネ、俺。梅ちゃんもいるぞ」

修は勢いよく立ち上がった。北の夜空を見上げ、大きく息を吸い込む。

「おい、恵介！　お前、ちゃんと聴いてるか！　流星群、ちゃんと観てんのか！」

修がその名を口にするのを聞いたのは、二十八年ぶりだった。

「ふざけんなよ恵介！　お前何やってんだ！　何勝手に一人で死んでんだ！」

修は星々に向かって震えた声を張り上げる。

「ずりいぞ恵介！　いつまでも自分だけ、十九のままでいやがって。ちゃんと俺たちと一緒に四十五になって、いいオヤジになって、悩んだり泣いたりしろよ！　まったく、何やってんだよ。悪いことばっかじゃないぞ。見ろよ、この天文台。すげえだろ。俺たちで作ったんだぞ。こうやって、あの夏みたいに、みんなで一緒に……」

そのあとの言葉は、嗚咽《おえつ》に消えた。

夜空に顔を向けて立ちつくす彗子の頰を、涙がつたっていた。千佳が洟をすすりながら、彗子の背中にそっと手を置く。

久志は泣かなかった。泣かずに三人の顔を順に見て、思う。

またそれぞれの日常に戻る自分たちは、来年、どんな夏を過ごすのだろう。暑いと忙しいとを繰り返しているうちに終わってしまう、何もない夏だろうか。

たとえ来年がそうだとしても、この先ずっとそんな季節を繰り返すわけではない。この仲間たちとでもいいし、家族とでもいい。一人でだって構わない。いつか来る夏を、脳内物質のメーターが振り切れるような季節にすることは、きっとできる。

またそのうち、俺の夏を自慢しにくるよ。

天を仰ぎ、心の中で恵介に告げた。

コーン。

流星がひと筋、北の夜空を流れた。

主要参考文献

『白河天体観測所　日本中に星の美しさを伝えた、藤井旭と星仲間たちの天文台』
藤井　旭著　誠文堂新光社（二〇一五）
『青い鳥』メーテルリンク著　堀口大學訳　新潮文庫（一九六〇）
「オオルリ Cyanoptila cyanomelana の巣箱における営巣」
大原　均、片倉正行　長野県林業総合センター研究報告　第二一号（二〇〇七）
「深海魚ミズウオ Alepisaurus ferox を利用した環境教育」
伊藤芳英他　海・人・自然（東海大学博物館研究報告）第七号（二〇〇五）
「太陽系の果てに極めて小さな始原天体を初めて発見
─宮古島の小さな望遠鏡が太陽系誕生の歴史と彗星の起源を明らかに─」京都大学
https://www.kyoto-u.ac.jp/ja/research-news/2019-01-29
「彗星の軌道とその起源」渡部潤一、濱根寿彦　彗星観測ハンドブック２００４
https://pholus.mtk.nao.ac.jp/COMET/comet_handbook_2004
「達人が伝授！　２００２しし座流星群攻略法　電波編」アストロアーツ
https://www.astroarts.co.jp/special/leo2002/hro

「流星観測のすすめ　ビデオ編」アストロアーツ
https://www.astroarts.co.jp/alacarte/tips/meteor/video-j.shtml

「すばる望遠鏡、太陽系外縁部の天体表面に結晶の氷を発見」アストロ・トピックス　国立天文台　https://www.nao.ac.jp/nao_topics/data/000071.html

「オオルリのこだわりの巣」坂井奈緒子　とやまサイエンストピックス　富山市科学博物館
https://www.tsm.toyama.toyama.jp/file_upload/100612/_main/100612_02.pdf

流星電波観測国際プロジェクト　https://www.amro-net.jp

ニッシンドーム　http://www.nisshindome.com

協栄産業マウナケアドーム　https://kyoei-dome.jp

Stellarium　Web　https://stellarium-web.org

K. Arimatsu, et al.（2019）A kilometre-sized Kuiper belt object discovered by stellar occultation using amateur telescopes, Nature Astronomy, 3

K. Arimatsu, et al.（2019）Amateur telescopes discover a kilometre-sized Kuiper belt object from stellar occultation, arXiv:1910.09994

あとがき

伊与原　新

二〇一九年、京都大学の有松亘《ありまつこう》氏を中心とする研究グループが、小型望遠鏡を用いた観測によって、エッジワース・カイパーベルトに微惑星の生き残りと考えられる極めて小さな天体（半径約一キロメートル）を史上初めて発見したと報告しました。

有松氏らが用いた望遠鏡は、アマチュア天文家向けの市販品であり、観測システム全体も約三五〇万円という低予算で開発されています。彼らの研究は、ビッグサイエンスと化した現代の天文学においても、アイデアと工夫次第で小さなプロジェクトが大きな成果を生むということを示しています。

この小説は、彼らの挑戦と見事な成果に感銘を受けて書いたものです。作中で彗子が作り上げる「微小カイパーベルト天体探索システム」の記述にあたっては、有松氏らの論文および所属機関のウェブサイト等を参考にさせていただきました（主要参考文献参照）。

この場を借りて厚く御礼申し上げます。どうもありがとうございました。

解説

吉田《よしだ》　大助《だいすけ》（ライター）

科学と共にある人生の機微を、やさしく、やわらかく描き出す。

ブレイク作となった二〇一八年刊の『月まで三キロ』（第三八回新田次郎文学賞受賞）以降の伊与原新《いよはらしん》の作風について、そんなふうに表現することができるだろう。伊与原はかつて、地球惑星科学の研究者だった。その経験が、遺憾なく発揮されていると言える。第一六四回直木三十五賞候補となった『八月の銀の雪』（二〇二〇年）でも、科学知識と人間ドラマの見事な融合を味わうことができる。同作は第三四回山本周五郎賞にもノミネートされ受賞を逃したものの、選考委員の伊坂幸太郎、三浦しをんは選評で絶賛の言葉を寄せた（「小説新潮」二〇二一年七月号）。

〈文章には、（感情を煽ってこないという意味で）清潔感がありますし、各短編ごとに触れられる科学的な話と描かれるドラマの絡まり方も単純ではなく、奥行きがあります。（中略）フィクションに「何か変わったもの」「ちょっとした毒」を求める（僕のような）読者からすると少し優等生的で、物足りなく感じられる部分もあるかもしれませんが、こういった、「大勢の人に良い読書体験を与える」「創作に対して細かいところまで神経を行き届かせた」小説は貴重です〉(伊坂)
〈何度読んでも、科学の楽しいトピックに胸躍るし、新しい世界に触れた登場人物たちが一歩を踏みだすさまを描きだす繊細な筆致に、静かな昂揚と感激を覚える。科学の負の側面にもちゃんと触れ、小説として昇華させる著者の誠実な姿勢もまた、科学を単なる「ネタ」とは思っておらず、登場人物たちを都合のいい「駒」とも思っていないのだとうかがわせるに充分だ〉(三浦)
一方で伊与原は、ミステリの老舗《しにせ》中の老舗として知られる江戸川乱歩賞の最終候補に二度ノミネートののち、二〇一〇年に『お台場アイランドベイビー』で第三〇回横溝正史ミステリ大賞を受賞して小説家デビューしたという経歴を持つ。出自としては、ミステリの人なのだ。
二〇二二年に刊行されこのたび文庫化された本書『オオルリ流星群』は、科学知識と人間ドラマの融合をしたうえで、さらにミステリも融合させた、集大成にして新境地の一作となっている。
物語の舞台は、神奈川県の西部に位置し、山に囲まれた盆地である秦野《はだの》市。四月に始まり一〇月まで、本編全七章＋αの構成が採用されている。本編では、同い年であり特別な思い出を共有した同志でもある久志《ひさし》と千佳《ちか》、男女二人が交互に語り手として登場する。

一人目の語り手は、昔ながらの「町の薬局」の三代目である種村《たねむら》久志だ。一九七二年生まれの四五歳。妻と二人の息子とともに平凡な暮らしを営んでいるが、近所にチェーンのドラッグストアができたことから客足が遠ざかり、これからも平凡さを維持できるかどうか不安に感じている。そして、既に人生の折り返し地点を過ぎたであろう自身について、「人生このままでいいのか?」と問いを繰り返している。大学では薬学を学び科学的思考に慣れ親しんでいるからこその、〈感情と呼ばれるものの正体は所詮《しょせん》、脳の中で起きる化学反応だ〉といった諦念《ていねん》の表現がフレッシュだ。頭ではそう考えつつも、その理屈に心がついていかない様子は、久志という人物になまなましい存在感を付与している。

作中でも指摘がある通り、久志が陥っている心理状態はいわゆるミドルエイジ・クライシス(中年の危機)だ。その危機に、同い年の友人たちも直面している。久志の友人である勢田修《せたおさむ》は、勤めていた東京の番組制作会社を辞め、弁護士となるべく司法試験に向けて勉強しているが見通しは怪しい。公立中学校の理科教師である伊東千佳《いとうちか》——偶数章では彼女が語り手となる——は、自分から積極的に行動するようなことはなく、多くのことを運命だと諦《あきら》め受け入れて生きている。梅野和也《うめのかずや》は、数年前から実家に引きこもっている。

物語は四月のある日、高校卒業以来長らく音信不通だった山際彗子《やまぎわけいこ》が秦野に戻ってきた、という噂が流れたところから幕を開ける。実は、五人は高校三年生の秋の文化祭に出展するために、夏休みのほぼ全てを費やして巨大タペストリーを作った仲間だった。一万個もの空き缶を繋《つな》いで描いたのは、この地に生息するオオルリが大空を羽ばたく図案だ。「幸せの青い鳥」と聞いて多くの人が思い浮かべるデザインと合致するオオルリは、彼らにとって青春の象徴であり希望の象徴でもある。と同時に、オオルリのタペストリーを巡る思い出は、もう一人の大切な友人・槙恵介《まきけいすけ》の存在と不在を否応なしに喚起する。そもそもこの企画の発案者だった恵介は、タペストリーが完成する前に突然、仲間から抜けた。そして、一九歳の夏に死んでしまった。

その後は、大きく二つの謎を巡って物語は動き出す。一つめの謎は、東京・三鷹《みたか》の国立天文台に籍を置き天文学の研究員として働いていたはずの彗子が、なぜ秦野に現れ、ここで何をしようとしているのかだ。その謎は、早々に明かされる。雇い止めにあったことをきっかけに、この地に天文台を作り、個人的に研究を続けようとしていたのだ。久志と修と千佳は、彗子の「小よく大を制す」夢を叶えるために奔走し始める。科学と共にある人生を生きる覚悟を決めた友人と、共に生きる。そこで創出される葛藤《かっとう》や情熱のドラマは、大人の青春小説と呼ぶにふさわしい。とはいえ、謎は全てが綺麗《きれい》に明かされているわけではないのだ。天文観測に最適とは言い難い土地であるにもかかわらず、彗子はなぜ秦野を選んだのか？

二つめの謎は、恵介はなぜ高三の夏にタペストリー作りを放棄し、一年後に自死とも取れる状況で亡くなったのかだ。こちらの謎は、「大人の青春」パートの展開が加速し、人と人との繋がりが活性化していく過程で少しずつ明らかになっていく。そして、もちろん、一つめの謎と二つめの謎は、密接に絡み合っている。

終盤に登場する比喩であるために詳しい文脈は伏せるが、久志が〈四十五歳になった今の自分たちは、「星食」のときを生きているようなものなのかもしれない〉と気付きを得る場面には、科学知識と人間ドラマの融合を強く感じた。ティーンエイジャーを主人公にした一般的な青春ミステリにおいて、謎を解くことは青春を終わらせることでもある。それは、大人になることと同義だ。では、四五歳の大人たちを主人公に据えた本作においてはどうか。全ての謎が明かされた先に待ち構えているのは、自他ともに認める輝かしき青春の日々は、たとえ一度は終わってしまったとしても、いつだって何度だって始められるという事実だ。著者の近作は定時制高校の科学部員たちを主人公にした青春群像小説『宙《そら》わたる教室』（二〇二三年）だが、本作のトライアルがあったからこそ書かれた作品だったかもしれない。

もう一点、記しておきたいことがある。科学知識と人間ドラマを融合させた本作における、ミステリの融合についてだ。実のところ、さきほど二つの「謎」と記したものは、内実としては「秘密」に近い。著者がこれまでミステリとして発表してきた数々の作品に比べると、ミステリ度合いは低いと言えるだろう。だが、終章を読み終えた後で、序章をもう一度読み返してみてほしい。彗子を語り手に据え、本編では描かれなかった彼女の内面を綴《つづ》るわずか二ページは、晩秋のある日、天体観測ドームの中で遠い星々に思いを馳《は》せる様子がデッサンされている。ラスト三行の文章は、〈風の音さえしない、名も無い山の上に、たった一人。／それでも孤独を感じることはない。／彗子にとって、ここはそういう場所だ〉。

人との繋がりはないが、星（科学）との繋がりはある。おそらく、本作を読み始めた時はそんなふうに感じる文章だっただろう。しかし、読み終えた後は、また違った感慨を抱くはずだ。「ここはそういう場所だ」。この言葉の意味の変化にこそ、本作における最も大きなサプライズが宿っている。科学と共にある人生の機微を、やさしく、やわらかく描き出した本作は、他者と共にある人生の喜びを綴る物語でもあるのだ。

本書は、二〇二二年二月に小社より刊行された単行本を加筆修正のうえ、文庫化したものです。

オオルリ流《りゅう》星《せい》群《ぐん》

伊《い》与《よ》原《はら》 新《しん》

令和６年 ６月25日 初版発行
令和６年 11月15日 再版発行

発行者●山下直久

発行●株式会社KADOKAWA
〒102-8177 東京都千代田区富士見2-13-3
電話 0570-002-301（ナビダイヤル）

角川文庫 24199

印刷所●株式会社KADOKAWA
製本所●株式会社KADOKAWA

表紙画●和田三造

ISBN 978-4-04-114881-5 C0193

JASRAC 出 2402355-402

◆◇◇